劍來

第一部 二 蚍蜉撼大樹

烽火戲諸侯 著

高寶書版集團

◆目錄◆

第一章　少年和老狗

小鎮來自外鄉的生面孔越來越多，客棧酒樓的生意隨之蒸蒸日上。

與此同時，福祿街和桃葉巷那邊，許多高門大戶裡的這一輩年輕子弟，開始悄然離開小鎮，多是少年早發的聰慧俊彥，也有籍籍無名的偏房庶子，或是忠心耿耿的家生子，世家子趙繇便在此列。至於泥瓶巷的孩童顧璨，被截江真君劉志茂一眼相中，算是一個例外。

陳平安去劉羨陽家拿了籮筐魚簍，離開小鎮去往小溪，在人多的時候，陳平安當然不會練習《撼山譜》的走樁，出了小鎮，四下無人，他才開始默念口訣，回憶寧姑娘走樁時的步伐、身姿和氣勢，每個細節都不願錯過，一遍一遍走出那六步。

陳平安當時在泥瓶巷的屋子裡，第一次模仿寧姚的時候，那麼拙劣滑稽，比起常人還不如。其實二人的認知，出現了鬼使神差的誤差。陳平安一直知道自己有個毛病，從燒瓷窯工開始就發現了——眼疾，手卻慢，準確說是由於他的眼神、眼力過於出彩，導致手腳根本跟不上。這就意味著換成別人來模仿寧姚的走樁，可能第一遍就有三、四分相似，粗糙蹩腳，但好歹不至於像陳平安這麼只一、兩分相似，這恰恰是因為陳平安看得太明白真切，對於每一個環節太過苛刻，才過猶不及，手腳跟不上之後，就顯得格外可笑，而這九分不像之下，則暗藏著一分難能可貴的神似。

這些寧姚並不知道，模仿她這位天生劍仙胚子的走樁，哪怕是九分形似，也比不得一分神似。當然，話要說回來，莫說只有她的一分神似，就算有七、八分，寧姚也不會覺得如何驚才絕豔。寧姚眼中所見、視線所望，只有人跡罕至的武道遠方，以及並肩而立之人、屈指可數的劍道之巔。

陳平安坐在廊橋匾額下的臺階休息，大致算了一下，一天十二個時辰，哪怕每天堅持五到六個時辰重複練習走樁，撐死了也就三百次左右，一年十萬，十年才能完成一百萬次的任務。他扭頭望向清澈見底的溪水，呢喃道：「讓我堅持個十年，應該可以的吧？」

雖然這段日子裡，陳平安不曾流露出什麼異樣情緒，但是陸道長臨行前的洩露天機，將雲霞山蔡金簡的陰毒手段一一道破，仍是讓他倍感沉重。有一件事情，陳平安對陸道長和寧姑娘都不曾提及，那就是在蔡金簡對他一戳眉心和一拍心口之後，當時在泥瓶巷子裡，他就已經隱隱約約感受到了身體的不對勁，所以他才會在自家院門口停留那麼長時間，為的就是讓自己下定決心，大不了破罐子破摔，也要跟蔡金簡拚命。

畢竟那時候的陳平安，按照年輕道人陸沉的說法，就是太死氣沉沉了，完全不像一個本該朝氣勃勃的少年。對於生死之事，陳平安當時看得比絕大多數人都要輕。

蔡金簡以武道手段「指點」，讓他強行開竅，使得陳平安的身體，就像一座沒有院門屋門的宅子，確實可以搬進、吸納更多物件，但是每逢風雪雨水天氣，宅子便會垮得格外厲害、迅速。所以陸沉才會斷言，如無例外，沒有大病大災的話，陳平安也只能活到三、四十歲。之後蔡金簡又在陳平安心口一拍，壞了他的修行根本。

心為修行之人的重鎮要隘，城門塌陷後，蔡金簡等於幾乎封死了這處關隘的正常運轉，這不單單是斷絕了陳平安的修行大道，也越發加速了陳平安身軀腐朽的速度。

蔡金簡這先後兩手，真正可怕之處，在於門戶大開之後，一方面陳平安已經無法修行長生之法，也就意味著無法以術法神通去彌補門戶，無法培本固元；另一方面，哪怕他僥倖在武學上登堂入室，的確能夠依靠淬鍊體魄來強身健體，但是對陳平安而言，巨大風險也將會一直伴隨著他，一著不慎，就會身陷「練外家拳容易招邪」的怪圈，就又是延年益壽不成，反而早夭的可憐下場。

當務之急，陳平安是需要一門能夠細水長流、滋養元氣的武學，這門武學是不是招式凌厲、霸道絕倫，是不是讓人武道境界一日千里，反而不重要。

陳平安的希望全部在寧姚看不上眼的那部《撼山譜》當中。比如寧姚說過，走樁之後還有站樁「劍爐」，和睡樁「千秋」。但是陳平安不敢胡亂練習，當時只是瞥了幾眼，就忍住不去翻看。他覺得還是應該讓寧姑娘鑒定之後，確認無誤，再開始修習。

走在正確的道路上，悟性再差，只要夠勤奮堅韌，每天終究是在進步；走在錯誤的方向上，越聰明越努力，只會做越多、錯越多。這些話是劉羨陽說的。當然，劉羨陽的重點在於最後一句：「你陳平安是第一種人，宋小夫子那個伶俐鬼是第二種，只有我劉羨陽，是那種又聰明又走對路的真正天才。」

當時劉羨陽自吹自誇的時候，不小心被路過的姚老頭聽到，一直對劉羨陽青眼相加、視為得意弟子的老人，不知道被哪句話戳中了傷心處，他破天荒勃然大怒，追著劉羨陽就是一頓暴揍。反正在那之後，劉羨陽再也沒有說過「天才」兩個字。

陳平安重重呼出一口氣，站起身，走上高高的臺階，進入廊橋後，才發現遠處聚集著一撥人，四、五人或站或立，好像護衛著其中一名女子。

陳平安只看到了女子的側面，只見女子坐在廊橋欄杆上，雙腳自然而然懸在溪水水面上，閉目養神，她的雙手五指姿勢古怪，手指纏繞或彎曲，給陳平安的感覺是，她明明閉著眼睛，卻又像是在用心看什麼東西。

陳平安猶豫了一下，不再繼續前行，轉身走下臺階，打算涉水過溪，再去找劉羨陽。今天他背著兩只籮筐，一大一小套放著。他要將那只稍小的籮筐還給阮師傅的鐵匠鋪，畢竟那是劉羨陽跟人家借來的。

廊橋遠處，那撥人在看到一身寒酸相的草鞋少年識趣轉身後，相視一笑，沒有說話，生怕打破那位「同年」女子的玄妙水觀心境。

此法根本，源自佛家，這一點毋庸置疑。只是後來被許多修行宗門採納、揀選、融合和精煉，最後一條道路上分出許多小路。只不過東寶瓶洲一直被視為佛家末法之地，在數次波及半洲疆域的滅佛浩劫之後，近千年來佛法漸衰，聲勢遠不如三教中的儒道兩家。「只聞真君和天師，不知護法與大德」，便是如今東寶瓶洲的真實狀況，不過受惠於佛法的仙家宗門，確實不計其數。

陳平安捲起褲管蹚水而過，上了對岸，突然聽到廊橋那邊傳來驚呼聲和怒斥聲，想了想，沒有去摻和。

到了阮師傅的鐵匠鋪，見到的仍是熱火朝天的場面。陳平安沒有隨便亂逛，而是站在一口水井旁邊，找人幫忙通知一聲劉羨陽。

原本以為要等很久，不承想劉羨陽很快就跑來了，拉著他就往溪畔走去，並壓低嗓音說道：「等你半天了，怎麼才來！」

陳平安納悶道：「阮師傅催你還籮筐啦？」

劉羨陽白眼道：「一個破籮筐值當什麼，是我跟你有重要的事情要說。你撿完石頭回到我家院子後，就等那個夫人去找你，就是那個兒子穿一身大紅衣服的婦人，上回咱們在泥瓶巷口見著的那對母子。她找上門後，你什麼都不要說，只管把那只大箱子交給她，她會給你一袋子錢，你記得當面清點，二十五枚銅錢，可不許少了一枚！」

陳平安震驚道：「劉羨陽，你瘋了？為啥要賣家當給外人！」

劉羨陽使勁摟住陳平安的脖子，瞪眼教訓道：「你知道個屁，大好前程擺在老子面前，為啥白白錯過？」

陳平安滿臉懷疑，不相信這是劉羨陽的本心本意。

劉羨陽嘆了口氣，悄聲道：「那位夫人要買我家的祖傳寶甲，另外那對主僕，則是要一部劍經，我爺爺臨終前叮囑過我，到了實在沒辦法的時候，寶甲可以賣，當然不許賤賣，但是那部劍經就是死，也絕對不可以承認在我們老劉家。我答應賣寶甲給那位夫人，除了談妥價格之外，還要求她答應一個條件，那就是她得到寶甲之後，還要說服那個魁梧老人近期不要找我的麻煩。其實就是一個拖字訣，等到我做了阮師傅的徒弟，這些事也就都不是事了。」

陳平安直截了當問道：「為啥你不拖著那位夫人？難不成她還能來鐵匠鋪找你的麻煩？再說了，她又不能破門而入，搶走你家的寶甲。」

劉羨陽鬆開手，蹲在溪邊，隨手摸了一塊石子丟入溪水，撇嘴道：「反正寶甲不是不能賣，現在既然有個公道價格，不也挺好，還能讓事情變得更穩妥，說不定都不用寧姑娘冒險出手，所以我覺得不壞。」

陳平安也蹲下身，火急火燎勸說道：「你咋知道她現在給的價格很公道？以後要是後悔了，咋辦？」

劉羨陽轉頭咧嘴笑道：「後悔？你好好想想，咱倆認識這麼多年，我劉羨陽什麼時候做過後悔的事情？」

陳平安撓撓頭，總覺得哪裡不對，可是他口拙，實在不知道如何說服劉羨陽。

劉羨陽這輩子一直活得很自由自在，好像從來沒有難倒過他的坎，他也從沒有解不開的心結和辦不成的事。

劉羨陽站起身，踹了一腳陳平安背後的籮筐：「趕緊的，我拿去還給阮師傅，回頭等我正式拜師敬茶，你可以來長長見識。」

陳平安緩緩起身，欲言又止，劉羨陽笑罵道：「陳平安，你大爺的，我賣的是你的傳家寶？還是你媳婦啊？」

陳平安遞給他籮筐的時候，試探性問道：「不再想想？」

劉羨陽接過籮筐，後退數步，毫無徵兆地高高跳起，來了一個花哨的迴旋踢。沉穩落地後，劉羨陽得意揚揚，笑問道：「厲害吧？怕不怕？」

陳平安沒好氣地回了一句「你大爺的」。

遠離阮家鋪子後，心思重重的陳平安下水撿石頭，不知是心神不寧的緣故還是溪水下降的關係，今天收穫不大，一直等到陳平安臨近廊橋，才撈取了二十多顆蛇膽石，而且沒有一顆能夠讓人眼前一亮、一見鍾情的。

陳平安摘下籮筐魚簍，將它們放在溪邊草叢裡，深吸一口氣，在溪水中轉身，開始練習走樁。

一趟來回後，陳平安心頭一緊，他看到藏著籮筐魚簍的地方蹲著一個矮小少年，嘴裡叼著一根綠油油的狗尾巴草，是杏花巷馬婆婆的孫子。

少年從小就被人當作傻子，加上馬婆婆在陳平安這輩少年心中，印象實在糟糕，吝嗇且刻薄，連累她的寶貝孫子被人當作出氣筒。他之前每次出門，都被人追著欺負，每逢穿新衣新靴，不出半個時辰，鐵定會被同齡人或是大一些的少年折騰得滿是塵土。試想一下，一雙馬婆婆剛從鋪子裡買來的嶄新靴子，孫子穿出門後，立即被十幾號人一人一腳地踩踏，等孩子回家之後，靴子還能新到哪裡去？

這個真名馬苦玄、早已不被人記得的傻小子，從來就很怪，被人欺負，卻從不主動跟馬婆婆告狀，也不會號啕大哭或是搖尾乞憐，始終是很平淡的臉色、冷漠的眼神，所以杏花巷那邊的孩子，都不愛跟這個小傻子一起玩。馬苦玄很早就學會了自己玩自己的，他最喜歡在土坡或是屋頂看天邊的雲彩。

陳平安從來沒有欺負過馬苦玄，也從來沒有憐憫過這個同齡人，更沒想過兩個同病相憐的傢伙，嘗試著抱團取暖。因為陳平安總覺得馬苦玄這種人，非但不傻，反而骨子裡跟宋集薪很像，甚至猶有過之。

他們好像沒有開口說話，但是他們似乎一直在等，好像在跟人無聲說著，老天爺欠了我很多東西，遲早有一天我要全部拿回來。欠我一枚銅錢，宋集薪可能是要老天爺乖乖還回來一兩銀子，馬苦玄，甚至是一兩金子！陳平安沒覺得他們這樣不好，只是他自己不喜歡而已。

那個少年不再像之前的那個傻子，口齒清晰，笑問道：「你是泥瓶巷的陳平安吧，住在稚圭隔壁？」

陳平安點點頭：「有事嗎？」

馬苦玄笑了笑，指了指陳平安的籮筐，提醒道：「也許你沒有發現，溪水下降了很多，只剩下廊橋底下的深潭和青牛背的水坑這兩個地方有好石頭了，其他地方都不行。就像你這筐裡的，是留不住那股氣的，石質很快就會變。有些運氣好的，撐死了去做一塊上好磨刀石，有些可以成為讀書人的硯臺。最後這些東西當然還是好東西，賣出高價肯定不難，只不過……算了，說了你也未必懂。」

陳平安笑著「嗯」了一聲，沒有多說什麼。

馬苦玄突然說道：「你剛才在小溪裡練拳？」

陳平安依然不說話。

馬苦玄眼神熠熠，哈哈笑道：「原來你也不傻嘛。也對，跟我差不多，是一路人。」

陳平安繞過馬苦玄，說了聲「我先走了」，然後背起籮筐就上岸。

馬苦玄蹲在遠處，吐出嘴裡嚼爛的狗尾巴草，搖頭小聲道：「拳架不行，紕漏也多，練再多，也練不出花頭來。」

馬苦玄頭也不轉：「取回咱們兵家信物了？」

背後有男人笑道：「以後記得先喊師父。」

馬苦玄沒搭理，起身後轉頭問道：「能不能給我看看那座小劍塚？」

男人正是背劍懸虎符的兵家宗師，自稱來自真武山，他曾經揚言要與金童玉女所在師門的那位小師叔一戰。

男人搖頭道：「還不到火候。」然後他有些惱火：「你幹嘛要故意壞那女子的水觀心境，你知不知道這種事情，一旦做了，就是一輩子的生死大敵！」

馬苦玄一臉無所謂道：「大道艱辛，如果連這點磨難也經不起，也敢奢望那份高高在上的長生無憂？」

男人氣笑道：「你連門也未入，就敢大言鑿鑿，不怕閃了舌頭？」

馬苦玄最後咧嘴，露出白森森的牙齒笑道：「以後我在修行路上遇到這種破境機緣，會主動告知那女子一聲，到時候師父你不許插手，讓她儘管來壞我好事。」

男人感慨道：「你知不知道，世間機緣分大小，福運分厚薄，根骨分高低，你若是事事以自己之理衡量眾人，以後總有一天會遇到拳頭更大、修為更深、境界更高之人，到時候人家心情不好，就一拳打斷你的長生橋，你如何自處？」

馬苦玄微笑道：「那我就認命！」

男人自嘲道：「以後為師再也不跟你講道理了，對牛彈琴。」

馬苦玄突然問道：「那個泥瓶巷的傢伙，怎麼曉得水裡石頭的妙處？還開始練拳了？」

男人突然神色嚴厲起來：「馬苦玄！為師不管你什麼性格桀驁，但是有一點你必須謹記在心，我們兵家正宗劍修！修一劍破萬法，修一劍順本心，修一劍求無敵，但是絕對不許濫殺無辜，不許欺辱俗人，更不許日後在劍道之上，因為嫉妒他人，就故意給同道中人下絆子！」

馬苦玄伸了個懶腰：「師父，你想多了，泥瓶巷那傢伙就算再厲害，只要不惹到我，就與我無關。說到底，小鎮這些人成就再高，將來也無非是我的一塊墊腳石而已。嫉妒？我感謝他們還來不及呢。」

男人無奈道：「真是講不通，我估計以後真武山會不消停了。」

馬苦玄好奇問道：「你在真武山排第幾？」

男人笑了笑：「不說這個，傷面子。」

馬苦玄白眼道：「早知道晚些再拜師。」

男人一笑置之。

他有句話沒跟自己徒弟挑明，世間天才是分很多種的，天賦亦是。

先前那個草鞋少年，看似平淡無奇的六步走樁，其實渾身走著拳意。

陳平安沒有直接回劉羨陽的宅子，而是先回了泥瓶巷，跟寧姚說了劉羨陽的打算。

寧姚聽過之後，沒有發表意見，只說這是你們之間的事情，她只管收人錢財，替人消災，如果劉羨陽能夠不用她出手就躲過一劫，她自會返還那三袋子金精銅錢。陳平安說這不是錢的事情，結果寧姚冷冰冰回了一句：「那你是要跟我談感情，咱倆到那份兒上啦？」陳平安差點被她這句話噎死，只好蹲在門檻那邊撓頭。

寧姚瞥了眼桌上陳平安捎來的糕點，有物美價廉的糯米棗糕也有相對昂貴的雨露團，肯定是陳平安竭盡全力的待客之道了。寧姚破天荒有些心軟和愧疚，一時間覺得自己好像有些不厚道，吃人家的、住人家的，遇到難事，哪怕幫不上大忙，也不能火上加油，於是問道：「劉羨陽會不會是在鐵匠鋪那邊，受到了實實在在的人身威脅，才不得不將那件青黑瘊子甲賣出去？比如說鋪子裡藏有四姓十族的爪牙，暗中教訓了一頓劉羨陽？」

陳平安思量片刻後，搖頭道：「不會，劉羨陽絕對不是那種被威脅就低頭認輸的人，當年我第一次見到他，哪怕被福祿街那幫人打得嘔血，他也沒說半句服軟的話，就一直扛著，差點真的被人活活打死。這麼多年，劉羨陽性子沒變。」

寧姚又問道：「血氣方剛，意氣之勇，重諾言、輕生死。其實巷弄游俠兒從來不缺，我一路行來，就親眼見識過不少。只不過一旦大利當前，換了一種誘惑，他劉羨陽到底能不能守得住本心？」

陳平安又陷入沉思，最後眼神堅定道：「劉羨陽不會因為外人給了什麼就去當敗家子，他跟他爺爺的感情很深。除非真的像他說的，他爺爺臨終前叮囑過他，寶甲可賣，但是別賤賣，而那部劍經則一定要留在他們劉家，以後還要留給後人。」

寧姚說道：「就我知道的情況而言，那件瘊子甲品相是不俗，但是也算不得太過珍稀。倒是那部劍經，既然能夠讓正陽山覬覦已久，並且不惜出動兩人來此尋寶，擺明了是視為囊中之物了，所以肯定是樣好東西。所以賣寶甲、留劍經，這個決定，是說得通的。」

陳平安點了點頭。

寧姚撫摸著綠色刀鞘，眼神冷冽：「小心起見，我陪你一起去劉羨陽家宅子，先打發了那個婦人。既然是劉羨陽親口說要賣，那麼裝載寶甲的箱子搬就搬。之後我再跟你一起去阮家鋪子，見一見劉羨陽，問他到底是怎麼想的。如果真是他爺爺的臨終遺囑，你我就不需要指手畫腳了，家家有本難念的經，不該是你管的，就別瞎管。如果不是的話，便讓他說出苦衷，大不了我再將那箱子重新搶回來！」

陳平安擔憂問道：「寧姑娘妳的身體沒問題？」

寧姚冷笑道：「如果是對付正陽山的搬山老猿，肯定會灰頭土臉，可要是那個娘們，在這座小鎮上，我一隻手就夠了。」

陳平安好奇道：「搬山猿？」

寧姚敷衍道：「遺留在這座天下的一種上古凶獸孽種，真身為體形大如山峰的巨猿，傳言一旦顯露真身，能夠將一座山嶽拔地而起，扛起背走。只不過這些都是傳言，畢竟誰也沒真正看到過。正陽山這幾百年來一直隱忍不發，其實底蘊很厚，雖然宗門在東寶瓶洲名次不高，可是不容小覷，所以咱們能夠不跟他們起爭執最好，起了爭執……」

陳平安小心翼翼問道：「起了爭執咋辦？」

寧姚站起身，拇指推刀出鞘寸餘，一臉看白癡的眼神望向陳平安，天經地義道：「還能咋辦？砍死他們啊！」

陳平安咽了咽口水。

之後背著籮筐的陳平安，帶著重新戴上帷帽、腰佩綠鞘狹刀的寧姚，一起緩緩走向劉羨陽的祖宅。

寧姚扭頭瞥了眼陳平安的籮筐，問道：「今天怎麼這麼少？」

陳平安嘆了口氣：「馬苦玄，哦，就是杏花巷那邊馬婆婆的孫子，跟我差不多歲數，現在好像完全變了一個人。按照他的說法，是小鎮風水變了，所以小溪裡的這些石頭越來越留不住『氣』。」

寧姚神情凝重，沉聲道：「他說得沒錯，這座小鎮是要變天了。你最好趁早解決掉這檔子事，趕緊走出小鎮，哪怕離開以後再回來，也比一直待在小鎮來得好。」

陳平安不是不撞南牆不回頭的一根筋，自小一個人過慣了，反而更加知道人情冷暖和輕重緩急，點頭笑道：「會的，只要看到劉羨陽跟阮師傅喝過拜師茶，我就馬上離開這裡。最好那個時候，阮師傅也答應給妳鑄劍了。」

看著滿臉喜悅的傢伙，寧姚納悶道：「跟你無關的事情，也值得這麼開心？說你濫好人，你憑啥不服氣？」

大概是認為兩人有些相熟了，陳平安說話也沒之前那般遮遮掩掩，理直氣壯道：「劉羨陽、顧璨，加上寧姑娘妳，妳想啊，天底下那麼多人，我也就在乎三個人的好壞，我咋就濫好人啦？」

寧姚笑咪咪問道：「那三個人裡頭，我排第幾？」

陳平安既誠懇又赧顏道：「暫時第三。」

寧姚摘下佩刀，隨便握在手中，用刀鞘輕輕拍了拍陳平安的肩膀，皮笑肉不笑道：「陳平安，你要感謝我的不殺之恩。」

陳平安莫名其妙問道：「煎藥妳不覺得煩？」

寧姚愣了愣，理解了他的想法：「陳平安，我突然發現你以後就算到了外邊，也能活得挺好。」

陳平安一點都不貪心，誠心誠意道：「跟現在一樣好就行。」

寧姚不置可否，輕輕搖晃手中綠鞘狹刀，就像鄉野少女搖晃著花枝。

到了劉羨陽家的巷子拐角處，一個黑影驀然躥出，寧姚差點就要拔刀出鞘，幸好及時忍住。原來是一條黃狗，圍繞著陳平安親暱打轉。

陳平安彎腰揉了揉黃狗的腦袋，起身後笑道：「是劉羨陽隔壁那戶人養的，叫來福，好多年了，膽子特別小。以前我和劉羨陽經常帶牠上山，牠就只會跟在我們屁股後頭湊熱鬧，劉羨陽總嫌棄牠抓不住山兔、山雞，總說來福連一隻貓都不如。像馬苦玄家養的那隻貓，有人看到牠經常能夠往家裡叼野雞和蛇。不過來福年紀大了嘛，十來歲了，很老啦。」說到這裡，陳平安忍不住又彎下腰，摸了摸來福的腦袋，柔聲道：「一大把歲數，就要服老，對吧？放心，以後等我賺到了大錢，一定不餓著你。」

寧姚搖了搖頭，對此她是無法感同身受的。哪怕這一路行來，她見過很多人、很多事。寧姚也曾對這異鄉心懷成見，只是遊歷多了，成見依舊有，卻比最初要小了許多。

有那佛家的行者，在淒厲風雨夜，赤足托缽而行，唱著佛號，步伐堅定；有赴京趕考的窮書生，在破敗古寺裡，為披著人皮的狐魅溫柔畫眉，最後重新動身起程之時，哪怕明知自己已是兩鬢微霜，也無悔恨。

有頂著天師頭銜的年輕道人，在古戰場和亂葬崗之中獨自穿行，默念著福生無量天尊，不惜消耗自身修為，為孤魂野鬼們引領一條超脫之路；有上任之初親手禁絕淫祠龍王廟的中年文官，嘴唇乾裂滲出血絲，在乾涸河床邊上，擺下香案，沙啞誦讀著〈龍王祈雨文〉，最後為了轄境內的百姓，面向龍王廟，下跪請罪。

有前朝遺老的古稀老人，不願帶著出仕新朝的兒子，只帶著蒙學的小孫子，登高作賦，面對家國破碎的舊山河，老淚縱橫，跟心愛孫子說那些已經改了名的州郡原本應該叫什麼。有一葉扁舟在千里長峽中順流直下，讀書人在兩岸猿聲中，意氣風發，讀至快目會心之處，仰天長嘯；有覆面甲冑的傾國女子，在硝煙落幕後，縱馬飲酒最絕色。

一路行來，一路見聞，一路感悟，寧姚的向道之心始終穩若磐石，沒有任何拖泥帶水。現如今，寧姚又多看到一幕。

一個孤苦伶仃的陋巷少年，背著籮筐、繫著魚簍，摸著一條老狗的腦袋，少年對未來充滿希望。

兩人剛到劉羨陽家沒多久，就有人敲響了院門。陳平安和寧姚對視一眼，然後陳平安出去開門，寧姚只是站在屋門口，不過她回頭瞥了眼那柄安靜躺在櫃子上的長劍。

敲門之人是盧正淳，自然是以婦人為首，此外還有兩名盧氏忠僕。

盧正淳面容和善，輕聲問道：「你是劉羨陽的朋友，叫陳平安，對吧？我們是來搬箱子的，劉羨陽應該跟你打過招呼了。所以這袋錢你放心收下。除此之外，我們夫人答應劉羨陽的條件，將來也會半點不差交到他手上。」

陳平安接過那袋子錢，讓開道路，雍容大方的婦人率先走入院子，盧正淳帶著兩名下人緊跟其後。

婦人親自打開已經被擺在正堂的紅漆木箱子，蹲下身，伸手撫摸那具模樣醜陋的寶甲，眼神出現片刻迷離，然後是難以掩飾的炙熱和渴望，但是這抹情緒很快就被婦人收斂。恢復正常神色後，她站起身，示意盧正淳可以動手搬箱子了。東西並不沉重，畢竟裡頭只有一副甲冑而已。

婦人最後一個離開屋子，走到門檻的時候，回頭看了一眼陳平安，微笑道：「劉羨陽真的很把你當朋友。」

不明深意的陳平安只好一言不發，只是默默送他們這一行人離開院子。

最後陳平安站在門外，久久不肯挪步，寧姚來到他身邊。

婦人走在盧正淳三人之後，走到巷子盡頭後，轉頭望去，看到並肩而立的少年、少女，玩味笑道：「年輕真好，可是也得活著才行啊。」

那座橫跨小溪的廊橋裡，高大少年劉羨陽倒在血泊中，身體抽搐，不斷吐出血水。

只是這一次，他再沒有能夠聽到某個黑黑瘦瘦的傢伙一遍遍撕心裂肺喊著「死人了」。

廊橋北端橋頭臺階那邊，人頭攢動，議論紛紛，遠遠看著熱鬧，唯獨不敢靠近劉羨陽，生怕惹禍上身。

有兩人快步走入廊橋，男子蹲下身，搭住劉羨陽的手腕脈搏後，臉色越發沉重。

青衣少女阮秀恨極，咬牙切齒道：「一拳就砸爛了他的胸膛，好狠辣的手段！」

男人不說話。

紮了一根馬尾辮的阮秀怒道：「爹！你就眼睜睜看著劉羨陽這麼被人活活打死？劉羨陽是你的半個徒弟！」

男人一直沒有鬆開劉羨陽的手腕，面無表情，淡然道：「我哪裡知道堂堂正陽山，這回竟然如此不講規矩。」

阮秀猛然起身：「你不管，我來管！」

男人抬頭緩緩問道：「阮秀，妳是想讓爹給妳收屍？」

阮秀大踏步前行，一往無前，沉聲道：「我阮秀不是只會吃一件事！也會殺人！」

男人眉宇間隱約有雷霆之怒。小半原因是自己閨女的愣頭愣腦，更多自然是正陽山那頭老猿的歹毒出手。

男人想了想，既然自己還未正式接手齊靜春的位置，那麼是不是就意味著，自己也可以不用那麼講道理？

阮秀突然停下腳步，她看到有個消瘦少年，從廊橋那一頭，向自己這邊瘋狂跑來。她看到那個熟悉的身影，穿著一雙草鞋，面無表情，古井不波。

兩人一瞬間就擦肩而過，阮秀想要說些什麼，卻說不出口，沒來由，她便覺得很委屈，一下子就流下眼淚。

當陳平安坐在身邊，伸手抓住他的一隻手時，視線早已模糊的劉羨陽，好像一下子多出幾分精氣神，試圖擠出一個笑臉，斷斷續續說道：「那婆娘說我不交出寶甲，她就能殺了你……她還說，反正她是母子二人來咱們小鎮的，一人被驅逐而已，這個代價她出得起。我怕，很怕她真的去殺你……之前我跟你說的，其實不全是假話，我爺爺的確跟我說過那些話，所以我覺得賣了就賣了，沒啥大不了的……只是剛才她又讓人去找我，說那個老人瘋了，一聽說我沒有劍經，就執意要先殺你，再來殺我，我實在是擔心你，想跟你打聲招呼……就一路跑到這裡，然後就被那老王八蛋打了一拳，是有點疼……」

陳平安低著頭，輕輕擦掉劉羨陽嘴角的鮮血，他死死皺著那張黝黑消瘦的臉龐，輕聲道：「不怕，沒事的，相信我，別說話了，我帶你回家……」

劉羨陽那股子強撐起來的精氣神，漸漸淡去，視線飄忽，喃喃道：「我不後悔，你也別怪自己，真的……就是……我就是有點怕，原來我也是怕死的。」

最後劉羨陽死死攥緊他唯一的朋友的手，嗚咽道：「陳平安，我真的很怕死。」

陳平安坐在地上，一隻手死死握著劉羨陽的手，一隻手握拳撐在膝蓋上，大口喘息，拚命呼吸。

年紀輕輕的陳平安，此時就像一條老狗。

陳平安眼眶通紅。當他想要跟老天爺討要一個公道的時候，就更像一條狗了。

陳平安不想這樣，這輩子都不想再這樣了！

福祿街盧氏的宅子，小巧玲瓏，卻別有洞天，便是清風城許氏婦人，也覺得是螺螄殼裡做道場，做到了極致，不能再苛求什麼。在一座臨湖水榭裡，剛剛成功將劉家瘊子甲收入囊中的許氏婦人，滿面春風得意，慵懶地斜靠著圍欄。大概是心情實在太好，以至於盧正淳那隻蒼蠅站在水榭臺階上，也覺得不是那麼礙眼了。

身穿一襲大紅袍子的兒子站在長凳上，往小湖裡丟魚餌，近百尾紅背鯉魚擁擠在一起，紅浪滾滾，畫面頗為壯觀。

許氏對盧正淳吩咐道：「你就不用在這邊候著待命了，等到此間事了，你便隨我們去往清風城，除了讓我家夫君收你為入室弟子外，也會答應你爺爺那個有些無理的請求，務必保證讓你有朝一日能夠躋身中五境。要知道，這種承諾，才是最值錢的，所以說你爺爺是隻老狐狸。」說到這裡，許氏自顧自嫣然而笑：「要我看啊，如果你爺爺是盧氏掌舵人，盧氏王朝未必會這麼快崩塌。哪怕是眼高於頂的大驪藩王宋長鏡，也坦言能夠在一年內就立下滅國之功，功勞簿上有你們盧氏皇室一半。當然了，你們這支小鎮盧氏，運氣不太好，跟主支盧氏，一榮未必俱榮，一損倒真是俱損，所以這次我們清風城給你這個千載難逢的機會，不要錯過了，要好好把握住。」

盧正淳彎腰極低，雙手作揖高過頭頂，感激涕零道：「盧正淳絕不敢忘記許夫人大恩大德，日後到了那座名動天下的清風城，必當為許夫人做牛做馬，並且我盧正淳發誓，此生只忠心於夫人一人！」

清風城許氏笑意嫵媚，瞇起眼眸，柔聲道：「這種掏心窩子的話啊，可別讓我夫君，也就是你未來的師父聽到，或者到時候你也可以在他面前重複一遍？」

興許是在泥瓶巷給劉羨陽下跪後，盧正淳對於此事已經不再心懷芥蒂，聽到許氏的誅心言論後，立即跪下，整個人匍匐在水榭外的臺階頂部，顫聲道：「盧正淳絕不敢忘本！」

許氏笑了笑，隨意揮揮手，開始趕人：「行了，起來吧。以後到了清風城，修行一事最耗光陰，路遙知馬力，你是不是忘本，自然水落石出。」

盧正淳後退著離開水榭，下了臺階才緩緩轉身。

這個曾經在小鎮呼風喚雨的天字號紈褲，在許氏跟前，好像腰杆就從來沒有直起過。

小鎮之外的盧氏作為一座大王朝的掌國之姓，在被大驪邊軍重創之後，可謂大傷元氣，一蹶不振，短期之內很難東山再起，從上到下，盧氏嫡系和旁支以及遠房，只得夾著尾巴做人。否則，以清風城的家底和聲望，絕對不敢如此在小鎮盧氏宅子做起鳩占鵲巢的勾當，還敢居高臨下，對盧氏子弟呼來喝去。其實就算換成正陽山的那對主僕，都很勉強。如今盧氏龍游淺灘，時局艱辛，實在是不得不低三下四。

紅袍男童嗤笑道：「真是個天生奴才命的狗腿子，娘親妳收下這種廢物做什麼？不會真要讓我爹收他做徒弟吧，而且還答應他一個中五境？中五境什麼時候如此廉價了？」

許氏微笑道：「盧正淳雖然面目可憎，但並非沒有可取之處。此人資質一般，本來成為外門弟子就屬萬幸，不過說到底，這個年輕人只是那筆大買賣之下的小添頭而已，掀不起半點風浪。至於表面上看，娘親許諾給小鎮盧氏這麼多，答應盧氏皇室那些逃難的皇親國戚和金枝玉葉，可以在清風城避難並且扎根，清風城會以禮相待，奉為座上賓，甚至在城內專門劃分出一大塊區域，作為盧氏的私人地盤，期限為一百年……」

孩子丟完魚餌，突然跑出水榭，撿了一大把石子回來，然後趴在欄杆上，朝著那些鯉魚使勁丟擲石子，玩得不亦樂乎，轉頭說道：「娘親，咱們來小鎮尋覓瘊子甲，是不是就是一個掩人耳目的由頭，是咱們清風城許氏藉此機會掌控盧氏的障眼法？畢竟百足之蟲死而不僵，盧氏那撥浩浩蕩蕩的喪家犬，聽說人數僅皇室成員就有三千多，加上內宦、奴婢附庸和不願依附大驪宋氏的亡國遺老，對於我們清風城的人氣增長，幫助很大。如此說來，這裡才是落魄盧氏如今真正的消息運轉樞紐？」

許氏欣慰笑道：「能夠想到這一層，說明我的兒子很聰明，但是呢，還是錯了。」

男孩皺眉，等著答案。

許氏眨了眨眼睛：「那副瘊子甲，內有玄機，簡單而言，就是不比那部劍經差。」

男孩狠狠丟出一顆石頭，砸在一尾鯉魚背脊上，鮮血四濺，可憐的鯉魚，瘋狂拍打著水面。

男孩眼神炙熱：「我爹最擅長攻伐之道，殺力之大，不比那大驪宋長鏡遜色太多，只可惜一直受困於先天身體孱弱，最怕對手和他以傷換傷的無賴打法，這才無法揚名，還淪為笑柄，就連清風城的自家人也敢在背地裡取笑我們。娘親，是不是我爹得了這具寶甲後，就能夠攻防皆備，可以與那宋長鏡一較高低了？」

許氏仍是搖頭。

紅袍男孩重重一拍欄杆，怒色道：「妳不要跟我賣關子！」他齜牙咧嘴，擇人而噬，就像一頭虎豹幼崽。

許氏從來沒覺得兒子在自己面前大呼小叫有何不妥，畢竟兒子一出生，就得到過一位高人評價極高的讖語——虎狼之相，人主資質。

許氏耐心解釋道：「你爹得到寶甲後，一旦參悟成功，能夠百尺竿頭、更進一步，要什麼防禦，一力降十會，一鼓作氣碾壓敵人便是。」

男孩哈哈大笑，快意至極：「殺殺殺，到時候讓我爹就從咱們清風城內部殺起！自己人做的噁心事，才最噁心！」

男孩笑過之後，很快冷靜下來，突然想起一事，問道：「娘親，妳這麼戲耍正陽山，真是耍猴了，就不怕那隻蠢猿萬一回過神來，離開小鎮後就對我們大打出手？還有一件事，我始終沒想明白，那個姓劉的，既然早早有了買瓷人，本身就根骨極好，加上有寶甲、有劍經，這樣的香餑餑，簡直少之又少，就連我也不得不承認，對他需要刮目相看，那麼買瓷人為何遲遲不願露面，使得娘親妳能夠渾水摸魚，還讓那正陽山老猿幫咱們解決掉了爛攤子。他一拳打死劉羨陽後，什麼都清淨了，天大麻煩由正陽山來兜著，至於我們清風城，便有了極大的迴旋餘地。」

許氏胸有成竹道：「正陽山那隻千歲高齡的搬山老猿，腦子不算好用，但還不至於蠢笨到被娘親任意當猴耍的地步，其實他早已猜出娘親借刀殺人的手段了。為何老猿願意捏著鼻子，自己跳入陷阱，其中原因比較複雜，既有正陽山不怕惹禍上身的自負，也有一段不為人知的祕史內幕，你暫時不用管這些。」她陷入沉思，再次捋了捋思路，試圖查漏補缺，以免後患無窮。

少年劉羨陽的買瓷人，曾是鼎力支持盧家王朝的一股勢力。王朝覆滅後，賠了一個底朝天，血本無歸，在這之前，確實是山下世俗王朝一等一的門閥，否則也不至於在確認劉羨陽的劍胚資質後，仍然能夠耗費重金將劉羨陽留在小鎮，買下了之後的九年時間。

正陽山不知透過什麼管道知曉此事後，便去找到那個破落戶，試圖購買劉羨陽的本命瓷。正陽山一位老祖，當面就給出了一個天價，但是那戶人家吃錯藥了一般，死活不願鬆口，只說是已經轉手賣給其他人了，至於是誰，什麼來歷，更是守口如瓶。

之後迷惑不解的正陽山，便聽到風聲，說是正陽山的死敵風雷園搶先抓住機會，趁火打劫，得了先機。那戶人家自然不敢當著正陽山劍仙的面說自己已經把東西賣給了你們正陽山的仇敵風雷園。

至於劉家祖傳瘊子甲和劍經一事以及風雷園接手劉羨陽本命瓷的消息，到底是誰洩露給正陽山的？遠在天邊，近在眼前，正是清風城許氏，不過當然是躲在幕後的那種，她更是主要謀劃之人。這趟親自趕赴小鎮，花費巨大代價，她自然要保證這筆買賣最少能夠回本，否則她這一支在清風城的地位就會一落千丈，岌岌可危，更別奢望獨力執掌清風城。

事實上，小鎮這邊，臥虎藏龍，不容小覷，不提日薄西山的盧氏，其餘三大姓氏，在東寶瓶洲版圖上，誰不是雄踞一方，如日中天？

其實四姓十族，真正的底蘊，不是說盤踞著多少條術法通天的地頭蛇。這些家主、老祖宗，其實註定已經離不開。老話說樹挪死、人挪活，可惜他們早已與桃葉巷的桃樹、小鎮中心的老槐差不多，屬於挪了就死，更無來生一說，所以空有一身大神通，無法施展。

這些家族的底蘊，在於他們能夠掌握多少口龍窯，管轄多少門戶，因為這將直接決定每年為外邊提供多少只本命瓷。一旦出現修行的好胚子，押中寶的買瓷人，只要不是手頭太拮据，多半還會額外包一個「大紅包」，除此之外，也等於雙方結下一份香火情，比起點頭之交，當然分量要更重。

許氏突然對自己兒子感慨道：「千萬不要小覷任何人，哪怕是盧正淳這種彎腰做狗的小人物。你以為來了小鎮，就能夠輕而易舉將那些機緣、寶物拿到手嗎？不是這樣的。老龍城的苻南華，幾乎道心崩碎，雲霞山的蔡金簡更是人間蒸發，生死不知。還有一名資質不俗的後輩，在廊橋那邊看似福至心靈，便作水觀，給人壞了心境，無異於在心湖底部，被人硬生生砸出一個大坑，使得湖水下降。這類事情，不會到此為止，接下來反而只會越來越多。所以說，修行路上，無一個逍遙人。」

男孩想了想：「小心駛得萬年船。娘親，我會注意的。」

許氏點頭道：「如此最好。」

男孩丟擲出最後一顆石子，問道：「那個齊靜春到底怎麼回事？」

許氏罕見動怒，厲色訓斥道：「放肆！尊稱齊先生！」

男孩一愣，乖乖改口道：「齊先生是不是有了麻煩？」

許氏猶豫片刻，緩緩說道：「齊先生的恩師，不但曾經陪祭於那座文廟，而且還是儒教教主的左手第二位。」

男孩目瞪口呆。

這意味著齊靜春的恩師，是儒家，或者準確說是儒教漫長歷史上的第四人？

這是超乎想像的存在。要是有誰誇下海口，說這類聖人一怒之下，能夠一腳將東寶瓶洲最大的山嶽澈底踩碎，男孩不敢說全信，但也肯定會半信半疑。

許氏心有戚戚，低聲道：「只是那位聖人中的聖人，如今地位卻比這座小鎮的那些破敗神像……也不如了。」

男孩咽了咽口水，隨口問道：「劉羨陽那個朋友如何處置？」

許氏想了想：「你是說泥瓶巷那個姓陳的孤兒？」

男孩點點頭。

許氏笑道：「你不也一見面就稱其為螻蟻嗎？讓他們自生自滅便是。」

督造官衙署來了兩位風塵僕僕的客人，兩人皆是弱冠之年，玉樹臨風，如楠如松，頭等美質。門房聽說是來拜訪崔先生後，連身分也不詢問，趕緊領進官邸，領到那位崔先生暫居的別院，幫著敲響門扉，門房便恭謹告辭。

開門之人，正是那位代表儒家來此討要壓勝之物的君子，年少時就贏得過呵筆郎的美譽，一直被視為下任觀湖書院山主的不二人選。他看到兩位年輕人之後，有驚喜也有訝異，望向其中一位斜靠門扉的年輕人，笑問道：「灞橋，你身邊這位朋友是？」

被稱呼為灞橋的年輕人，嬉皮笑臉道：「這傢伙啊，是大雍王朝龍尾郡的陳氏子弟，崔兄你叫他松風就行。這傢伙生平不好美色美酒，唯獨有石硯之癖，聽說這邊的小溪有幾個老坑，就想來碰碰運氣。他還有一位遠房親戚，這次也與我們隨行，要不是因為她，我和松風也不會耽擱到現在才進小鎮，本該早兩天來的。她不喜歡與人打交道，便自己去逛小鎮了。唉，可惜了、可惜了，來的路上，聽說大隋的一個皇子得了天大機緣，賺到一尾金色龍鯉，以後大有希望走江出龍，把我給眼饞得眼睛都紅了。崔兄，你瞅瞅，滿是血絲，對不對？」

年輕人把頭向那位儒家君子伸過去，後者笑著用手指推開他的腦袋，提醒道：「劉灞橋，既然已經拖延了行程，就趕緊辦正事去，還來我這邊空耗做什麼？什麼時候風雷園的行事風格，變得如此拖拉了？」

那位龍尾郡陳氏子弟面帶歉意，苦笑道：「來的路上，有過一場衝突意外，灞橋兄傷了作為養劍室的臟腑竅穴，只得冒險將本命劍移至明堂竅。若非我修為不濟，成了累贅，絕不至於讓灞橋兄受傷。」

劉灞橋爽朗大笑道：「幾個鬼鬼祟祟的野修罷了，靠著一點歪門邪道，才僥倖傷到本公子，反正已是我劍下亡魂，不值一提！如果不是急著趕路，本公子就要給他們弄幾座衣冠塚，立塊墓碑，寫下他們於某年某月某日死於我劉灞橋劍下，將來等我成為劍道第一人，說不得還會成為一處風景名勝，對不對？」

儒家君子與這位風雷園天才劍修相識已久，知道他天生不著調的性格。他把兩人帶進院子，劉灞橋突然壓低嗓音：「崔兄，你給我透個底，此方天地是不是馬上要塌了？山崖書院那位流徙至此的齊先生，當真要執意逆天行事？」

崔姓讀書人置若罔聞。

劉灞橋嘿嘿一笑，指了指崔先生：「我已經懂了。」

那位儒家君子看似漫不經心地說道：「松風，我先前去學塾那邊拜訪過齊先生，先生說起修身一事，有過『時不我待』的感慨。」

修身、齊家、治國、平天下，這位出自崔氏的聖人種子，卻只說到修身便打住了。

陳松風一開始本以為是讀書人之間的客套寒暄，只是當他看到對方的眼神之後，靈犀一動，立即心領神會，抱拳道：「崔先生，我去尋一尋那位遠房堂姐，回來之後再向先生討教治國韜略。」

陳松風言語當中，有意無意跳過「齊家」，只是提及了治國。

陳松風匆匆離去。崔姓讀書人嘆了口氣，和劉灞橋坐在小院石桌旁。

劉灞橋蹺著二郎腿，直言不諱道：「這個陳松風聰明是聰明，一點就透，只不過吃相也太不講究了，好歹坐下來跟你胡扯幾句，再走也不遲，就那麼急著去求祖蔭槐葉？我看沒必要嘛。如今我們東寶瓶洲除了龍尾郡陳氏，還剩下幾個上得了檯面的姓氏門閥？那些槐葉，不乖乖落入他陳松風口袋，難道還落在小鎮土生土長的俗人頭上？」

東寶瓶洲的陳氏，以龍尾郡陳氏為尊，雖然沉寂很久，不過瘦死的駱駝比馬大，雖然聲勢不振，但到底是祖上出過一大串梟雄人傑的千年豪閥，因此哪怕是劉灞橋所在的風雷園這樣的鼎盛宗門也不敢小覷，就連劉灞橋這種人也願意與之為伍，算是當作半個朋友。

讀書人好奇問道：「你來此是找那位阮師，求他幫你鑄劍？」

劉灞橋吞吞吐吐，語焉不詳。大略意思是為宗門做一件事，如果做成了，風雷園就會出面為他向阮師求情鑄劍。至於那件事為何，劉灞橋似乎有些難以啟齒。

讀書人又說道：「你知不知道正陽山也來人了，而且是主僕二人。」

劉灞橋愣了愣，震驚道：「我根本沒聽說啊，正陽山是誰來了？」

然後這個在風雷園以跋扈著稱的年輕劍修，閉上眼睛，雙手合十，碎碎念禱告道：「千萬別是傾國傾城的蘇仙子，小子我跪求不是蘇仙子大駕光臨，要不然我出劍還是不出劍？蘇仙子看我一眼，我就要酥了，哪裡捨得祭出飛劍……」

讀書人有些無奈：「放心，不是你心儀的蘇仙子，是護山的白猿，他護送著正陽山純陽劍祖陶魁的寶貝孫女。」

「老崔你真是我的福星！不是蘇仙子就萬事大吉！」劉灞橋立即活蹦亂跳，哈哈大笑道，「怕他個卵！我還怕一頭老畜生不成？咱們風雷園誰都可以怕，唯獨不懼他正陽山！」

讀書人猶豫了一下：「風雷園和正陽山，本是同根同源的劍道正宗，為何就不能解開死結？」

劉灞橋收斂玩笑神色，沉聲道：「崔明皇，這種話你以後到了風雷園，千萬千萬別跟人說半個字。」

崔明皇喟然長嘆。

風雷園、正陽山，雙方從祖師劍仙到剛入門的子弟，往往不需要什麼一言不合，只要是遇到了，直接就會拔劍相向。

官署門房和年邁管事突然火急火燎趕到院門外，崔明皇和劉灞橋同時起身。

管事走入院子，行禮之後，說道：「崔先生，剛得到一個消息，正陽山對一個叫劉羨陽的少年出手了。」

劉灞橋驟然大怒：「哪個劉羨陽？」

管事對崔先生頗有敬意，至於眼前這位不知姓名的公子，老人其實並不畏懼，淡然回覆道：「回稟這位公子，我們小鎮只有一人叫劉羨陽。」

劉灞橋臉色劇變，冷笑道：「好一個正陽山，欺人太甚！」

崔明皇神色自若，問道：「齊先生是否出面？」

管事搖頭道：「尚未。聽說那少年被帶去了阮師的劍鋪，估摸著就算沒死，也只剩一口氣了。有人親眼看到那少年胸膛被一拳捶爛，如何活得下來。」

崔明皇笑了笑：「謝過老先生告知此事。」

年邁管事連忙擺手：「不敢當、不敢當，職責所在，叨擾崔先生了。」

在管事領著門房一起離去後，崔明皇看到劉灞橋一屁股坐回石凳，疑惑問道：「你難道正是沖著那個少年而來？」

劉灞橋臉色陰晴不定：「算是一半吧。接下來會很麻煩，大麻煩。」

崔明皇問道：「不只是牽涉到風雷園和正陽山的恩怨？」

劉灞橋點點頭：「遠遠不止。」

崔明皇袖手而坐，輕聲道：「樹欲靜而風不止。看來我是該動身去取回那塊四方鎮圭了，哪怕會被齊先生誤認為是我們觀湖書院落井下石，也沒辦法。」接著，崔明皇站起身：「我去趟學塾，去去就回。」

他離開福祿街的官邸後，途經十二腳牌坊樓，停下腳步，仰頭望著「當仁不讓」四字匾額。

陽光下，崔明皇伸手遮在額頭。

他一陣猶豫不決之後，竟是轉身返回官署。

福祿街上，魁梧的白髮老人牽著瓷娃娃一般容顏精緻的女童，並沒有進入盧家大宅，反而去了李家。

早有人等候在門口，將兩人迎入家內，在懸掛「甘露堂」匾額的正堂內，一個氣度威嚴的老人站起身，來到門口相迎，抱拳道：「李虹見過猿前輩。」

正陽山的搬山老猿對李家家主隨意點了點頭，鬆開小女孩的手，低頭柔聲道：「小姐，老奴在山頂那邊等妳。」

小女孩坐在正堂門檻上，氣鼓鼓不說話。

李氏家主輕聲道：「前輩放心，我們李氏一定將陶小姐安然無恙地送出小鎮。」

老猿「嗯」了一聲：「此次麻煩你們幫忙照顧小姐，就算正陽山欠你們一個人情。讓我與小姐說些話。」

李虹立即離開正堂，並且下令讓家族所有人都不得靠近甘露堂半步。

老猿也坐在門檻上，想了想：「小姐，有些話本不該跟妳說的，只是事已至此，再隱瞞也沒有意思，老奴就一併跟妳說了。此次小鎮之行，多半是有人精心策劃的一個局。那個清風城許家婆娘，跑不掉，只不過她未必是分量最重之人。這個坑，厲害的地方在於哪怕老奴有所察覺，也無法不跳。小姐有所不知，那部劍經的主人，曾經是個叛出正陽山的劍道孽徒，由他自創而成。依照妳爺爺的說法，這部劍經最可貴之處，在於雖然寫書之人，最終劍道成就不過是摸著劍仙的門檻，但是劍經內容，直指大道。小姐妳想啊，與咱們正陽山交好的謝家老祖何等眼界，仍是給予這部劍經『極高』二字評語。」

接下來老猿的語氣冷漠了幾分：「而這個欺師滅祖的劍道天才，走投無路之際，投靠了我們正陽山的宿敵風雷園，風雷園也確實庇護了此人大半生。他當了大半輩子的縮頭烏龜，後來為了印證劍經，悄然離開風雷園，尋找過數位證了道的大劍仙，例如謝家老祖，哪怕皆對其人品不屑，但是對於劍經所寫，的確都讚賞不已。謝家老祖私下曾說，劍經融合正陽山、風雷園兩家劍道精神，一旦哪一方有人修成，那麼兩家的術道之爭，鹿死誰手，就該落幕了。」

老猿沉聲道：「所以這部劍經，老奴如果能夠拿到手，交給小姐妳來修行，是最好的結果。退一萬步說，就算我們正陽山沒有拿到手，如果給什麼老龍城、雲霞山之流，被那些年輕人得去了機緣，正陽山倒也能忍。唯獨一事，絕對不能退讓半步，那就是被風雷園的狗雜種們將劍經拿到手！」

老猿臉色鐵青猙獰：「小姐，別忘了，風雷園的園子最深處，那座試劍場之上，我們正陽山的那位老祖也正是小姐妳這一脈的祖先。她當初在正陽山最為孱弱之際，毅然挑戰那一代的風雷園園主，結果堂堂正正戰死後，她的屍首，非但沒有被風雷園禮送回正陽山安葬，反而任其曝曬，甚至頭顱之中，還插著一把風雷園劍士的長劍，故意任人觀摩取笑！三百年了，整整三百年，哪怕正陽山公認英才輩出，竟然始終連風雷園的一把劍也拔不出來！一代代正陽山劍修，承受著這種奇恥大辱。正陽山一日不滅風雷園，便一日是整個東寶瓶洲的笑話。為何我正陽山，每一位老祖成就劍仙之尊後，從不願召開慶典，普告天下？」

這些陳年往事，小女孩其實早就爛熟於心，耳朵都聽得起繭子了。只不過之前親人長輩說起，都盡量以雲淡風輕的語氣提起這段公案恩怨，遠遠不像搬山猿這般憤懣滿懷，直抒胸臆。

小女孩稚聲稚氣問道：「白猿爺爺，那你為何不乾脆一拳打死那死強死強的少年？雖說他如今已是經脈寸斷，氣息崩碎紊亂，劍經自然而然就跟著被搗爛、攪碎，神仙也沒辦法復原。可是不怕一萬就怕萬一，萬一有人救了他，萬一有人得到劍經，那我們正陽山咋辦？」

那部劍經的傳承方式極為特殊玄妙，無法言傳，當年那個正陽山叛徒，留下一道流轉不定的劍意在子孫體內，代代相傳，一直在等待天資卓絕的子孫出現，能夠駕馭這道蘊含劍經內容的劍意。所以只要劉羨陽死了，他的買瓷人和風雷園也就徹底沒戲了。那部從未真正現世的劍經，就此煙消雲散。

老猿哈哈笑道：「老奴若是當場就打死那少年，就會被瞬間趕出這座小天地，到時候小姐怎麼辦，難道要小姐獨自面對風雷園的人？再者，此地術法一律禁絕，阮師能鑄劍、能殺人，可是救人的本事嘛，真是不咋的。除此之外，難不成齊靜春出手？絕對不會的，如今他已是泥菩薩過河，自身難保。再說了，真惹惱了老奴，大不了就現出真身。老奴倒要看看，這方天地撐不撐得起老奴的千丈真身！」

老猿站起身，氣勢磅礴道：「小姐，廊橋少年一事，已經不用理會，容老奴殺了風雷園的人，就在那座山頂門外等妳。那齊靜春若是識相，就隔岸觀火，若是他敢插手，老奴就敢撞他個支離破碎。便是阮師出手，老奴也要與之一戰到底，才算不虛此行！」

小女孩想了想，燦爛笑道：「白猿爺爺，你去吧，不用擔心我。」

老猿灑然笑道：「小姐就更不需要擔心老奴了。」

溪畔劍鋪一間屋子裡，彌漫著一股濃重的血腥味，一盆盆血水被端出去，然後端回一盆盆清水。

一個幾乎是被阮秀拎小雞一樣抓來的老人——楊家藥鋪的掌櫃，就坐在窗前小凳上。他伸手洗去滿手血跡，額頭滲出汗水，抬頭後無奈搖頭道：「阮師，這少年的傷勢實在太重了，如果是小鎮之外……」

雙手環臂的阮師傅板著臉道：「廢話就別說了。」

楊掌櫃只得苦笑。自己確實說了句廢話，如果是在小鎮之外，根本就用不著他出手。

青衣少女阮秀，死死盯住那片放在病榻少年額頭上的槐葉——已經黯然無光，綠色猶然是綠色，卻沒有半點綠意。

她猛然轉頭，憤怒問道：「不是說好了，陳平安拿出他那片槐葉，劉羨陽就能有一半生機嗎？」

楊家鋪子老掌櫃嘆息道：「若是槐葉主人自己遭此重創，然後承受槐葉的祖蔭，當然是救活的機會有五成，可是用來給別人消受福蔭，就另當別論了。」

阮秀怒喝道：「姓楊的！那你為何之前胡說八道，還說有五成希望？為什麼不早說！」

楊掌櫃哭喪著臉，無比委屈：「老夫當時要是不這麼說，怕是少年沒死，老夫就已經被妳活活打死了。」

阮秀氣得臉色發白，正要開口罵人，男人沉聲道：「秀秀，不得對楊掌櫃無禮。」

阮秀咬緊牙關，默不作聲。

男人沉默片刻後，瞥了眼呆若木雞、遲遲沒有動靜的老掌櫃，沒來由春雷綻放似的，就開始破口大罵道：「楊掌櫃，你他媽的像一根木頭杵在這裡，作死啊？」

碰上這麼一對父女，楊掌櫃真是欲哭無淚，關鍵是還不敢流露出絲毫不滿，只得硬著頭皮繼續死馬當活馬醫。

從頭到尾，陳平安都沒有大呼小叫，也沒有號啕大哭，只是一次次端水出門再進門，一盆盆血水換成一盆盆清水。

又一刻鐘之後，藥鋪楊掌櫃也是煩躁至極，低頭看著那盆清水，猛然一巴掌拍在水裡，濺起無數水花，然後抬頭對阮師傅無比悲憤道：「阮師！你乾脆一劍刺死我算了，老子只是個賣藥的，不是起死回生的神醫！」

打鐵漢子一點一點皺起眉頭。

楊掌櫃立即縮了縮脖子。

陳平安終於出聲說話：「楊掌櫃，再試試看。」

楊掌櫃轉頭望向陳平安。

陳平安眼神乾乾淨淨，微微加重語氣：「再試試看！」

楊掌櫃吐出一口濁氣，於心不忍道：「孩子，老夫是真的無能為力啊。」

陳平安艱難擠出一絲笑意：「楊掌櫃，求你了。」

楊掌櫃滿臉疲憊，仍是搖了搖頭。

陳平安眼睛裡僅剩的最後那點希冀神采，消失不見了。

他蹲下身放下臉盆，坐在床邊，握住劉羨陽已經微涼的手，擠出一個比哭還難看的笑臉，輕聲道：「我會回來的。」

陳平安起身離開屋子，走到門檻那邊，突然轉過身，向一直忙到現在的阮家父女和老掌櫃三人，鞠躬致謝。

陳平安跨過門檻，陽光有些刺眼，略作停頓後，他大步向前。

老天爺不給公道，沒事，我自己去要，能要多少是多少。

陳平安離開屋子沒多久，阮秀一跺腳，就要跟上去，卻被從阮師變成阮師傅的中年男人喊住。

男人正色道：「秀秀！妳若是現在摻和進去，只會幫倒忙，害了那個陳平安，到時候才真正是萬劫不復。」

阮秀沒有轉身，只是猛然轉頭，黑亮的馬尾辮，在空中甩出一個漂亮弧度。

她眼神凌厲，語氣近乎苛責道：「爹，劉羨陽的事情你也沒摻和，結果又如何了？」

男人欲言又止，最後仍是忍住沒有洩露天機，沉聲道：「相信爹，現在的妳，對那個少年最大的幫助，是盡量告訴他一些這座小洞天的祕密和規矩，要他爭取在框架之內行事，天時地利人和，能夠多占一樣是一樣。」

阮秀似懂非懂，猶豫不決。

男人揮揮手，耐著性子叮囑道：「牽一髮而動全身，妳是我阮邛的女兒。那泥瓶巷的少年，他丟入池塘的石子再大，濺起的水花有限，不會驚擾到水底的老王八，這就意味著萬事可以周旋，可是妳阮秀不一樣。記住嘍，每逢大事要靜氣，要妳多讀書多讀書，總是不聽！心性連一個陋巷少年也比不上，虧妳還是修行之人。」

男人其實最後這句話一說出口，就有些後悔了。沒辦法，到了自家閨女這邊，漢子總管不住最後一句肯定拆臺的言語。好在這回阮秀竟是沒有覺得怎麼委屈，她快步跑出屋子，留下一個心情複雜的男人。

本名阮邛的男人挑了張凳子坐下，握住劉羨陽的手腕，一團亂麻的脈象，糟糕至極。

本就心情不太好的他臉色越發陰沉，大發牢騷道：「齊靜春也真是的，正陽山如此投機行事，就算沒辦法按照規矩將其驅逐出境，好歹也給點教訓，殺雞儆猴，即便殺不得，打幾下有什麼問題？要不然接下來此方天地不斷有新人湧入，更加魚龍混雜，還不得亂套？怎麼，是想著反正沒幾天就要卸任，大不了就留給我一個稀巴爛的攤子？說好的讀書人的擔當呢……」

蹩腳老掌櫃坐在一旁眼觀鼻、鼻觀心，絕對不插嘴，以免惹禍上身，他只敢在心裡不斷腹誹，說好的每逢大事要靜氣呢？

阮邛發完牢騷，最後嘆息道：「你齊靜春如此束手束腳，也是沒辦法的事情。前邊的話，你可以當作耳旁風，這句話，可別漏掉不聽啊。」

楊家鋪子的老掌櫃，其實一直豎著耳朵偷聽，聞言後頓時拜服，心想不愧是下一任坐鎮洞天的聖人，這臉皮都能擋下飛劍了。

阮邛突然望向楊掌櫃，問道：「只聽說嫁出去的閨女，潑出去的水。這他娘的還沒有嫁人啊，就已經胳膊肘往外拐啦？」

楊掌櫃實在是憋了半天，忍不住想要說幾句良心話了，要不然都對不起自己鐵骨錚錚的風骨，於是壯起膽子說道：「阮師，是不是老朽老眼昏花的緣故？總覺得那少年好像也沒多喜歡你家秀秀啊。」

阮邛用一種憐憫的眼神看著楊掌櫃，斬釘截鐵道：「不用懷疑，你就是老眼昏花了！」

楊掌櫃也用一種可憐的眼神看著阮邛。

兩兩無言。

水井那邊，阮秀趕上陳平安，也不說話，好像是不知道如何開口。

陳平安朝她笑了笑，記得第一次在青牛背那邊遇到，還以為她是啞巴，要麼就是不會說小鎮這邊的方言土話，現在才知道原來她只是不愛說話而已。

跟著陳平安的腳步，走向廊橋那邊，阮秀終於鼓起勇氣說道：「陳平安，我叫阮秀，我爹叫阮邛，是一名鑄劍師。我從小就跟我爹打鐵鑄劍，這次來你們小鎮，爹說是礙於宗門託付，加上這裡的水土最適宜打造劍爐，所以才來這裡蹚渾水。其實我心裡清楚，我爹是想為我找一份機緣，我爹這人就是死要面子，就像你的朋友劉羨陽，我爹其實心裡很想收這個徒弟。你可能不太知道，我爹如果將來選擇在這裡開宗立派，開山大弟子的人選，就很重要了，所以他不是見死不救，你別怪他……」

陳平安搖頭道：「我沒有怪妳爹。」說到這裡，他停頓了一下，抬起手背抹了抹下巴，苦澀道：「知道不應該怪別人，但其實心裡很氣，很生氣妳爹為什麼不早點收下劉羨陽做徒弟，生氣為什麼劉羨陽出事情的時候，沒有人阻攔。哪怕知道這不對，我還是很生氣。」

阮秀點點頭：「這是人之常情。」

陳平安不願在這裡多耗，問道：「阮姑娘，找我有事嗎？」

阮秀小心翼翼問道：「你現在不會是去找正陽山的人報仇吧？」

陳平安不說話，既不否認也不承認。

阮秀本來就不是擅長言辭的人，乾脆就想到什麼就說什麼了：「你別這麼魯莽，正陽山本就是我們東寶瓶洲的名門大派，那隻老猿的身分，其實與正陽山老祖無異，哪怕老猿在此地無法使用術法神通，可要是對付你，很簡單！再就是他重傷劉羨陽後，齊先生一定會懲罰他的，所以你至少不用擔心這件事情會被當作什麼都沒發生……」

陳平安打斷阮秀的言語，說道：「阮姑娘，妳所謂的懲罰，是說殺人凶手會被趕出小鎮嗎？」

阮秀啞然。

陳平安笑了笑，反過來勸慰阮秀，眼神真誠，清澈得如同小溪流水：「阮姑娘，妳的好意，我心領了。我當然不會傻乎乎衝上去，直接跟那種神仙拚命。」

阮秀如釋重負，習慣性拍了拍胸脯，興許是覺得自己的舉動有些稚氣，不夠淑雅，不像是大家閨秀，便笑得有些難為情。

陳平安也跟著笑起來，說道：「上次只送給妳三條魚，是我太小氣了。」

阮秀有些赧顏，很快憂心問道：「你的左手？」

陳平安揚起包紮嚴實的左手：「不打緊的，已經不礙事了。」

阮秀整理了一下思緒，緩緩說道：「陳平安，千萬別衝動，如今學塾齊先生的處境比較困難，而且齊先生和我爹交接的時候，極有可能小鎮會迎來翻天覆地的新局面，是好是壞，目前還不好說，所以宜靜不宜動。」

陳平安點頭道：「好的。」

阮秀有些莫名的著急。歸根結底，在於她自己就很焦躁。按照她的性情，這會兒本該殺向那個正陽山老猿了，可如今卻要反過來苦口婆心勸說陳平安不要冒險，是有違本心的。但問題在於，就像她自己所說，大勢所趨，確實宜靜不宜動，這也是她的直覺。她阮秀莽莽撞撞去找人討要說法，即便惹出捅破天的麻煩，她爹也不會袖手旁觀，而且多半壓得下來。可是眼前這個陳平安，只能生死自負。

陳平安和阮秀道別離去，獨自跑向廊橋。

才別少女，又見少女。

廊橋南端石階上，坐著一個刀劍疊放的少女，面容肅穆。

她身穿墨綠色長袍，雙眉狹長，緊抿起嘴唇，身邊放著兩只織造華美的金絲繡袋。

陳平安快步跑向廊橋，剛到臺階底下，少女寧姚就拋來那兩袋子銅錢，淡然道：「還你。」

陳平安站在臺階下，雙手接住兩袋錢，一時間不知道該說什麼。

寧姚板著臉說道：「說好了要保證劉羨陽的安全，現在是我沒有做到，是我寧姚對不起你陳平安和劉羨陽！」

寧姚心知肚明，在這座小鎮上，身軀體魄仍屬普通的少年，被仙家人物一拳打爛胸膛，誰都救不了。再者，如果劉羨陽有救，哪怕只有一線生機，以陳平安的濫好人性格，恐怕就是待在鐵匠鋪那邊會被人砍頭，也絕對不會擅自離開半步。

陳平安走上臺階，蹲在她旁邊不遠處，把兩袋子錢遞還給寧姚，輕聲說道：「寧姑娘，錢，妳留著好了，加上泥瓶巷我家藏的那袋，妳全部拿去，我已經不需要了。可以的話，以後希望妳能幫忙花錢雇個人，照看我和劉羨陽兩家的宅子。」

寧姚沒有接過錢袋，氣極反笑：「那要不要幫你每年春節貼春聯和門神啊？」

陳平安臉色認真道：「如果可以的話，最好。」

寧姚差點氣得七竅生煙，大罵道：「小時候被牛尾巴打過臉，了不起啊？就可以名正言順地做傻事？氣死我了！總之這件事情，陳平安你別管，你以為就你那點三腳貓功夫，能對付一隻正陽山的搬山猿？劉羨陽那破宅子，以後你自己管去，你家春聯門神，也自己滾去買！我寧姚不伺候！」

陳平安望著寧姚說道：「寧姑娘，我雖然認識妳沒多久，但是我能夠肯定一件事，如果妳有信心幫劉羨陽報仇，妳絕對不會把兩袋子錢還給我，至少不是在這個時候。」

陳平安把錢放在兩人之間的臺階上：「寧姑娘，現在都什麼時候了，妳覺得我還有心情跟妳說客氣話嗎？妳跟我，還有劉羨陽，只是做一筆生意買賣，又不是誠心坑我們，只是遇上這樣的天災人禍，誰也想不到，哪有讓妳賠上性命的道理？相信我，不只是我陳平安不願意看到這樣，劉羨陽那個傻瓜也一樣不願意。他如果能說話，只會說爺們的事，娘們別管……」陳平安突然咧了咧嘴，說道：「我當然不敢這麼跟寧姑娘說。」

寧姚雙手按在白鞘長劍之上，瞇眼道：「我之前話只說了一半，愧疚是一半，再就是自離家出走以來，我寧姚行走天下，從來沒有遇到一個坎就繞過去的時候！」寧姚伸出大拇指，指了指自己心口：「這裡也是！」

陳平安想了想：「寧姑娘，妳做事之前，能不能先讓我找三個人？之後我們各做各的！」

寧姚問道：「需要多久？」

陳平安毫不猶豫道：「最多半天！」

寧姚又問道：「除了齊靜春，還有兩個是誰？」

陳平安搖頭道：「寧姑娘妳就別問了。」

寧姚皺眉道：「窯務督造官衙署，可管不了這個，你真以為是偷雞摸狗、街頭鬥毆的小事？」

陳平安剛要站起身，寧姚沉聲道：「錢拿走！」陳平安只得自己先收起來。

「陳平安！你等下，先轉過身去。」在讓陳平安轉身後，寧姚突然彎下腰，掀起袍子，取下一把綁縛在小腿上的古樸短刀，站起身遞給陳平安，語氣無比鄭重其事道：「這是我們家鄉那邊獨有的壓衣刀，每個女子都會有。事急從權，便宜行事，我就不講究什麼鄉俗了。但是你別忘了，這刀是借給你，不是送給你的！」

陳平安有些茫然，但是伸出一隻手去接短刀。

寧姚怒道：「用雙手！懂點禮數好不好？」

陳平安趕緊抬起另外一隻手，不過仍是疑惑不解。

寧姚沒好氣道：「你以為只憑幾片碎瓷，就能殺那隻搬山猿？蔡金簡只不過是修行路上沒走多遠的角色，更何況正陽山那隻老畜生天生異象，最是皮糙肉厚，別說瓷片，就是尋常的仙家兵器，一樣傷不到老畜生分毫，撐死了弄出一、兩條傷痕，有何意義？屁事不頂用！」

雙手接刀又不知如何安置它的陳平安，此刻臉色有些古怪。

寧姚瞪眼道：「都要拿刀砍人了，還不許爆幾句粗口？」

陳平安無言以對，不知為何，他坐到了臺階上，抬頭望著南方的天空。

寧姚站在他身邊。

陳平安最後一次勸說道：「真的會死人的。」

寧姚雙手環胸，一側佩劍，一側懸刀，臉色漠然：「我見過的死人，比你見過的活人還多。」然後她故意以一種漫不經心的語氣說道：「那把壓衣刀，回頭你可以綁在手臂上，藏於袖中。」

陳平安點頭道：「好的。」

陳平安使勁拍了一下膝蓋，站起身，突然說道：「認識你們，我很高興。」

寧姚猛然轉身，率先行走於廊橋中。

英氣動人的少女，雪白劍鞘的長劍，淡綠刀鞘的狹刀。她此時的身影，是陳平安這輩子見過最美的畫面，沒有之一。

這一刻，陳平安覺得自己哪怕能夠走出小鎮，也不會見到比這更讓人心動的場景，這輩子不虧。所以原本因為陸道長一席話，變得有些惜命怕死的他，又像以往那樣，一點也不怕死了。死就死。

陳平安和寧姚在十二腳牌坊樓那邊分道揚鑣，陳平安去了泥瓶巷，敲門喊道：「宋集薪，在家嗎？」

正在灶房用葫蘆瓢勺舀起一瓢水的稚圭接連打嗝，喝下水後，頓時神清氣爽了許多。她放下勺子，從灶房姍姍走出，跑去打開院門，雖然感到有些奇怪，但仍是一板一眼地回覆道：「我家公子不在。陳平安，你怎麼敲門了，以前你不都是站在你家院子，跟咱們聊天嗎？」

陳平安隔著一扇院門，說道：「有點事情。」

稚圭打趣道：「稀客、稀客。」她看了眼陳平安的臉色，問道：「找我家公子做啥？如果不著急的話，回頭我可以幫忙捎句話。著急的話，估計你就得去督造官衙署找人了，之前你也親眼瞧見了，我家公子跟新任督造官宋大人關係不錯。」

她發現陳平安兩腳生根似的一動不動，白眼道：「倒是進來啊，愣在那邊做什麼？我家是龍潭虎穴啊，還是進來喝口水要收你一兩銀子？」說到這裡，稚圭自顧自地掩嘴嬌笑起來：「對你來說，肯定是後者更可怕。」

陳平安扯了扯嘴角，笑容牽強，輕聲道：「其實我是來找妳的，之前那麼喊，是怕宋集薪誤會。」

稚圭會心一笑，問道：「那就說吧，什麼事情？醜話說在前頭，鄰居歸鄰居，交情歸交情，可我到底只是一個泥瓶巷寄人籬下的小丫鬟，肩不能挑、手不能提的，幫不了大忙。不過你陳平安要是借錢的話，是能用錢解決的問題，算你運氣好，我倒是有一點點小法子。」

陳平安苦笑道：「還真不是錢的事情，我就跟妳直說了吧，劉羨陽給人在廊橋那邊打成重傷了，楊家鋪子的老掌櫃去看了，也沒轍。」

稚圭一臉茫然：「我怎麼沒聽說這事兒，劉羨陽惹上誰了？」

陳平安無奈道：「是個外地人，來自一個叫正陽山的地方。」

稚圭試探性問道：「那你是想托關係走門路，好給劉羨陽找塊風水寶地下葬？這倒是不難，我可以讓我家公子在督造官那邊說一嘴，再由衙署管事門房之類的出面，去桃葉巷請那個魏老頭找地方，只要不是在朝廷封禁的地方占個山頭，想來不難。」

陳平安本就黝黑的那張臉龐，越發黑了。

約莫稚圭也察覺到自己想岔了，習慣性一齜牙，露出雪亮的整齊牙齒。她背靠牆壁上的春聯，歪著腦袋，笑容玩味，問道：「陳平安，你是想要我報答你的救命之恩？可是我就是個丫鬟呀，楊家鋪子老掌櫃都沒辦法，我能如何？」

陳平安一番天人交戰之後，緩緩說道：「王朱，我知道妳不是一般人。那年大雪天，我在家門口看到妳，就知道妳跟我們不一樣。後來妳也是第一個看出蛇膽石不尋常的人。現在回想起來，妳當年看待我們這些街坊鄰居的眼神，跟當下那些外鄉人看我們，本質上沒有區別。」

稚圭咧嘴一笑：「其實是有的。」我不光光是看待你們這些凡夫俗子，就是看待那些仙家修士，也一樣看不起。只不過這句話，稚圭沒有說出口。

有些道理，在她這邊，本就是天經地義，可在別人那邊，就成了目中無人，桀驁難馴。

陳平安問道：「我找妳，是想問問妳，到底有沒有可能救回劉羨陽。我用掉一片槐葉，但是只能勉強吊住劉羨陽最後一口氣，雖然用處不大，但至少是有用處的。所以我想問，妳這邊有沒有槐葉，尤其是多餘的槐葉？」

稚圭指了指自己鼻子，問道：「你是問我家公子宋集薪有沒有槐葉，還是我，一個無父無母的小婢女？」

陳平安死死盯住稚圭，直截了當道：「宋集薪就算有，他也不會給我。我是在問妳，王朱。如果有，妳願不願意借給我，如果沒有，妳知不知道其他法子來救劉羨陽？」

始終被稱呼為王朱的少女，一隻手揉著下巴，一隻手輕輕拍打腹部，搖頭道：「沒啦，真沒啦，不騙你，你要是早些來，說不定還剩下幾片槐葉。至於其他法子，當然沒有，我又不是神仙，哪裡曉得讓人起死回生、白骨生肉的手段，對吧？陳平安，你可不能強人所難。唉，我真是看錯你了，以為你跟他們都不一樣，不是那種挾恩圖報的傢伙。」

陳平安猶不死心：「真沒有？不管我做不做得到，妳可以說說看。」

稚圭搖頭，斬釘截鐵道：「反正我沒有！」

陳平安笑了笑：「我知道了。」

他轉身就走，消瘦的身影很快消失在泥瓶巷。

稚圭站在家門口的巷子裡，望著陳平安漸行漸遠的背影，神色複雜，有一絲哀其不幸、怒其不爭的意味，憤憤道：「好不容易到手的槐葉，就這麼被你揮霍掉了？那你可以跟著劉羨陽一起去死了。反正早死早超生，運氣好的話，下輩子繼續做難兄難弟吧，總好過那些連來生也沒有的可憐蟲。」她走回院子，跨過門檻的時候，不小心又打了個飽嗝，譏笑道：「有點撐。」

她冷不丁加快步子衝向前，一腳重重踩踏下去，然後緩緩蹲下身，盯著那條頭頂生角的土黃色四腳蛇，訓斥道：「有借有還，再借不難，你們這五頭小畜生，以後若是膽敢賒帳賴帳，看我不把你們扒皮抽筋一鍋燉！」

她腳底板下的四腳蛇竭力掙扎，發出一陣陣輕微的嘶鳴，似乎在苦苦哀求討饒。

陳平安離開泥瓶巷後，一路跑到學塾，結果被一個負責清掃學塾的老人告知，齊先生昨天便與三位外鄉客人一起去小鎮外的深山了，說是要探幽尋奇，一趟來回最少要三天。

陳平安滿懷失落，轉身離去的時候，拎著掃帚的老人猛然記起一事，喊住他，說道：「對了，齊先生去之前，交代過我，如果泥瓶巷有人找他，就告訴那個少年，道理他早就說過了，不管他今日在與不在學塾，都不會改變結局。」

陳平安好像早就知道是這麼一個結果，眼神黯淡無光——死水微瀾，了無生氣，但是他仍然彎腰致謝，道：「謝謝老先生。」

老人連忙挪開幾步，站到一旁，擺手笑道：「可擔待不起『先生』二字。」

老人看到陳平安緩緩離去，走了一段路程後，好像抬起手臂擦了擦眼睛。

老人輕輕搖頭，想起同樣是差不多歲數的年輕人，看看另外兩個讀書種子宋集薪和趙繇，再看看這位，人生際遇，天壤之別。真是有人春風得意，有人多事之秋啊。

陳平安又回了趟泥瓶巷，拿起最後一袋藏在陶罐裡的銅錢，帶著三袋錢走入福祿街，找到窯務督造官衙署。

門房一聽介紹有些懵，宋集薪在泥瓶巷的鄰居，要找宋集薪和督造官宋大人？

陳平安偷偷遞給他一枚早就準備好的金精銅錢，也不說話，門房低頭一瞅，一掂量，雙指一摩挲，心領神會，卻不急著表態。

陳平安很快就又遞過來一枚金色銅錢，門房笑了，卻沒有接手，說道：「既然是個懂事之人，我也就放心幫你引薦，否則因你丟了這份差使，我就真是冤大頭了。你手裡這枚銅錢先收著，如果府上管事答應你進衙署，再給我不遲，如果不答應，我也愛莫能助，就當這枚銅錢與我無緣，你覺得如何？」

陳平安使勁點頭。

沒過多久，年邁管事和門房一起趕來，門房對陳平安使了一個眼色，暗示他千萬別這個時候掏出一枚銅錢來，公然受賄，罪名可不小。好在少年沒有做出那種傻事來，只是跟著年邁管事一起往衙署的後堂走去。

門房嘆了口氣，有些奇怪，為何管事一聽是泥瓶巷姓陳的少年，就點頭答應了。什麼時候衙署的門檻這麼低了？

門房有些心虛，其實他方才見著管事，言語當中明裡暗裡都勸管事多一事不如少一事，別讓那少年進衙署，只不過他沒直說，相信以老管事在公門修行這麼多年的高深道行，肯定心知肚明。

年輕門房原先打的小算盤，當然是想著白拿一枚銅錢，又不用擔風險，而且拿得心安理得，現在他只希望那窮酸少年可別是什麼惹禍精。

在衙署後堂正廳，身穿一襲白色長袍的宋長鏡，坐在主位上正在喝茶。

宋集薪坐在左邊客人椅子上，單手把玩一柄竹製摺扇，不斷將其打開合攏，笑望向被帶進來的陳平安。

烏黑的椅子，雪白的袍子，很鮮明的反差。

管事退去，主位上的宋長鏡放下茶杯，對陳平安笑道：「陳平安，隨便坐。之前我們其實已在泥瓶巷見過面了，只不過當時我沒有認出是你，否則早該打招呼的。」

宋集薪覺得有些好笑，只有他才知道這個男人在自稱「我」的時候，明顯會有些拗口。

陳平安坐在宋集薪對面的椅子上。

宋長鏡開門見山地問道：「陳平安，你來這裡，是關於劉羨陽被打傷一事？」

陳平安站起身說道：「我希望宋大人能夠嚴懲正陽山的凶手，而不只是將他驅逐出境。」

宋長鏡笑了笑：「其實小鎮這邊是『無法之地』，意思是說這裡沒有任何王朝律法。本來督造官就比較尷尬，是無權過問地方事務的。再者，小鎮這邊歷來奉行民不舉、官不究，無論是大門大戶裡打死了丫鬟奴僕，還是小門小戶的鬥毆傷人，也沒有來這座督造官衙署擊鼓鳴冤的風俗，所以，陳平安你是提著豬頭走錯廟，拜錯菩薩了。」宋長鏡言行舉止和顏悅色，身上沒有半點頤指氣使的倨傲姿態。

陳平安掏出三袋子銅錢，放在椅子旁邊的高凳上，然後對那個神色自若的男人說道：「宋大人，我知道你很厲害，我想知道你能不能救下劉羨陽，哪怕不能救，能不能給他一個公道，不讓殺人凶手殺了人，只要離開小鎮就好像什麼事情都沒有了。」

宋長鏡哈哈笑道：「我很厲害？是你家那個黑衣少女告訴你的吧？嗯，由此可見，她的武學天資極好，比你那個叫劉羨陽的朋友還要好。實話告訴你好了，我只會殺人，救人實在不擅長。再說了，我憑什麼要為了一個只有一面之緣的少年，壞了這裡奉行千年的大規矩？」

宋長鏡說到這裡，指了指那三袋子銅錢：「沒了寶甲劍經的劉羨陽，他的命，根本值不了這麼多錢，至於想要買下我的人情，這些錢，又遠遠不夠。我大驪跟正陽山鬧掰，就為了三袋子錢？絕對不可能的。傳出去會是整個東寶瓶洲的笑話。陳平安，你可能暫時不太理解這番話，但是以後如果有機會，你出去走走，就會明白這是大實話。」

陳平安咬牙說道：「宋大人，你能不能說出如何才能出手？哪怕你覺得我死也做不到，但是宋大人可以說說看。」

宋長鏡不覺得自己有蛛絲馬跡流露出，這位權勢藩王眼神中出現一抹訝異之色，微微笑道：「陳平安，我不是瞧不起你，故意刁難你，恰恰相反，我覺得你這個人有意思，才願意花時間，心平氣和跟你講道理、做買賣，明白嗎？」

陳平安點了點頭。

宋集薪坐姿不雅，盤腿坐在椅子上，用合攏的摺扇輕輕拍打膝蓋。

隔岸觀火，事不關己，高高掛起。

宋長鏡不計較宋集薪的不著調，小鎮之上，這位藩王掌握情報之多，僅僅輸給齊靜春而已，他終於一語道破天機：「陳平安，你根本不用太過愧疚，誤以為你朋友因你而死。其實劉羨陽早就身陷一個死局，只要他不肯交出劍經，就只能是一個死結，因為正陽山一定會要他死的。不管是齊靜春還是阮師，誰也攔不住，倒不是說沒人打得過那老猿，而是需要付出的代價太大，不划算、不值當。」

宋長鏡喝了口茶，悠然道：「陳平安，你有沒有想過，為何連最不該得到祖蔭福報的你都有了一片槐葉，可是劉羨陽天賦、根骨那麼好，竟然沒有得到一片槐葉，你有沒有想過這個問題？」

陳平安說道：「打擾宋大人了。」

陳平安收起三袋子銅錢，向眼前這位督造官大人告辭離去。

宋長鏡雖然沒有挽留，但竟是親自起身相送。

宋集薪剛想要不情不願站起來，卻看到這個叔叔微微搖頭，他順勢一屁股坐回，舒舒服服靠在椅背上。

走到門檻的時候，宋長鏡毫無徵兆地說道：「有兩件事，我做得到，卻無法去做，所以只要你做成其中一件，我倒是可以考慮幫你教訓那隻老猿。」

陳平安趕緊停下腳步，轉過身，滿臉肅穆。

宋長鏡淡然道：「一件事是找機會，綁架老猿身邊的正陽山小女孩，亂其心志，迫使老猿強行滯留在小鎮。還有一件事是夜間偷偷砍倒那棵老槐樹，然後拔出鐵鎖井的那條鐵鍊。你可以兩件事都做，也可以只做一件事。一件事做成了，我出手幫你重傷凶手，兩件事一併做成了，我就替你殺了正陽山老猿。」宋長鏡微笑著承諾道：「一言既出，決不食言！」然後權勢滔天的大驪藩王說了一句莫名其妙的言語：「陳平安，我相信你感覺得到一句話的真假。」

陳平安默然離去。

沒有看到、聽到陳平安使勁拍胸脯的大放厥詞，宋長鏡反而覺得很正常，站在門口，背對著屋內的宋集薪，問道：「你跟他比較熟，覺得他會不會去做？」

宋集薪搖頭道：「不好說。如果正常情況下，要他去做違心的事情，很難很難，但是為了劉羨陽的話，估計就有點懸了。」

宋長鏡負手而立，望向天空，問道：「假設少年真的給人意外之喜，本王藉此機會插手其中，不管是和正陽山交好，還是與風雷園結盟，自然只可取其一，甚至難免會與另一方結怨。相較於本王袖手旁觀，任由大驪跟這兩方勢力始終不鹹不淡，老死不相往來，對於我大驪來說，你覺得哪一種結果更好？」

宋集薪站起身，用摺扇拍打另外一隻手的手心，緩緩踱步，思量之後說道：「太平盛世選後者，適逢亂世選前者。」然後笑道：「無論小鎮外的天地到底是盛世還是亂世，看來至少叔叔你已經做出了自己的選擇。」

宋長鏡嗤笑道：「我輩沙場武人，在太平盛世裡做什麼？做一條給讀書人看家護院的太平犬嗎？」

宋長鏡轉頭看著神色僵硬的宋集薪：「本王已經看出來了，這個少年，才是你真正的心結所在，而且你短時間內很難解開，一旦留下這個心結離開小鎮，這將不利於接下來的修行。所以你可以親眼看看，一個原本赤子之心的單純少年是如何變得一身戾氣和俗氣的。到時候，你就會覺得跟這種人嘔氣，很沒有意思。」

宋集薪張了張嘴，沒有反駁什麼，只是陷入了沉思。

宋長鏡走回屋子，坐在主位上，仰頭一口喝光杯中茶水：「最重要的是，本王玩弄這種無聊的小把戲，除了隨便找個蹩腳理由以便渾水摸魚之外，也是想讓你明白一個道理：

在你接下來要走的修行路上，誰都有可能是你的敵人……例如你的親叔叔，我宋長鏡。」

宋集薪愕然。

宋長鏡冷笑道：「心結魔怔，如果不是親手拔除乾淨，後患無窮，如荒原野草，春風吹又生。」又譏諷鄙夷道：「即將貴為大驪皇子殿下的宋集薪，你是不是滿懷悲憤？可是你現在能怎麼辦？所以你覺得自己，比起被玩弄於股掌之中的陳平安，能好到哪裡去？」

宋集薪死死盯住這個滿臉雲淡風輕的男人，抓住摺扇的五指筋骨畢露。

宋長鏡端坐椅上，眼神深沉，望向屋外，彷彿在自言自語：「以後你看到的人越多，就越會發現一件有趣的事情，什麼善惡有報，快意恩仇，匹夫一怒、血濺三尺，什麼才子佳人，有情人終成眷屬，都是廢物們臆想出來的大快人心。所以啊，你自己的拳頭一定要硬，靠本王？靠你的親生父母？我勸你趁早死了這條心。不然帶你離開小鎮，無異於帶著你的屍體去亂葬崗，帝王之家，何嘗不是生死自負。」

宋集薪汗流浹背，頹然坐在椅子上。

雖然他在得知自己的真實身分後，將那份志得意滿隱藏得很深，在衙署待人接物並無半點異樣，可是落在藩王宋長鏡眼中，如手持照妖鏡，照見一頭剛剛化為人形的精魅，故而能夠在談笑之間，讓其灰飛煙滅。

宋長鏡望向遠方，視線好像一直到了東寶瓶洲的最南端，到了那座遙遠的老龍城。

這個藩王不知為何，想起一句話：「人心是一面鏡子，原本越是乾淨，越是纖塵不染，越是經不起推敲試探。」

宋長鏡覺得廟堂上的讀書人，雖然絮絮叨叨、神憎鬼厭，可是有些時候說出來的大道理，他們這些提刀子的武人，真是活個一千年也想不出、說不透。

宋長鏡收起思緒，伸手指向南方，如手持槍戟，鋒芒畢露：「宋集薪，如果你覺得本王今天說得不對，可以，但忍著。只有將來到了老龍城，咱倆換個位置坐，本王才會考慮是不是要洗耳恭聽！」

大驪皇子宋集薪已經恢復正常，笑道：「拭目以待。」

衙署門口，陳平安如約遞給門房第二枚銅錢。

十二腳牌坊樓，陳平安看到寧姚的身影，快步跑去。

寧姚就站在「氣沖斗牛」的匾額下，開口問道：「怎麼樣？」

陳平安搖頭道：「三個人都找過了，其中兩人見著面了，齊先生沒能看到，不過我一開始就知道答案了。」

君子不救。齊先生確實在此之前早就說過。

寧姚皺眉不語。

陳平安對寧姚說了一句「小心」，就狂奔離開了。

先到了楊家鋪子，用一枚金精銅錢跟知根知底的某位老人，買了一大堆治療跌打和內傷的藥瓶、藥膏和藥材，這些東西如何使用和煎熬，陳平安熟門熟路。龍窯燒瓷是一件靠山吃飯的活計，經常會有各種意外，姚老頭雖然看不順眼只能算半個徒弟的陳平安，但是不得不承認這個少年腿腳利索，人也沒有心眼，所以許多跑腿以及花錢的事情，都是讓陳平安去做，比如給窯口的傷患們買藥以及煎藥。

陳平安回到泥瓶巷祖宅，關上門後，先開始煎藥，是一服治療內傷的藥，在看著火候的空隙，將一件洗得發白卻依舊乾淨的衣衫攤放在桌上，撕成一條條綁帶，以吝嗇小氣著稱的陳平安，此時沒有半點心疼。除了將寧姚借給自己的那把壓衣刀綁在手臂上之外，還在自己小腿和手腕上，都捆綁上了一層層的棉布細條。

陳平安摘下牆壁上那張自製的木弓，猶豫了一下，仍是暫時放棄攜帶它，反而從窗臺上取回彈弓和一袋子石子。

之所以明知不可為而為之，接連三次碰壁也沒後悔，這是他獨有的強勁。

不去試試看，怎麼都會不甘心，就像他在鐵匠鋪那邊，最後一次求老掌櫃一定要再試試看，是一樣的道理。

先找身分古怪的稚圭，是希望能給劉羨陽找回一線生機；再找齊先生，是心存僥倖，希望他能夠主持公道；最後找寧姚所謂的武道宗師、督造官宋大人，是擺明瞭傾家蕩產去做一筆買賣。

陳平安一開始就想得很清楚，所以這時候雖很失落，但也沒覺得如何撕心裂肺。

其實藩王宋長鏡和鄰居宋集薪，根本不懂陳平安。

有些事情，死了也要做；但有些事情，是死也不能做的。

陳平安蹲在牆角，安安靜靜等待藥湯出爐，這一罐子藥，很古怪，沒有別的用處，就是能止痛。曾經龍窯窯口有個漢子，患了一種怪病，在床上熬了大半天，半死不活不說，關鍵是整個人痛苦得整張臉和四肢都扭曲了。後來楊家鋪子就給出這麼一服方子，最後那個漢子很快就死了，但是走得並不痛苦，甚至有力氣坐起身，交代遺言後，還在姚老頭的攙扶下，去最後看了一眼窯口。

陳平安覺得自己應該也用得著。

他看到桌上還有一些碎布片，便脫下腳上那雙破敗草鞋，拿出一雙始終捨不得穿的嶄新鞋子，搬來陶罐，拿出其中的碎瓷片。

約莫半個時辰後，做完一切事情的陳平安打開屋門，悄無聲息地走出泥瓶巷。

臨近黃昏，陽光已經不刺眼，天邊有層層疊疊的火燒雲，無比絢爛。

陳平安走向福祿街。

青石板街道上，已無路人，少年獨行。

第二章　天行健

陳平安這些天經常往福祿街、桃葉巷送家書，幾乎家家戶戶的門房都認識這個送信人，所以並不顯得突兀，加上他神色自若，像往常一般小跑在青石板街道上，哪怕有行人看到也不會當回事。

陳平安來到一棟宅院，門前擺放有一尊用以鎮邪止煞的石敢當，半人高，武將模樣，他知道這裡是李家大宅。大富大貴的福祿街上，幾乎家家戶戶的辟邪法子都不一樣，就連大門張貼的門神都分文武，所以很容易分辨。

陳平安迅速環顧四周，繼續前行，再往前就是宋家，宋家過後便是窯務督造官衙署了，在李、宋兩家毗鄰的大宅交界處外牆邊生長有一棵槐樹，老幹虬枝，枝繁葉茂，雖然比不得小鎮那棵老槐的滄桑氣象，但也讓人一見便覺不俗。

在老一輩人嘴裡，這棵槐樹與小鎮中心地帶那棵參天老槐，是一脈相承的，那棵被稱為祖宗槐，陳平安眼前這一棵則被喊作子孫槐。

陳平安之所以來李家，而非盧正淳所在的小鎮頭姓盧家，是因為離開衙署的時候，一路相送的年邁管事，有意無意聊了一些家長里短，什麼這條街上趙家的那位讀書種子趙繇已經離開小鎮，以後指定是狀元郎當大官的命；什麼隔壁宋家有位小姐，到了出嫁歲數，連女紅也做不好，只喜歡舞刀弄槍，哪裡像一位千金小姐，你說好笑不好笑？

老人在一大堆雞毛蒜皮的趣事裡，夾雜了一個微不足道的消息：李家宅子剛到了一位身分尊貴的客人，小女娃娃長得粉雕玉琢，跟一件御用瓷器似的，以後只要別女大十八變，肯定是個俊俏美人，也不知道以後哪家有福氣，能把這麼個兒媳婦娶進家門。

先前離開衙署後堂、一開始只聽不說的陳平安，有意無意走得很慢，而且始終在仔細觀察衙署的建築布局，最後偶爾問一、兩句題外話，像是窮光蛋好奇那些大姓豪族的闊綽富貴。年邁管事知無不言、言無不盡，以隔壁宋家和更遠些李家作為例子，與少年說了大戶人家的庭院分布和種種規矩。管事的真正用意，陳平安心知肚明，只不過陳平安從頭到尾就沒想著要按照他們的意願行事。

此時，沿著街邊緩緩小跑向前，陳平安眼見四下無人，驟然發力，突然加快腳步，筆直跑向那棵老槐樹，縱身一躍，竟是接連在樹幹上向上踩踏了四步，才有下墜的跡象，只不過那個時候身形矯健的他，已經足夠伸手抓住槐樹的一根枝杈。

剎那之間，深山猿猴般靈活的陳平安就坐在了橫出的枝幹上，然後穩穩站起身，繼續向前攀緣。幾個眨眼工夫，陳平安就蹲坐在了一根傾斜的槐枝上，槐枝堪堪高過兩丈高的院牆，他將身體隱藏在鬱鬱槐葉之後，屏氣凝神，瞇眼望去，根本不急於潛行入內。

在和寧姚從廊橋返回小鎮途中，陳平安問了許多問題。比如那隻正陽山老猿，在小鎮地界上，正常情況下，到底能跑多快，跳多高？他的身體到底有多堅韌，是怎麼個銅皮鐵骨？如果說我一拳打過去，無異於給老猿撓癢，那麼換成彈弓或是木弓的話，在二十步和四十步距離上，分別會造成多大的傷害？正陽山老猿這種所謂的「神仙」，有沒有存在致命缺陷，比如說眼珠、襠部、喉嚨？如果說對手拚了受傷，也要全力殺人，我會不會必死無疑？那會兒寧姚差點被他問得只恨自己不是聾子啞巴。

按照寧姚的說法，無論是鍊氣士還是純粹武夫，越是境界高深的修行中人，在此地受到的壓力就越大，就像鐵騎叩關只能死守，全靠一口氣綿綿不絕支撐著，一旦開口，就要經受海水倒灌一般的傷害。試想一下，面對迅猛洪水沖來，然後你在堤壩之上開一個小口子試試看？但是最後寧姚的蓋棺定論，仍是他跟正陽山老猿捉對廝殺的話，沒有一絲一毫的勝算。

槐蔭當中，陳平安眼神堅毅，臉色冷漠，碎碎默念道：「不要讓老猿接近十步以內，十步，至少至少拉開這段距離。」

寧姚說過，只要老猿不狗急跳牆，就有活命的機會。可是陳平安回答說，就是要逼得老猿朝自己痛下殺手，否則沒意義。

一定要逼得正陽山老猿發火生氣，讓這隻老猿不惜運用體內真氣，才能真正折損消耗他千年辛苦積攢下來的修為。也許老猿覺得他和劉羨陽這樣的小鎮百姓，命根本不值錢，但是陳平安很想知道，到時候老猿眼睜睜看著那些消逝的修為道行，會不會心疼，還覺得值不值錢。當然，一切的前提是，自己不要被人一個照面就一拳打死了。

他俯視著大宅裡的人來來往往、穿廊過棟，喃喃道：「哪怕跑不掉，也一定要多挨幾拳。」

陳平安根本就沒有想過能殺掉老猿，更沒有想過自己能活下來。

李家大宅，那個來自正陽山的小女孩，作為陶家老祖的嫡孫女，被李家上上下下當菩薩供奉了起來，李家在別院安排了多位一、二等丫鬟。這些身為家生子的少女，手腳乾淨利索，最重要的是知根知底，身世清白，可能從祖輩起就對李家忠誠不二。別院位置居中，不貼靠福祿街的街道。

小女孩名叫陶紫，暱稱桃子，是正陽山那幾位劍仙老祖的開心果，當然不是靠著天真可愛的模樣脾性，而是她未來的劍道高度，有資格讓正陽山不惜成本地砸入巨量資源。

五百年以來，陶紫的根骨、天賦、性情和機緣四樣，在歷代正陽山各大山峰老祖當中，都算名列前茅。簡單來說，就是小女孩陶紫，會是一個長板很長，卻沒有任何短板的神奇存在。這才是真正名副其實的百年一遇，而不是爛大街的禮節性誇讚。

陶紫當下沒了搬山老猿在身邊，獨自置身於一個完全陌生的地方，談不上怕生或是怯場，只是有些無聊，還有些遺憾，聽猿爺爺的口氣，好像沒有辦法從這裡搬走一座山峰了，這讓她很灰心喪氣。正陽山的蘇姐姐，在躋身中五境的時候，就被老祖贈送了一座山峰作為贈禮，成為蘇姐姐的私人領地。那座山峰，正是猿爺爺萬里迢迢親自將其背負回來，安置在正陽山東北方位，雖然不大，但是陶紫一直很羨慕。

她覺得書房內有些悶，就走到正堂，雙手負後，老氣橫秋地仰頭看了半天匾額。她身後始終貼身跟著兩個清秀丫鬟，其中一人自幼被李家發現天資不俗，便被重點栽培成了武道中人，已小有成就。其實對於李家嫡系而言，這種行徑，跟豢養花鳥魚蟲無異，倒並非希望那名少女以後能夠成為一位武道宗師。大戶高牆之內，奴大欺主的事情不是沒有，更何況升米恩、斗米仇，奴婢僕役的眼界太高，潛力太大，對於家族下一代的傳承，未必是好事。

陶紫走向大門，在院子裡蹦蹦跳跳打轉。她倒是沒有擅自離開院子，讓下人們為難。猿爺爺提醒過她，風雷園的人也到了小鎮，在他擺平之前，她不要離開這座院子。陶紫雖然年幼，但是從小耳濡目染山上修行的波譎雲詭，危機四伏，而且家教極嚴，故而不是那種讓長輩不省心的頑劣孩子。

百無聊賴的陶紫最後趴在石桌上，桌上放著一個鳥籠，裡面裝了一隻好像叫捕蛇鷹的鳥。鳥兒耷拉著腦袋，病懨懨的，羽毛灰不溜秋，一點都不好看。之前不管怎麼逗弄，這隻捕蛇鷹都不搭理她，所以她也覺得無趣，現在實在是沒事找事，才對著那隻扁毛畜生吹口哨玩。

籠內有兩個李家龍窯私下打造的瓷器鳥食罐，小巧精緻，一只素雅的裝水，一只鮮豔的裝食物。只是那隻捕蛇鷹在被人抓獲之後，便滴水不沾，粒米不進，已經快兩天了。

在小鎮上，捕蛇鷹極少被人抓到過，偶爾有幾次，無論是年幼雛鳥還是成年鷹，無一例外都是絕食而亡，如何也養不活，更熬不成供人驅使的獵鷹。

吹口哨的陶紫見那隻捕蛇鷹仍是沒反應，終於澈底沒了耐心，站起身，轉身就走。砰然巨響，鳥籠內的一只鳥食罐轟然粉碎。

陶紫先是出現片刻呆滯，幾乎本能地一把拽過一名高挑丫鬟，讓她擋在自己身前。身材高挑、體態豐滿的婢女，只覺得自己手腕被鐵線死死箍緊一般，疼痛得差點就要尖叫出聲。倒是那名矮小一些的丫鬟，眼神銳利，第一時間就自己站在陶紫身前，迅速環顧四周。

籠內第二只鳥食罐又轟然炸裂，如同爆竹聲在桌上響起。

「有刺客，在清馨院那邊的屋頂上！」習武有成的婢女這次總算捕獲到那個身影，在隔壁院落的屋脊之上，有一個半蹲的身影。

這個婢女開始助跑，別院牆壁不高，她踩蹬而上，雙手抓住牆沿後，憑藉出眾的臂力迅速爬上牆頭。一時間她有些犯難，這座別院和對面清馨院相隔不遠，但是那名刺客位於清馨院主屋屋頂，而清馨院就靠近福祿街，那人很容易翻牆而出。

她幾乎是電光火石之間，就做出了決定，沒有跳下牆壁跑向那座清馨院，而是沿著牆頭貓腰而奔，躍上自家別院的屋脊。這期間婢女始終留心那名刺客，以防偷襲。很奇怪，那名刺客既沒有阻擾她的腳步，也沒有馬上撤退的意思。

兩座院子的屋簷之間，大概隔著三丈距離。婢女一邊盯著那名刺客的動靜，一邊在屋簷上悄然後退，最後快速地深吸一口氣，準備助跑。

婢女心頭劇震，與自己遙遙對峙的刺客，竟是一個穿著寒酸的消瘦少年？少年腰間捆綁著兩只小行囊，手上看不到行凶的器物，應該是已經藏起來了，婢女覺得是彈弓的可能性最大。

她也很疑惑，若是擊中自己的頭顱，不敢說當場斃命，但是絕對受傷不輕，以少年近乎恐怖的準頭，兩次有意為之地擊碎鳥食罐，當真射不中自己或者那個正陽山的小姑娘？

院子裡，陶紫憤怒道：「蠢貨！小心調虎離山之計！趕緊回來！」

抓住刺客，嚴刑逼供當然很重要，但是以防不測，保住性命更要緊。

陶紫鬆開那高大丫鬟的手臂後，揚起手掌，一巴掌把嚇傻了的少女狠狠打醒：「還有妳，趕緊去通風報信！知不知道，我要是死了，你們這棟宅子裡的全部都要死！」

屋頂上那名婢女沒有第一時間跳入院中，而是高聲喊道：「有刺客！」她開始狂奔，在屋簷邊緣起跳，然後整個人開始飛躍向對面清馨院的屋脊。

憑藉婢女一連串攀緣奔跑的動作，大致判斷出她臂力、腳力和氣力的刺客少年，蹲下身撿起兩塊瓦片，右手甩出，正好砸向婢女腦門。還在空中的婢女，下意識雙臂交錯格擋在腦袋前，只聽砰砰兩下，被砸得刺骨疼痛不說，力道之大，遠遠超乎她的想像。

婢女整個人前衝的勢頭，頓時被阻，而就在她後悔逞強之際，原本勉強落在對面屋簷上的她，腹部被人一拳砸中，只砸得她後仰摔去。只不過那名刺客莫名其妙拽住了她一只腳踝，微微停頓後，才鬆開手。婢女算不得安然落地，不過好歹沒受重傷，讓她整個人腦袋一團糨糊。

少年眼角餘光一直在打量四周情況，發現四周出現黑點後，開始轉身跑路。速度之快，步伐之大，節奏之好，尤其是配合恰到好處的一次次呼吸吐納，如果那名婢女能夠看到，一定會覺得少年跟她一樣，習武多年，浸淫已久，絕對不是什麼門外漢。

屋脊上少年身影很快消逝不見，像一隻輕盈的飛鳥、出籠的捕蛇鷹。

* * *

大概一炷香後，魁梧老猿匆忙趕回李家大宅，殺氣騰騰。

從李家家主李虹到別院丫鬟，個個大氣都不敢喘，尤其是那名習武婢女，跪在地上，臉頰兩邊紅腫得厲害。婢女一言不發，不敢有絲毫怨懟神色。

心情已經平靜如常的陶紫看到老猿後，嘆了口氣，搖頭教訓道：「猿爺爺，李家的人，好像全是一群廢物啊。你怎麼敢把我託付給他們呢？」

搬山猿單膝跪地，仍是比陶紫要高，愧疚道：「小姐，是老奴錯了。」

老猿轉過頭，沉聲道：「李虹！」

李氏家主粗通東寶瓶洲的正統雅言，湊巧正陽山修士的言語就是如此，這位在家族內一言九鼎的男人，只得苦笑賠罪道：「這次確是我李家的過失，不容推脫。按照目前我們得到的情況來看，是一個少年，多半並非修行中人，衙署那邊暫時並未給出有用的諜報，只說會加派得力人手，日夜守護宅子。」

陶紫想了想，說道：「那個刺客倒也不像是來殺我的。」然後補充了一句：「至少今天不是。」

李氏家主剛要落下的心，立即重新懸到了嗓子眼兒。

老猿皺眉問道：「那少年是不是身材瘦弱，皮膚黝黑，個頭差不多只到這個高度？」

跪在地上的婢女使勁點頭。

老猿咧嘴一笑，眼神陰森：「好傢伙！原來是示威挑釁來了！」他擺擺手道：「這件事情，你們不要插手了，我曉得那刺客的底細，是泥瓶巷的一個普通少年。」

陶紫低聲道：「猿爺爺，別掉以輕心呀。」

搬山猿猶豫了下，站起身對李氏家主吩咐道：「那就讓衙署拿出一份戶房檔案到李家府上，把那少年的祖宗十八代的底細都翻查清楚，護衛這棟院子的人手方面，易精而少，不易雜而多！」

老猿悄然加重語氣，冷笑道：「李虹，勸你把你家坐鎮此處的定海神針也給請出來，別不當回事情，我家小姐真要在這裡有了三長兩短，連我這個你們眼中的老畜生也扛不起，你這李氏偏支扛得起？」

李虹連忙作揖致歉，惶恐不安道：「猿老祖這是折煞李家啊。」

正陽山老猿陷入沉思，呢喃道：「是風雷園那小子藉機尋釁？還是衙署宋長鏡的謀劃？」最後搖了搖頭，只覺得荒唐可笑：「不管是誰慫恿他來送死，竟不曉得找個好一點的過河卒子。一隻沒幾兩肉的小螞蚱，塞牙縫啊？也好，正愁沒機會殺人，這個由頭不錯，先殺那泥瓶巷的土胚子，再將你這個風雷園的小雜種，一併解決乾淨了便是！」

老猿對陶紫笑道：「小姐，老奴這次一定幫妳收拾好爛攤子，絕對不會再有意外了。」

陶紫燦爛一笑，揚了揚拳頭，為這隻正陽山老猿鼓舞士氣。

老猿離去之前，看了看李氏家主李虹，後者苦笑道：「我這就去請老祖宗出山，親自為陶小姐擔任貼身扈從。」

老猿點點頭，大踏步離去。

老猿大大咧咧咬住魚餌，直截了當地順著魚線往泥瓶巷而去。擺明瞭我已上鉤，你來殺便是。

若是在小鎮之外，這隻正陽山搬山猿還不敢如此目中無人，但是此方天地，術法神通和法寶器物一律禁用，他反而擁有巨大優勢，這也是為何正陽山沒有出動一位劍仙老祖的緣由。

老猿一路行去，臨近泥瓶巷，才意識到一點：巷中少年該不會單純是為了給朋友報仇吧？

在這之前，老猿一直是往深了想，涉及草蛇灰線、伏脈千里的陰謀，現在突然意識到這種可能性後，就覺得尤為荒誕不經。

老猿笑了，很快想明白其中道理：「若是如此，倒也說得通。也對，不是修行中人，反而沒那麼怕死，反正只是一條賤命而已。」不過小心起見，老猿仍是沒有大搖大擺從這一端走入泥瓶巷。

不管如何，這趟註定都不會白走，那個被風雷園器重的小雜種，無非是比泥瓶巷的小泥腿子多活一會兒。

繞了一大圈，老猿從靠近顧璨家的小巷拐角走入泥瓶巷。其實老猿很懷疑那刺客少年，到底有沒有膽識留在祖宅等死，如果聰明膽小一點，倒是可以死在風雷園的年輕人之後。

老猿咧嘴一笑，然後笑容瞬間僵硬。

黃昏裡的泥瓶巷，小路已經顯得陰暗模糊。

魁梧老猿猛然抬頭，一個清瘦少年不知如何就那麼站在小巷前方的高處，雙腳踩在兩邊牆壁剛挖出沒多久的窟窿裡，正好能夠借力。

陳平安身背箭囊，手持一張拉滿的木弓，箭尖直指老猿的一顆眼珠。他整個人無聲無息，拉弓如滿月不說，好像就連最細微的呼吸都消失了，以至於這個正陽山的護山祖師，只能憑藉對危險的敏銳嗅覺，才察覺到頭頂少年的存在。

不給老猿更多的反應機會。那支箭矢激射而至，呼嘯成風，勢大力沉。陳平安在射出一支箭矢後，根本不做第二選擇，脖子一縮，迅速將那張木弓斜掛在肩頭，腳尖發力，在兩邊牆壁上交錯借力攀上屋簷，轉瞬即逝。

老猿縮回那隻擋在額頭的手掌，只見那支箭矢釘入手心，不深，依稀可見有傷口綻裂。

老猿一陣後怕。如果在小鎮之上，他被人在咫尺之間，一箭射中眼珠子，那就真是叫天天不應、叫地地不靈的慘劇。

隨手拔出箭矢，將其折斷，丟在泥瓶巷中。老猿雙拳緊握，仰頭望向小巷天空，臉色鐵青，喉嚨鼓動，發出一陣低沉壓抑的聲響，像一頭憤怒至極的遠古凶獸。

老猿手腳並用，瞬間就攀緣到了屋頂，只是剛一冒頭，就有第二支箭矢瞬間趕至。已經有防備的老猿只是隨手抬起，任由其釘入手臂些許而已，獰笑著大踏步前行。

再次收起木弓的陳平安轉身就跑。

泥瓶巷一側的連綿屋簷之上，響起一大串碎裂聲響。老猿終究是步子遠遠大過陳平安，逐漸拉近距離，不出意外，很快就要追上那個身形其實已經足夠靈活的消瘦少年。

老猿瞬間發力，整個人騰空而起，向前撲殺而去，一隻彷彿蒲扇大小的巨手伸向陳平安的腦袋。

陳平安好像身後長了眼睛，就在千鈞一髮之際，竟是腰杆一擰，整個人一貓腰，然後轉身躍向小巷對面的屋頂，輕輕落地後，繼續撒腿狂奔。老猿的動作亦是極其敏捷迅猛，同樣硬生生折向右手邊的泥瓶巷另一側屋頂。

陳平安猛然停步，老猿意識到不對的時候，已經晚了。

原來那座屋頂無人居住，年久失修，早已破敗不堪，哪裡承受得起老猿這兩百多斤重的一跳。嘩啦啦，連人帶瓦一起摔入屋內。

老猿轟然落地，一手扶住地面後，腦袋一扭，躲過了那支刁鑽陰險的箭矢，箭矢直接釘入地面。可見不是陳平安膂力不夠強大，而是老猿實在太過皮糙肉厚。

陳平安站在屋頂大洞邊緣，動作嫻熟地收起木弓，對老猿豎起中指，罵道：「老畜生！幹你娘！」

陳平安突然臉色古怪起來，突然就給了自己一巴掌，嘀咕道：「還不是自己吃虧！」

老猿猛然起身，陳平安又已遠去。

一堆破碎瓦礫當中，老猿耳朵微動，聽到細微動靜，咧咧嘴，彎腰拿起一塊破瓦，掂量一番後，起身迅猛砸出，瓦片如刀切豆腐一般，輕而易舉穿透牆壁和屋頂，帶著風雷之聲破空而去，瓦片去向之處正是那陣聲音發起之地。

只可惜老猿沒有看到陳平安的蹤跡。他腳尖一點，魁梧身軀拔地而起，一腳踩在一根舊屋棟梁上，借著反彈之力高高躍出屋頂窟窿，落在屋脊上。

老猿看到極遠處，背負木弓的陳平安站在一處屋脊翹簷處，神色凝重地望向白衣老猿。老猿也知道自己失算了，方才丟擲瓦片出手，動靜過大，估計已經打草驚蛇，讓那個泥瓶巷的小泥腿子意識到不妙，澈底沒有了依靠弓箭那點距離優勢來占便宜的心思。

老猿笑著攤開雙手，示意自己手中並無物件，然後伸出手指勾了勾，示意陳平安大可以繼續玩花哨手段，他願意奉陪到底，繼續舒展筋骨。

若說是老猿要耍詐，還真冤枉了這隻正陽山搬山猿。千年修行，千丈真身，其身法手段，便是被讚譽為頂天立地也不為過。

在搬山猿修行路上的漫長歲月裡，尤其是在正陽山開山立派的早期，弱小山門，四面樹敵，虎狼環視，正陽山的開山鼻祖戰死之後，作為頭號大將，老猿什麼樣的死戰、血戰沒有經歷過？今日這場小巷中、屋頂上的「小打小鬧」，跟以前的廝殺，其實有著異曲同工之妙。當年那些蕩氣迴腸的大戰之中，頂尖修士和大鍊氣士們，也是以法寶重器遙遙牽制老猿，根本不敢正面搏殺，如人間俗世沙場上來去如風的大羌輕騎，絕對不會直接撞上大驪的重甲武卒，而是快刀子慢割肉，一點一點尋找契機，慢慢削去鐵桶戰陣的表層。

如今老猿算是藩王宋長鏡之外，被此地天道壓制最多的角色之一。那名懸佩虎符的兵家宗師，因為身分特殊的緣故，被此方天地「青睞」，故而雖然修為極為不俗，但是影響並不明顯。

此時此刻，面對一個異於尋常小鎮百姓的矯健少年，老猿竟然找到了一絲當年浴血奮戰的快意。

老猿不否認，少年給了自己很多意外驚喜，會計算人心，會設置陷阱，會發揮地利，當然，最重要的是膽子還不小。

老猿抬頭看了眼天色，西日下墜，暮色已至，視線會越來越受到影響，而他對於小鎮的地理形勢完全不熟悉，這大概就是那個少年的憑仗之一，馬馬虎虎能算是一張護身符。

老猿開始狂奔，勢若奔馬，一步就能跨出丈餘距離，駭人聽聞。

陳平安在老猿動身的瞬間，就已轉身飛奔，沒有沿著連綿不絕的巷弄屋脊去往北邊，畢竟那裡有福祿街和桃葉巷，大戶扎堆，藏龍臥虎，萬一有人為老猿出頭，陳平安不覺得自己有本事逃出圍剿。所以他果斷往西邊逃，因為南邊廊橋方向，視野開闊，無處藏身，按照兩人腳力對比，陳平安估計自己一旦失去障礙遮蔽，很難逃過搬山猿的追殺。出了小鎮往西，就是深山老林，那裡草木蔥蘢，許多隱祕小徑上還放有不少獵戶下的套子。

山路難行，若是不依循舊有道路，更是極其艱辛，這一點陳平安比誰都清楚。他想得沒有錯，只是他錯估了老猿，要知道老人作為正陽山的搬山猿，對於山川之事，瞭解之深，遠比他深刻長遠。

當陳平安躍下最後一座屋頂，落地之時，雙膝彎曲，巧妙卸去一部分下墜力道，快速扭頭瞥了眼後方景象，繼續弓腰前衝。在奔跑途中，那副木弓和箭囊皆不知所終。

山林之中，一旦陳平安選擇拋棄祖祖輩輩踩踏而出的小路，去「慌不擇路」，那麼它們必然會成為累贅。

眼見著那少年就要泥鰍入水，老猿心情有些煩躁，回望了一眼福祿街李家宅子的方向。其實一旦入山，老猿不敢說占盡地利，但是絕對比在小鎮跟著那個小兔崽子東跑西竄要來得更加遊刃有餘。

老猿下定決心，迅速權衡利弊，深呼吸一口「新鮮之氣」，不多不少，如無太大偏差，剛好能夠殺人。只見老猿臉色泛起一陣陣青紫漣漪，魁梧身形，毫無徵兆地轟然拔地而起，腳底下那座可憐宅子被他一腳踩塌了大半。好在小鎮西邊住著的都是窮人，宅子遠比福祿街那邊的要單薄，比如屋梁柱子所用的木頭，就很不禁看。那宅子一家四口人，不幸中的萬幸，此時都沒有待在屋內。

老猿高高躍起，在空中劃出一道巨大的弧度，落地之時，剛好位於陳平安身側，雙腳立足之地，出現兩個大坑，鬆軟春泥四處飛濺。

老猿一拳砸向陳平安後背心處。

人之後背，有諸陽經所在，所以不論經脈臟腑，皆與背相通。尤其是後背心之處，距離心臟真正是不過咫尺，最是脆弱不堪。

命懸一線之際，聽到身旁動靜的陳平安驟然發力，比起先前引誘老猿踩踏腐朽屋頂那次，身形竟然還要快出兩、三分！這至少意味著陳平安從頭到尾，始終在隱藏氣力。這使得老猿那一拳，非但沒能洞穿他的後背心，沒能成功打爛一顆心臟，反而只是「擦」了一下他後背心下邊一寸的背部。雖然沒有硬扛下這一拳，陳平安仍是被大槌撞鐘一般，撞得整個人雙腳離地飛撲出去。

下一幕景象，陳平安身上那令人嘆為觀止的矯健靈活，得到了淋漓盡致的表現。只見嘴角滲出血絲的他，在被一拳打飛後，並沒有落得頭朝地摔個狗吃屎的下場，而是向前伸出雙手，撐在地面的瞬間，手肘先彎曲再發力，整個人便一氣呵成在空中翻轉，變成雙腳落地後，又借著向前的慣性，以毫不減速的身姿繼續狂奔逃亡。哪怕是見多識廣、身經百戰的搬山猿，看到他的堅韌，也難免有些牙疼。

老猿抬起手，手背上鮮血模糊。

這點傷不算什麼，老猿一笑置之，不過對陳平安的必殺之心，越發堅定。

至於為何受傷，原因並不複雜。

春寒料峭，原本衣衫單薄的陋巷少年，今天出現在老猿眼前的時候，明顯要穿得厚實許多。除了自己的衣衫之外，他還找了一件劉羨陽的寬大舊衣，套在最外邊，兩件衣衫之間，另有玄機。原來陳平安給自己做了一件「木瓷甲」，六塊長條熟木板分別鑽孔，以絲繩串接繫緊，胸前三塊、後背三塊，最重要的是這副簡陋至極的木甲之上，鑲嵌有密密麻麻的小碎瓷片。

老猿這個時候感覺很糟糕，就像是達官顯貴不小心踩到了一坨臭狗屎，而且一時半會兒還很難甩掉。

老猿雙拳緊握，屏氣凝神，站在原地，強壓下體內洶湧磅礴的氣機翻轉，臉上紫青漣漪轉為紫金之色，一閃而逝。

老猿勃然大怒，原來就在此刻，一顆石子從樹林當中激射而至。

老猿伸手握住那顆指甲蓋大小，尤其堅硬的石子。

然後一陣窸窸窣窣的聲響，顯示陳平安正往深處逃竄。

老猿臉色陰沉至極，轉頭看了眼夜幕下的小鎮，生怕這才是對方真正的調虎離山之計，但是直覺告訴老猿，最好將那少年迅速擊斃在山中。

福祿街那棵子孫槐，之前剛遭受過少年刺客的攀緣，當下能夠承受一個人重量的最高枝上、位置高出屋頂許多的地方，又坐著一個不速之客，往下一些，還站著一人。

這兩人的突兀出現，卻讓風聲鶴唳的李家宅子不得不捏著鼻子裝看不見，因為坐在那裡的白袍男人，正是督造官大人。他帶著宋集薪來到子孫槐上，說是要帶他看一出好戲。只不過當時已經是黃昏尾聲，宋集薪眼力不夠，只能聽宋長鏡為他講述那場起始於泥瓶巷屋頂的可笑追殺。

宋長鏡一手撐膝，一手托腮，望向遠處。在講述追殺過程的間隙，會時不時穿插一些不為人知的小鎮祕事，或是一些隨心所欲的修行感悟。

「如果不談機緣，只說實打實的器物法寶，那部傳聞已久的著名劍經，當下能夠在小鎮排進前三。若是拉長時間線的話，放入整個小鎮三千多年的歷史，估計前十有點懸，但是前二十肯定沒問題，別覺得這個名次很低，事實上很高了。再加上那副瘊子甲，如果姓劉的小傢伙能夠消化掉這些，在本王看來，他的機緣，半點都不比你們五個人差了。」

宋集薪沒有抬頭，因為有個傢伙直接就把腳懸掛在他頭頂。

宋集薪好奇問道：「那他為何還被正陽山老猿一拳打死了？」

宋長鏡淡然笑道：「運氣太好了，遭人嫉妒，又沒有靠山，很難理解嗎？」

宋集薪滿臉疑惑，問道：「那你當時在泥瓶巷，為什麼不拉攏得更加澈底一些？」

宋集薪頭頂的大驪藩王哈哈大笑，快意至極，笑了很久才說道：「本王對於那些山上的修行天才……總之等你出去之後，聽說過本王的某個綽號，就會明白其中緣由了。」

宋長鏡突然站起身，望向遠處，神色微變，一隻手輕輕摩娑著腰間玉帶，眼神炙熱。

在這位近乎「山登絕頂我為峰」的武道大宗師眼中，小鎮最西邊，隨著搬山猿壞了規矩，剎那之間氣機激盪不止，以至於那一塊區域的氣息紊亂，如同炸裂飛濺的破瓷器。

宋長鏡緩緩道：「你可能很奇怪，為何那些外鄉人，都有一種視他人如螻蟻的眼神，你當真以為這只是他們天性自負，眼睛長在天上？性格是一小部分原因，更多是大勢使然，你不曾走出過小鎮，不知道這些仙師在外邊天地間的超然地位。」

宋集薪回答道：「我可一點都不奇怪。」

「跟讀過書的人聊天就是費勁。」宋長鏡不感到意外，自顧自繼續道，「因為有一條線攔在你們和他們之間。這條線說大不大，對有些人，比小水溝還不如，只要遇到它，就能夠一跨而過，像你和之前的劉羨陽，還有那個被別洲道家大宗相中的讀書種子趙繇，皆在此列。但是說小也不小，小鎮絕大多數人，看著那條線，就像對著一條天塹，連跨過去的欲望都生不出來。」

「被那條線隔開的兩撥人，差距之大，其實就像……人與草木吧，無異於陰陽之隔，甚至更大。」說到這裡的時候，大驪藩王宋長鏡突然「咦」了一聲，有些訝異，然後幸災樂禍笑道：「那頭老畜生這次運氣有點背啊，偏偏惹上這麼個小刺蝟，隱藏很深啊。宋集薪，本王現在有點理解你了，誰攤上這麼個對手都難受，除了乾淨俐落一拳打死之外，實在是一件挺噁心的麻煩事。」

宋集薪臉色不悅。

不遠處的李家大宅，呼喝聲大振，更有暗處的定海神針憤然出手。

陳平安果然有援手呼應，而且還不是一般人。

宋長鏡笑了笑，哪怕那道刺客身影從子孫槐下一閃而過，這位藩王也根本沒有要阻攔的意思。

視野之中，老猿的魁梧身影從西邊大步而回，不斷在小鎮上「起起落落」，至於落地之時會不會踩塌屋舍、會不會壞了別人院落的布置，根本不在意，那正陽山老猿似乎認定了一個出氣筒。

宋長鏡突然皺起眉頭，繼而釋然，然後是瞬間爆發的戰意昂揚。

大驪武夫宋長鏡，此生喜好三事：築京觀、殺天才、戰神仙。

下一刻，宋集薪瞪大眼睛，不知何時頭頂的宋長鏡已經落在福祿街上，向遠處飛奔而來的魁梧老猿，簡簡單單、近乎蠻橫地對撞而去。

大驪藩王，搬山老猿，一人一拳互換，砸中各自胸口。

宋長鏡不退反進，向前踏出一步，老猿則後退一步。

又是各自一拳，這一次砸在各自額頭眉心。

宋長鏡大踏步向前，這一次只有他出拳了。一步向前重重踩地，雙膝微蹲，左手向前伸出，右手握拳後撤。

他一身雪白長袍，大袖飄搖，腳下則是滿地碎裂的青石板。一拳直直去，老猿只得伸出一隻手掌，擋住宋長鏡的拳頭。天地之間，似乎先後兩次隱隱響起崩裂聲響，老猿倒滑出去十數丈，青石板地面被犁出一條觸目驚心的溝壑。

宋長鏡輕輕揮袖，一手負後，一手扶住腰間白玉帶，笑咪咪道：「齊靜春，你這也不出面攔阻？難道真要破罐子破摔了？別啊，再多撐一會兒。」

老猿吐出一口濁氣。

宋長鏡豎起一隻手掌，搖了搖，笑道：「等本王出去之後再打，現在先各忙各的。」

老猿咧嘴一笑：「宋長鏡，那你到時候最好能打贏我，否則大驪南方邊軍會不太好受。」

宋長鏡微笑道：「如你所願。」

老猿冷哼一聲，獨自進入李家大宅，見小姐陶紫安然無恙，甚至連驚嚇都算不上，老猿便知不過是拙劣的伎倆，略作思量，便獰笑著趕往小鎮西邊。

入山打獵。

夜色裡，陳平安逃向深山，撒腿狂奔，沒過多久，便跑入一片泥土格外鬆軟的竹林，他開始故意放重腳步。

約莫半炷香後，即將跑出竹林邊緣地帶，陳平安突然攀緣上左手邊的一根竹子，晃蕩向不遠處另外一根竹子，比那正陽山的搬山猿更像一隻猿猴，重複數次後終於輕飄飄落地，蹲下身用手抹去腳印。

轉頭望去，距離第一根竹子有五、六丈遠，他這才開始繼續奔跑。

不到一炷香的工夫，已經可以依稀聽到溪水聲，大步狂奔的陳平安非但沒有停步，反而一個高高躍起，整個人墜入溪水當中，很快他便站起了身，原來他落在了一塊巨石之上。

對這一塊土地山水無比熟稔的陳平安，竭力睜大眼睛，憑藉著過人的眼力和出眾的記憶，在小溪當中的石頭上跳躍，往下游方向一路逃跑。如果一直這麼下去，就能到達小鎮南邊的溪畔青牛背，然後是廊橋，最後則是阮師傅的鐵匠鋪。不過陳平安沒有太過接近青牛背，而是在小溪出山之後，驀然收束如女子腰肢的一個最窄的地方，靠右上岸。

很快就聽到寧姚輕聲喊道：「陳平安，這邊。」

陳平安飛快蹲下身，氣喘吁吁，伸手擦了擦額頭上的汗水。

寧姚低聲問道：「真能把老猿往山上騙？」

陳平安苦澀道：「盡力了。」

從小鎮福祿街同樣繞路趕來會合的寧姚，問道：「受傷了？」

陳平安搖頭道：「小傷。」

寧姚心情複雜，憤憤道：「敢這麼玩，老猿沒打死你，算你走狗屎運！」

陳平安咧嘴笑道：「老畜生壞過一次規矩了。不過妳如果出手再晚一點，我估計就懸了。」

寧姚愣了愣，然後開懷道：「還真成了？可以啊，陳平安！」

陳平安嘿嘿笑了。

寧姚翻了個白眼，問道：「接下來？」

陳平安想了想：「咱倆之前定下的大方向不變，不過有些地方的細節，得改動改動，老猿太厲害了。」

寧姚一巴掌拍在陳平安的腦袋上，氣笑道：「你才知道？」

陳平安突然說道：「寧姑娘，妳轉過身去，我要往後背敷點草藥，順便幫忙看著點小溪那邊。」

寧姚大大方方轉過身去，面朝小溪上游。

陳平安脫掉那件原本屬於劉羨陽的外衫，摘下那件「木瓷甲」，從腰間一只布囊拿出楊家鋪子的瓷瓶，倒出一些濃稠藥膏，倒在右手手心，左手提起衣衫，右手塗抹在後背上。很能扛痛的他，也不由得冷汗直流。

寧姚雖然沒有轉身，仍是問道：「很疼？」

陳平安笑道：「這算什麼。」

寧姚撇撇嘴，逞什麼強啊。

小鎮最西邊的宅子，有婦人坐在地上號啕大哭，不斷使勁拍打胸脯，搖搖晃晃，單薄衣衫有隨時炸裂開來的跡象。

她那一雙滿身髒兮兮的年幼子女，不知所措地站在娘親身邊。

有個憨厚漢子蹲在屋外，唉聲嘆氣，滿臉無奈，屋頂莫名其妙多出個窟窿，春天的寒氣還沒退盡，自己身子骨熬得住，可接下來自家婆娘和崽子們咋過？

不遠處的街坊鄰居聚在一起，指指點點，有人說是之前也聽到了自家屋頂有聲響，一開始以為是野貓搗亂，就沒當回事。也有人說今兒小鎮西邊就不太平，好像有孩子看到一個身穿白衣的老神仙，飄來蕩去的，一步就能當老百姓十數步，還會飛簷走壁，也不曉得是土地爺跑出了祠堂，還是那山神出了山。

有位風雷園年輕劍修獨自蹲在一處，臉色沉重。

劉灞橋之前在督造官衙署陪著崔明皇閒聊，聽說李家大宅的動靜後，就聞著了腥味，不過這位風雷園的俊彥翹楚，再自負也沒敢登門挑釁一隻搬山猿，就是尋思著能不能隔岸觀火，如果有機會陰一把老猿，更是大快人心。所以劉灞橋摸到了一處大宅書樓翹簷上，俯瞰小鎮，尋找老猿的動向，結果很快就發現城西泥瓶巷那邊的異樣動靜，於是生性膽大的劉灞橋就開始悄然盯梢。

在正陽山搬山猿不惜運轉氣機的瞬間，劉灞橋受傷後，那把不得不挪窩溫養在明堂竅的本命飛劍，蠢蠢欲動，幾乎就要「脫鞘」而出。因為在這方古怪天地裡，修為高低與天道鎮壓力度成正比，按照劉灞橋的估算，搬山猿並不輕鬆，哪怕能夠強行運氣、換氣，並且事後利用強橫體魄或是無上神通反過來壓制天道引發的氣海沸騰，但是這種「作弊」的次數，也絕不會太多，否則就要擔負起洪水決堤的巨大風險，到時候千年道行毀於一旦，也不是沒有可能。退一步說，每次以此方天地之外的「神仙」身分出手，就是一種折損，其實就等於世間俗人的折壽了。

但是當劉灞橋看到老猿踩塌屋頂後的這個落地處，自己現在立足之處的兩個大坑，這個風雷園劍道天才開始慶幸自己沒有輕舉妄動，否則必會引火上身。以老猿當時那股新鮮氣機的渾厚程度，若非發現福祿街李家大宅的動靜，不得不去確定正陽山小女孩的安危，追殺那個狡猾似狐的少年，不一定有十成把握，但是追殺自己劉灞橋絕對是一殺一個准。

當然，老猿不是瞎子更不是傻子，在自己本命飛劍將出欲出之際，肯定已經察覺到了自己的存在。只不過劉灞橋雖鬼門關前轉悠了一圈，後怕歸後怕，對於老猿這個存在本身，談不上如何畏懼。

風雷園對正陽山，雙方無論實力如何懸殊，不出手還好，一旦有一方選擇出手，那就要到不死不休的境地，而且修為低下之人，絕不會向對手磕頭求饒。這是兩座東寶瓶洲劍道聖地五百年來，用無數條人命證明過的事實，何況劉灞橋在小鎮又不是沒有後手。

劉灞橋緩緩站起身，沒有徑直返回衙署，而是走向那棟最西邊的破落小宅，站在低矮黃泥牆外，使勁「喂」了一聲，在男人和他媳婦都轉頭望向他之後，他隨手丟出一枚金精銅錢，拋給那個梨花帶雨的婦人，笑道：「大姐，求妳就別號了，我在那麼遠的地方都覺得瘆得慌！」

婦人接過金色銅錢，低頭瞥了眼樣式，跟銅錢差不多，就是顏色不同，她有些呆滯，小聲問道：「金子？」

劉灞橋哈哈笑道：「不是。不過比金子值錢多了……」

婦人先是一愣，然後暴怒，狠狠將那枚金色銅錢砸向劉灞橋，站起身，叉腰罵道：「滾一邊去！是金子我還有點相信，還比金子值錢？你當老娘沒見過世面啊？老娘也是親手摸過銀子的人。毛沒長齊的小王八蛋玩意兒，也不扒拉扒拉褲襠裡的小泥鰍，就敢來老娘這邊裝大爺，我家男人還沒死呢！」說到這裡，婦人更火大了，快步走去，不比水桶纖細多少的粗壯腰肢，竟然也能被她擰得別有風情。

她對著蹲在地上一言不發的男人就是一腳，踹得男人斜倒在地上。男人別說還手，就是還嘴也不敢，摸爬著貓腰跑遠，然後繼續蹲著，眼神幽怨。

婦人指著自家漢子罵道：「沒出息的孬種，跟死了沒兩樣，出了事情就知道裝死，成天就知道瞎逛，撈魚抓蛇，跟穿開襠褲的孩子差不多，比你兒子還不如！小槐好歹知道偷……撿點東西回家。你一個當爹的，為啥楊家鋪子的夥計不願意做，是富得流油還是咋的，非要跟銀子較勁？一年到頭也不知道幹點正經事……」說到這裡的時候，胸脯風光當得起「壯觀」二字的婦人，突然笑了笑：「要不是晚上還算能折騰人，老娘樂意跟你過日子？」

周圍看戲的街坊鄰居譁然大笑，也有青壯男人吹口哨說葷話。

婦人終於重新將矛頭對準那個罪魁禍首，吼道：「還不滾，沒斷奶是不是！」

劉灞橋哪裡見過這樣的鄉土氣，不但不覺得鄙陋，反而覺得頗為有趣，這份熱鬧看得津津有味，哪怕被婦人罵得挺慘，卻不怒反笑。自己在師門風雷園每次吵架後，都會有一種寂寞，覺得空有一身好武藝，卻沒有旗鼓相當的對手，不承想今天終於有了用武之地，便來勁了，嬉皮笑臉道：「沒斷奶咋的，大姐妳能幫忙啊？」

婦人挑了一下眉頭，譏笑道：「我怕一不小心把你給憋死。你啊，可以找杏花巷的馬婆婆去！管飽！」

頓時笑聲震天。

劉灞橋雖然不知道馬婆婆是何方神聖，但是從四周聽眾、看客的反應，可以得知自己這一仗是慘敗。

劉灞橋伸出大拇指，笑容燦爛道：「大姐，算妳狠。」然後他雙指夾住那枚金精銅錢晃了晃：「真不要？」

婦人明顯有些猶豫、狐疑。

就在此時，遠處有人無奈喊道：「灞橋，崔先生讓你趕緊回去。」

劉灞橋聞聲轉頭望去，是龍尾郡陳氏子弟陳松風，身邊站著一個身材高挑的冷峻女子，兩手空空，並沒攜帶兵器。

女子模樣不出挑，身段倒是沒得說，一雙大長腿，很對劉灞橋的胃口。她正是陳松風的遠房親戚，至於怎麼個遠法，陳松風沒有主動提起過，女子對陳松風也從來是直呼其名。

一路同行，三人平時相處，劉灞橋也沒覺得女子如何倨傲，就是天生性子冷了一些。

既然是崔明皇發話，劉灞橋不敢多待，便跟著兩人趕往福祿街，只是離去之時，下意識多瞥了眼那個愁眉苦臉的中年漢子。

夾雜在人流當中的一個邋遢漢子猶豫片刻，在街坊鄰居陸續散去後，獨自走向院子。

婦人正要帶著那對子女去娘家住，又實在是不情不願。娘家人盡是勢利眼，對她挑中的男人那叫一個狗眼看人低，所以這些年除了逢年過節，已經很少來往，但是遭到這種飛來橫禍，婦人實在沒辦法，她倒是想要硬氣一些，帶著兒子、女兒去客棧酒樓住幾天，當一回闊綽媳婦，沒奈何囊中羞澀，窮得叮噹都響不起來，只得厚著臉皮回娘家挨白眼了。越想越氣的婦人在離去之前，狠狠擰著自己男人的腰肉，直到擰得男人整張臉都歪了，這才甘休。兩個孩子是見慣這幅場景的，非但不擔心爹娘吵架，還使勁偷著樂呵。

婦人眼尖，看到躲在門口那邊鬼鬼祟祟的邋遢漢子，頓時罵道：「姓鄭的，又來叨走老娘的衣褲？你屬狗的是吧？兔子還不吃窩邊草，老娘再怎麼不願意承認，終究還是倒了八輩子楣，是你的嫂子，你咋就下得了手偷呢？」

邋遢漢子欲哭無淚，想死的心都有了：「嫂子，天地良心啊，我不過是忘了給妳家小槐買糖吃，他才故意這麼說啊，嫂子妳怎麼就真信了？」

那個小男孩一臉天真。

婦人當然是更相信自家孩子，抬起手就要一巴掌甩向那漢子。

那漢子趕緊縮脖子跑到一邊去，對蹲地上的男人嚷嚷道：「師兄，你也不勸勸嫂子！」

男人甕聲甕氣撂下一句話：「不敢勸。」

邋遢漢子哀嘆不已：「這世道沒法讓老實人混了。」

婦人一手牽著一個孩子，走向院門，突然扭頭丟了個媚眼，笑咪咪道：「姓鄭的，下次多帶些錢，嫂子賣給你，一件只收你五十文錢，咋樣？」

邋遢漢子眼前一亮，怯生生道：「稍稍貴了點吧？杏花巷鋪子的新衣裳，布料頂好的，也就這個價格……」

婦人翻臉比翻書還快，罵罵咧咧：「還真敢有這壞心思？去死，活該一輩子打光棍！爛命一條，哪天死在東門外都沒人替你收屍……」

婦人和孩子們走後，邋遢漢子輕輕往後一跳，坐在了院牆上，憤憤道：「師兄，不是我說你，你真是豬油蒙了心，才挑了這麼個潑辣娘們當媳婦。」

原來這邋遢漢子便是小鎮東門的看門人，姓鄭，光棍一條。

院子裡還蹲在地上的憨厚漢子蹦出一句：「我樂意。」

負責向外鄉人收錢的小鎮看門人，沉默片刻後，說道：「師父他老人家讓你在近期忍著點，別跟人動手。」

看門人抬頭瞥了眼可憐的屋頂，突然笑起來：「師父還說了，實在忍不了，就找你媳婦泄泄火。反正嫂子也不怕你折騰，她就好這調調。」

十棍子也打不出一個屁的漢子抬起頭，看著矮牆上的邋遢漢子，後者趕緊改口道：「得得得，是我鄭大風說的，師父沒說過這種話。」

憨厚漢子站起身，五短身材，青銅色的肌膚，雙臂肌肉鼓脹，把衣袖繃得厲害。

他還有些駝背，對那個小鎮看門人沒好氣道：「師父願意跟你說超出十個字的話，我跟你姓。」

看門人心中默念師父的叮囑，然後扳手指算了算，還真沒到十個字！這個邋遢漢子先是罵了一句娘，然後很是洩氣，有些傷感，竟是破天荒的真情流露，所以顯得尤為可憐。

佝僂漢子問道：「還有事嗎？」

看門人點頭道：「師父說讓你對付那個人。」

佝僂漢子皺了皺眉頭，又習慣性蹲下身，面朝破敗的屋子，悶悶道：「憑啥？」

看門人鄭大風白眼道：「反正是師父交代的，你愛做不做。」

漢子想了想：「你走吧。下次要是讓我看到你偷嫂子的東西，打斷你三條腿。」

邋遢漢子鄭大風暴怒道：「李二！你給老子說清楚！誰偷你婆娘衣物了？這種混帳話你也相信？你腦子進水了吧？」

李二轉過頭，看著暴躁憤怒的同門師弟鄭大風，黑著臉默不作聲。

鄭大風像是一個飽受委屈的幽怨小娘，悲憤欲絕道：「我以後再也不敢了。行了吧！」

這個看門人站起身，腳尖一點，如一片槐葉飄入街道，離得遠了，這才膽敢破口大罵道：「李二，老子這就找嫂子買她的貼身衣物去！」

鄭大風一邊撂狠話，一邊跑得比狗還快，只是李二根本就沒起身的意思，吐出一個字：「孬。」

三人回到衙署，那個觀湖書院的儒家君子崔明皇坐在正廳等候已久。見到陌生女子後，崔明皇起身點頭致意，女子也點了點頭，臉色依然冰冷，用劉灞橋私底下的話說，就是一副「全天下都欠了她大把銀子」的表情。

崔明皇在三人落座之後，對劉灞橋笑道：「虧得你忍住沒出手，要不然肯定會捅出大婁子。你是沒有看到，剛才咱們督造官宋大人和那正陽山搬山猿在福祿街硬碰硬對了三拳，動靜不小。說實話，接下來不管你遇到如何千載難逢的機會，我勸你都不要出手，不要覺得有機可乘。」

劉灞橋好奇問道：「難不成那老畜生三拳幹翻了宋長鏡？宋長鏡如此繡花枕頭不濟事？不是都說他摸著了第十境的門檻嗎，只差半步就能一腳跨入那個境界？」

崔明皇無奈道：「咱們好歹借住在宋大人這裡，你能不能說話客氣些？」

陳松風感慨道：「是宋大人占了一些優勢。」

哪怕與那位大驪藩王八竿子打不著，可只要是修行中人，聽聞這種壯舉之後，無法不心神往之！

一個純粹武夫，只以肉身就與一隻搬山猿硬扛到底！關鍵是此人還能夠占據上風！

女子坐在一旁閉目養神，雙手自然而然攤放在膝蓋上，聽到此事後，手指微動。

她也是被陳松風匆忙找到的，原本她打算在小鎮一直逛蕩下去。之所以沒有執意堅持，而是跟隨陳松風一起去找劉灞橋再返回衙署，只是入鄉隨俗罷了。至於陳松風能否從那棵老槐樹那裡討到便宜好處，能夠得手幾片祖蔭槐葉，同樣姓陳的女子，並不上心。不過陳松風找到她的時候，她仍然能夠清晰感受到，陳松風那種刻意壓抑的興奮激動，多半是收穫頗豐，落下槐葉的數量，應該是出乎龍尾郡陳氏老祖的預期了。

劉灞橋突然捧腹大笑：「老畜生這次栽了個大跟頭，痛快痛快，竟然被一個普通少年遛狗耍猴，被牽著鼻子走了半座小鎮，哈哈，這個天大的笑話，夠我在風雷園說上十年了！到時候以正陽山那幫土鱉的脾性，肯定要急著跳出來說，這些都是咱們風雷園血口噴人了，有本事拿出證據來啊！我拿你大爺的證據，要不是小鎮禁絕術法，壞規矩的代價太大，否則我死也要把這一幕原原本本『拓印』在音容鏡當中。」

崔明皇突然臉色微變，對劉灞橋沉聲喊道：「灞橋！」

女子幾乎同時睜開眼睛。

劉灞橋剛想問幹啥，驀然閉上嘴巴。

很快有一個白袍男子緩緩而至，跨過門檻後，對劉灞橋笑咪咪問道：「什麼事情這麼好笑啊？獨樂樂不如眾樂樂，不如讓本王也樂呵樂呵？」

崔明皇早已站起身，正想要開口說話，意思是要將那張主位椅子讓給這個大驪藩王，宋長鏡對這個觀湖書院的讀書人，笑著搖搖頭，示意不用如此繁文縟節，便隨手拉過一把椅子，坐在劉灞橋身邊，與陳松風和女子兩人，分列左右相對而坐。

劉灞橋雖然給人印象是混不吝的憊懶性格，不過如此近距離，面對一個極有可能躋身傳說第十境的武夫，尤其這傢伙可謂惡名昭彰，築京觀一事也就罷了，嗜好斬殺天才一事，真是讓人毛骨悚然。所以別看這個大驪藩王不在的時候，劉灞橋一口一個宋長鏡喊著，這會兒心卻虛得很。

好在臉皮一事，劉灞橋向來不甚在乎，賠笑道：「宋大宗師，我正在說你老人家與正陽山老畜生的巔峰一戰呢，真是驚天地、泣鬼神。王爺你老人家拳出如龍，若非拳下留情，那搬山猿定會在福祿街上當場死無全屍。宋大人武道之高，武德之好，實在是讓晚輩拍馬難及！」

宋長鏡笑著不說話。

劉灞橋額頭滲出冷汗，後背浸透汗水，終於說不出一個字來，悻悻然澈底閉嘴。

宋長鏡突然轉頭望向對面那名女子，眼神玩味，饒有興致，問道：「妳也是龍尾郡陳氏子弟？」

女子搖頭，緩緩道：「不是。」

宋長鏡「哦」了一聲，若有所思。

氣氛尷尬，直到宋集薪出現在門口。他見到屋內並無椅子座位，便隨意坐在門檻上，望向屋內眾人。

宋長鏡對此不以為意，對劉灞橋笑道：「其實少年能活下來，你是恩人之一。」

若非搬山猿一開始認定陳平安尋釁是受人指使，而在這座小鎮當中，敢給正陽山下套的傢伙都非蠢人，皆是擅長謀而後動之輩，所以老猿覺得螳螂捕蟬、黃雀在後的那隻黃雀一定身分不低，身手不弱，這才使得不願流露出絲毫破綻的老猿，在泥瓶巷那一帶顯得頗為狼狽。所以一直到小鎮最西邊的宅子，老猿確定四周並無刺客潛伏之後，這才稍稍放開手腳，給了那陳平安後背心一拳。

劉灞橋乾笑道：「雖然事實如此，但是這種恩人我可不想當。」

宋長鏡一笑置之。

女子轉頭瞥了一眼坐在門檻上的俊逸少年，宋集薪對她微微一笑。

女子轉過頭，面無表情；宋集薪撇撇嘴，開始正大光明欣賞她的那雙長腿。

女子二十五、六歲，姿色尚可，但是宋集薪覺得她挺有味道的。

女子轉過頭，眼神冷冽，沙啞道：「你找死？」

宋集薪指了指自己，一臉膚淺至極的無辜，很欠揍的表情：「我嗎？」然後指了指大驪藩王宋長鏡：「那你得先問過他才行。」

女子剛要起身，宋長鏡瞬間瞇眼。

大堂之內，一陣磅礡威壓如暴雨狠狠砸在眾人頭頂，躲也無處躲，所有人的肌膚，竟然產生了實質性的針刺疼痛，唯獨門口那邊的宋集薪渾然不覺。

陳松風艱難開口，只是語氣不弱：「王爺，這位姑娘並非我們東寶瓶洲人氏，所以希望王爺慎重行事！」

女子笑了，站起身：「你敢殺我？就不怕你們大驪被滅國嗎？」

崔明皇正要阻攔，卻只見女子已整個人倒飛出去，身後那張椅子在空中化作齏粉不說，女子高挑身軀全部陷入牆壁，幾乎像是嵌入牆壁的一樣物件。

宋長鏡神出鬼沒地站在牆壁下，負手而立，微微仰頭，看著七竅流血的女子，笑道：

「小丫頭，是不是覺得妳的老子或是老祖很厲害，所以就有資格在本王面前大放……那個字怎麼說來著？」

這個藩王轉頭笑望向自己侄子，宋集薪笑咪咪道：「厥，大放厥詞。」

宋長鏡笑了笑，轉頭繼續望向女子，後者雖然滿臉痛苦，但是眼神堅毅，沒有絲毫示弱祈求。

宋長鏡說道：「下輩子投胎，別再碰到本王了。」

陳松風肝膽欲裂，滿眼血絲，整個人處於複雜至極的情緒當中，大憤怒、大恐懼兼有，正要開口說話，崔明皇已經搶先上前一步，作揖致歉，低頭誠懇道：「王爺，能不能給在下一個面子，不要跟她一般見識。」

宋長鏡嘴角扯了扯，滿是譏諷。

與大驪藩王對視的女子，突然認命一般閉上眼睛。

就在此時，門檻那邊的宋集薪哈哈笑道：「叔叔！算了。欺負一個娘們，傳出去有損你的名聲。」

宋長鏡身形略微停頓，細微到了極點，哪怕是崔明皇和劉灞橋，也只覺得那個殺神根本就是紋絲不動。

宋長鏡歪了歪腦袋，伸出雙指，隨意一彈，好似撣去肩頭灰塵。

風雷園年輕一輩中的第一人劉灞橋呆若木雞，崔明皇如釋重負，陳松風如墜雲霧。

宋長鏡對劉灞橋笑道：「小子，不錯，本王看好你。」

女子睜開眼睛，把自己從牆壁裡「拔出來」，落地後，身形一晃，對那個背影說道：「今日賜教，陳對銘記五內。」

宋長鏡不予理會，對劉灞橋說道：「離開小鎮之後，去大驪京城找本王，有樣東西送給你，就看你拿不拿得動、搬不搬得走了。」

劉灞橋脫口而出道：「符劍！」

修行之人，都知道符劍是道家主要法器之一，但是如果一把劍能夠直接冠以「符劍」之名，並且世人皆知，可想而知，這把劍會是如何驚豔。

宋長鏡和宋集薪走出這棟別院，宋長鏡笑道：「心胸之間的那口惡氣，出完了沒？」

宋集薪點頭道：「差不多了。」

之前關於陳平安一事，這個傢伙竟然連自己親侄子也坑，宋集薪當然一肚子憤懣怨懟。

宋集薪突然皺眉問道：「那女子一看就來頭極大，叔叔你不怕打了小的，惹來大的，揍了大的，惹來老不死的？如果地方縣誌沒騙人，我可知道那些老王八的厲害，到時候咱們大驪真沒問題？」

宋長鏡一句話就擺平了宋集薪：「你太低估宋長鏡這三個字了。」

大堂內，崔明皇坐回位置，不露聲色。

嗎？」

劉灞橋頹然靠在椅背上，心有餘悸道：「乖乖，七境、八境和這九境就相差這麼多

風雷園七境、八境武夫各有一人，而且與劉灞橋關係都不錯。

崔明皇搖頭道：「圍棋當中，同樣是九段國手，也分強弱，相差很大，何況宋長鏡本就是第九境裡的最強手。」然後崔明皇望向名叫陳對的女子，關心地問道：「陳姑娘妳沒事吧？」

陳對也是狠人，雖然臉色蒼白，但仍是坦然笑道：「無妨。」

陳松風彷彿比這位局中人的遠房親戚，更加惶恐不安。

崔明皇心中一嘆，龍尾郡陳氏，恐怕很難在接下來的大爭亂局之中脫穎而出了。

劉灞橋嘖嘖道：「一彈指，就能夠將我飛劍彈回竅穴，還能不傷我半點神魂，實在是匪夷所思。」

崔明皇打趣道：「現在知道山外有山、人上有人了吧？」

劉灞橋狗改不了吃屎，壞笑道：「人上有人？崔大先生你真是一點也不君子啊！」

崔明皇哭笑不得，懶得理睬這渾人。

劉灞橋想了想，出聲安慰那名字有些古怪的女子，免得她一時想不開，鐵了心要以卵擊石，去找宋長鏡的麻煩，到時候這一屋子的人都吃不了兜著走：「陳大姐，雖然我這麼說很長他人志氣、滅自己威風，但是碰到宋長鏡，低低頭，退一步，不丟人。」

陳松風欲言又止，但是陳對「嗯」了一聲，淡然道：「宋長鏡確實有這個資格，我沒

有不服氣，只是心有不甘而已。」

劉灞橋沒心沒肺地道：「其實不甘心都不用，看看我，現在就賊高興，以後回到風雷園，又有十年牛皮可以吹了。竟然與大驪宋長鏡交過手，哪怕只有一招，但我劉灞橋到最後毫髮無損啊！當然了，如果我真能拿到那把大驪京城的符劍，吹一百年都行！」

陳對思緒轉向別處。

她沒來由想起那個坐在門檻上的少年，那個能夠一句話阻止宋長鏡出手殺人的少年。

楊家鋪子的老掌櫃回到小鎮後，直奔自家鋪子後邊的院子。院子不大不小，正好夠店裡三個長工夥計居住。

掌櫃推開後院正屋，看到一個老人坐在椅子上，正在搗鼓他的老旱煙杆子呢。掌櫃的關上門後，喊了聲「老楊頭」，老人趕緊放下老竹煙杆，倒了一碗茶，笑問道：「掌櫃的，有人急著用藥？需要我摸黑上山？」

年邁掌櫃看著這個看上去差不多歲數的老頭子，搖搖頭，端起茶碗，嘆了口氣道：「今兒給阮師那邊看了位病人，是個姓劉的少年，給外鄉人一拳打了個半死，我這心裡不得勁兒，就想著來你這邊坐坐，緩一緩。」

滿臉皺紋如老槐樹皮的老楊頭笑道：「掌櫃的，只管坐便是，都不是外人。」

楊掌櫃的突然想起一事：「對了，老楊頭，你很多年前幫過的一個孩子，就是泥瓶巷那個，小小年紀就給他娘親抓藥的可憐娃兒，他是不是叫陳平安？」

老楊頭有些訝異，點頭道：「對啊，那孩子他娘最後還是走了。如果沒記錯，沒能熬過那個冬天。在那之後，跟孩子還見過幾次，次數不多就是了。我當年實在看不下去，還給過孩子一個不值錢的土方子來著，咋了？是這孩子給人打傷啦？」

楊掌櫃的喝了口茶，苦笑道：「剛剛我不是說了嘛，那少年姓劉。老楊頭你也真是的，啥記性！」

老楊頭哈哈大笑，不以為意。

老掌櫃小心翼翼試探性問道：「老楊頭，咱們鋪子要不要做點啥？」

老楊頭拿起那根小楠竹製成的老煙杆，搖了搖：「掌櫃的，啥也不用做就行。」

老掌櫃像是吃了一顆定心丸，點頭道：「這就好、這就好。老楊頭，那你忙你的，我先走了。」

老楊頭剛要站起身相送，老掌櫃趕緊勸道：「不用送、不用送。」

老掌櫃走下臺階後，回首望去，老楊頭正要關門，對視後老楊頭咧嘴笑了笑，老掌櫃的趕緊轉頭離開。

老掌櫃中年接手鋪子的時候，病榻上彌留之際的父親，最後遺言，竟是一些古怪話：「『鋪子遇到大事情，就找老楊頭，照他說的去做。』這句話，好像是你爺爺的爺爺那會兒就傳下來了。以後你把鋪子傳給下一輩的時候，一定別忘了說這些，一定不能忘！」老掌櫃當時使勁點頭答應下來，老父親這才咽下最後那口氣，安然閉眼逝去。

夜色漸濃，老楊頭點燃一盞油燈。咂巴著旱煙，他想起了一些陳年往事，都是註定無人在乎的小事而已。

一棟代代相傳的祖宅，收拾得整整齊齊，一點不像是泥瓶巷裡的人家。

一個敦厚老實的男人蹲在院門口，看著一個清清秀秀的孩子，笑問道：「兒子，過完了年，是不是大人了？」

孩子揚起一隻手，活潑稚氣道：「爹，我五虛歲，是大人啦！」

男人笑了笑，有些心酸：「那以後爹不在的時候，娘親就要交給你照顧了哦，能不能做到？」

孩子立即挺直腰杆：「能！」

男人笑著伸出一隻布滿老繭的大手：「拉鉤。」

孩子趕緊伸出白皙小手，開心道：「拉鉤上吊一百年不許變！」

爺倆小指拉鉤，拇指上翻後緊緊挨著。

男人鬆手後，緩緩站起身，轉頭看了眼在正屋忙碌的那個婀娜身影，猛然大踏步離去。

身後孩子喊道：「爹，糖葫蘆好吃。」

男人嘴唇顫抖，轉過頭，擠出一個笑臉：「曉得了！」

孩子到底是懂事的，眨了眨眼睛：「小的更好吃一些。」

男人迅速轉過頭，不敢再看自己兒子，繼續前行，喃喃道：「兒子，爹走了！」

楊家鋪子，一個隔三岔五就來買藥的小孩子，這一天被一名不耐煩的店夥計推搡出鋪子，那年輕夥計罵道：「跟你說過多少次了，這麼幾粒碎銀子，連藥渣子也買不了！哪有你這麼煩人的，能堵在這裡大半天，我們這是藥鋪，要做生意的，不是寺廟，沒有菩薩讓你拜！要不是看你年紀小，老子真要動手打人了，滾滾滾！」

小孩子死死攥緊那個乾癟錢袋子，想哭卻始終堅持不哭出聲，仍是那套翻來覆去無數遍的說辭：「我娘親還在等我熬藥，已經很久了，我家真的沒有錢了，可是我娘真的病得很厲害……」

年輕夥計隨手抄起一把掃帚，作勢要打人。站在門檻外的小孩子嚇得蹲下身，雙手抱住頭，那隻左手仍是不忘死死握住錢袋。

許久之後，孩子抬起頭，發現一個板著臉的老爺爺站在那裡，與他對視。年輕店夥計已經悻悻然放下掃帚，忙活自己手頭的事情去了。

老人伸出一隻手：「買東西給錢，生意人賺錢，是天經地義的事情，至於賺多賺少，得看良心，但萬萬沒有虧錢的道理。所以你把錢袋子給我，那幾粒銀子我收下，今天你娘親治病需要的藥材，我先賒帳給你，但是你以後得還錢，一分一毫也不許欠鋪子。小傢伙，聽不聽得懂？」

小孩子眨眨眼，懵懵懂懂，但仍然把錢袋子遞了出去。

最後，老人有些費勁地趴在櫃檯上，才能看著那個幾乎瞧不見腦袋的小孩子，問道：「知道怎麼熬藥嗎？」

小孩子小雞啄米：「知道！」

老人皺眉：「真知道？」

孩子這次只敢輕輕點點頭。

那年輕夥計在遠處笑道：「咱們劉師傅當時去過一趟泥瓶巷，給他娘看病後，教過孩子一回。後來不放心，又親自看著這孩子煎熬，奇了怪了，屁大點的孩子，竟然還真沒啥差錯。是劉師傅親口說的，應該沒錯。」

老人對孩子揮揮手：「去吧。」

孩子歡天喜地提著一大兜黃油紙包起來的藥材，飛快跑回泥瓶巷。

孩子躡手躡腳進入屋子後，發現躺在木板床上的娘親還在睡覺。孩子摸了摸娘親額頭，發現不燙，鬆了口氣，然後悄悄把娘親的一隻手挪回被褥。

孩子來到屋外那座灶房，開始用陶罐熬藥，趁著空隙開始燒菜做飯，這些孩子需要踩在小板凳上才能做。

孩子使勁翻動鍋鏟，被熱騰騰的水氣嗆得厲害，還不忘碎碎念道：「一定要燒得好吃，一定要！要不然娘親又要沒胃口了……」

一個才五虛歲的孩子，背著一個幾乎比他人還大的籮筐，往小鎮外的山上走去。

這是孩子第二次進山，第一次是楊家鋪子的老楊頭帶著。照顧到孩子的孱弱腳力，老楊頭走得很慢，加上老人只是教了孩子需要採摘哪幾種草藥，而且籮筐也是由老人背著，所以那一趟進山、出山，對孩子來說其實還算輕鬆。今天就不一樣了，孩子頂著烈日，背著籮筐，後背傳來一陣陣灼燒般的刺痛。

孩子一邊哭一邊走，咬著牙向前走。

那一趟，孩子是天黑才回到楊家鋪子的，籮筐裡只有一層薄薄的藥材。老楊頭勃然大怒，孩子帶著哭腔說，他家裡只有娘親一個人，他怕娘親餓了，要不然不會只有這麼點藥材的，他可以明天早起進山。老人默不作聲，轉身就走，只說再給他一次機會。之後不到兩個月，孩子的手腳就都是老繭了。

有天，一場突如其來的暴雨，使得上山採藥忘了時間的孩子，被隔在溪水那邊。看著洶湧的洪水，孩子在大雨中號啕大哭。最後當孩子實在忍不住，打算往溪水裡跳的時候，老楊頭突然出現在對岸，一步跨過小溪，又一步拎著孩子返回。

黃豆大小的雨點砸在身上，孩子在下山路上，卻一直笑得很開心。

出了山之後，老人說道：「小平安，你幫我做一根煙杆，我教你一個怎麼才能夠爬山不累的小法子。」

孩子伸手胡亂抹著雨水，咧嘴笑道：「好嘞！」

孩子蹦蹦跳跳回到泥瓶巷，今天他採到一株很稀罕的名貴草藥，所以楊家鋪子多給了一些娘親需要的藥材。

一天沒吃飯的孩子走著走著，突然感到肚子一陣絞痛。那一刻，孩子就知道在山上吃錯東西了。

疼痛從肚子開始，到手腳，最後到腦袋。孩子先是小心翼翼蹲下身，摘下籮筐，然後深深呼吸，試圖壓抑下那股疼痛。但是一陣火燒滾燙，一陣冰冷打擺子，孩子最後只能疼得在小巷子裡打滾。

從頭到尾，孩子不敢喊出聲。不管腦袋怎麼胡亂撞到小巷牆壁上，孩子最後也沒有喊出聲。離家太近了，孩子怕躺在床上的娘親擔心。那個過程裡，意識模糊的孩子，只感受到自己心臟的跳動聲，就像近在耳邊的擂鼓聲，轟隆隆作響。

杏花巷，一個孩子又蹲在糖葫蘆攤子不遠處，每次都蹲一會兒，時間不久，但讓攤子主人記得了那張黝黑的小臉龐。

終於有一次，賣糖葫蘆的男人摘下一支糖葫蘆，笑道：「給你，不收錢。」

孩子趕緊起身，搖搖頭，靦腆一笑，撒腿跑了。

那之後，賣糖葫蘆的男人再也沒有看到孩子的身影。

那個冬天，病榻上的女子已經骨瘦如柴，自然面目乾枯醜陋。

剛剛從破敗神像那邊祈求歸來的孩子，去杏花巷鐵鎖井那邊挑來了水。

孩子來到床邊，坐在小板凳上，發現娘親醒了，便柔聲問道：「娘，好些沒？」

女子艱難笑道：「好多了。一點也不疼了。」

孩子歡天喜地：「娘親，求菩薩們是有用的！」

女子點點頭，顫顫巍巍伸出一隻手，孩子趕緊握住娘親的手。

女子極其艱辛痛苦地側過身，凝視著自己孩子的臉龐，受盡病痛折磨的女子，突然洋溢著幸福的光彩，呢喃道：「天底下怎麼有這麼好的孩子呢，又怎麼剛好是我的兒子呢？」

那年冬天，女子終究還是沒能熬過年關，沒能等到兒子貼上春聯和門神，就死了。

她閉眼之前，小鎮剛好下起了雪，她讓兒子出去看雪。

女子聽著兒子跑出屋子的腳步聲，閉上眼睛，虔誠默念道：「碎碎平、碎碎安，碎碎平安，我家小平安，歲歲平安，年年歲歲，歲歲年年，平平安安……」

從那一天起，陳平安就成了孤兒，只不過從孩子變成了少年。

第三章　對峙

返回福祿鎮後，跟大驪藩王宋長鏡進行了一場蜻蜓點水般的切磋，正陽山老猿並未在李宅待太久便飛奔出鎮。在陳平安入山的地方稍作停留後，老猿仍是退回自己先前出拳之處，仔細觀察陳平安在泥地上的腳印深淺。除此之外，老猿視野當中，還有一連串成人的淺淡腳印，老猿猜測多半是風雷園那個年輕劍修留下的。

自己對泥瓶巷少年出拳之時，那人分明是想趁火打劫，出現過一剎那的劍氣外溢，雖然稍縱即逝，隱藏頗深，但老猿本就身經百戰，又在「劍氣縱橫破寶瓶」的正陽山足足修行了千年歲月，對於劍氣、劍意，實在太過熟悉。

這隻正陽山搬山猿活得太久，所以太過見多識廣，見識過擅長養育上乘飛劍的劍仙，擁有數十把玲瓏袖珍的飛劍，皆微小如細髮牛毛；也見識過大如山峰的本命飛劍，一劍劈下，江河斷絕。

老猿凝神思量之後，這才繼續前行。入山後先是雜草叢生，然後是一片竹林，地上多是去年秋冬積攢下來的枯葉，只不過由於靠近小鎮，竹林並不顯得荒蕪雜亂。

一路循著不易察覺的腳印，老猿發現自己即將走出竹林。

老猿並未直接走出竹林，而是環視四周，並未看到地上有少年的腳印。

視線上移，四周青竹也無明顯印痕，但是老猿依舊沒有徑直往山上追趕，而是拔地而起，一腳踩在一竿粗壯青竹的上端，微微加重力道，身體向山上那邊傾斜，竹子隨之彎曲，在即將崩斷之際，老猿驟然散氣，魁梧身軀如同輕飄飄的羽毛，沒了重壓負擔的青竹頓時反彈，恢復筆直。

老猿如仙人御風站在修修青竹之巔，身形跟隨竹子微微搖曳，環顧四方之後，低頭俯瞰四周，終於，老猿發現了蛛絲馬跡，扯了扯嘴角，往左手邊一路遠眺，仔細豎耳凝聽後，依稀聽到了溪澗流水的聲響。

老猿冷笑道：「果然，一如既往的狡猾。」

老猿踩踏著一根根青竹，往左手邊的小溪奔去，一路上不知踩斷了多少根竹子。來到溪畔後，對於陳平安是沿著溪水往深山老林去還是往下游逃竄，老猿一時間有些拿捏不准。

老猿蹲在溪畔，眉頭緊皺，有些憤懣，若是在外邊天地，只要是稍稍有點靈氣的山嶽，老猿只要隨手一抓，就能將那失了靠山的土地神強行敕令而出，一問便知少年的去向了。這也算是搬山猿的本命神通之一，否則其他修士，任你術法通天，威名赫赫，也絕對不能輕易對一方水土的神祇指手畫腳。

大道殊途，這就像世俗王朝的官場衙門，兵部尚書也很難對一個小小戶部員外郎呼來喝去，要員外郎做這做那，最重要的是這位兵部尚書和員外郎還不在一國廟堂之上。

老猿聽著水流聲，陷入沉思。

按照常理而言，那少年八成是從小上山入水磨礪出來的身手和體力，說不定還研習過粗淺的呼吸吐納之術，這才有了異於常人的體魄，身輕骨硬，氣血強壯，以至於能夠跟自己在巷弄屋頂玩貓抓耗子的遊戲。這樣的話，去熟稔道路的密林深處躲藏，合情合理。若是純粹的少年心性，先前不過是憑藉一腔熱血想要報仇，嘗到輕重厲害之後，逐漸冷卻，自然而然開始後怕，便跑去南邊的鐵匠鋪子，尋求阮師的庇護，也在情理之中。前者不過是耗時，後者耗力耗神不說，甚至還會消耗正陽山的香火情。

老猿順乎本心，脫口而出道：「這少年必須死。」說完這句話後，老猿再無半點疑慮，選擇往溪水下游追蹤而去。

小鎮南邊，有一條黃泥小路，蜿蜒曲折，兩邊都是小鎮百姓的稻田莊稼地。小路半道，有座白牆黑瓦的破敗小廟。說是廟，其實就是一個供百姓歇腳休息的地兒，尤其是農忙時節、酷暑時分或是暴雨天氣，有沒有遮陰擋雨的地方，是天壤之別。

此時，陳平安和寧姚就在此商議休息。

寧姚天生劍心通明，夜間視物，輕而易舉，她發現破敗牆壁上滿是稚童的炭筆塗鴉，大多是人名，低處多半已經斑駁不清，或是被人塗抹篡改，或是重重疊疊，只是高一些的地方，還有一些清晰可見的名字，宋集薪、稚圭、趙繇、謝實、曹曦……很長一大串，估計是當年騎在脖子上甚至是站在小夥伴的肩膀上寫的，寧姚甚至看到了劉羨陽和陳平安、顧璨三人的名字，聚在左上角最高的地方，顯得不太合群。

寧姚收回視線，問道：「不管怎麼說，第一步是做到了，已經迫使老猿第一次換氣。接下來你真要去小鎮取回木弓？會不會太冒險了？萬一老猿很謹慎，沒有上山找你的麻煩，你豈不是羊入虎口？」

陳平安一直在默默吸氣、吐氣，呼吸輕重長短並無定數，一切只看感覺，追求「最舒服」的狀態，聞聲後眼神堅毅道：「沒辦法，木弓必須拿回來，要不然我們之前就白費功夫了！而且我在泥瓶巷那邊，對老猿射出過當頭一箭，確實像寧姑娘妳所說，哪怕是那麼近的距離，只要沒有射中老猿眼珠，造成的傷害，都可以忽略不計。」

寧姚有些惱火：「早說了，你那些雕蟲小技不管用！先前你不信，又不聽勸，行，我便由著你，但是現在你既然信了，總該按照我的法子來了吧？」

其實對於怎麼對付正陽山老猿，當時在廊橋商議此事的少年、少女，最早是決定各做各的，陳平安只是讓寧姚等他回小鎮找完三個人，但是後來陳平安突然改變主意，在寧姚走到廊橋北端下臺階之前，趕上了她。

之後兩人出現過巨大分歧，佩刀又佩劍的寧姚一開始很堅定，你陳平安並非修行中人，甚至連拳把式也不會，就在一邊看戲好了，最多幫忙搖旗吶喊，讓她來宰掉老猿，為劉羨陽報仇，一泄心頭之恨。但是當陳平安問她如何斬殺老猿時，寧姚死活不願意說，只說她有那壓箱底的本事。行走天下，上山下山，大道獨行，沒點家傳的殺手鐧怎麼行。陳平安沒有答應，這才有了之後陳平安的三次找人。

陳平安站起身，扭了扭腰，幾乎沒有妨礙凝滯了，道：「我休息得差不多了。」

寧姚驚訝道：「楊家鋪子的東西這麼有用？」

陳平安出現了片刻的黯然神色，只是很快便點頭笑道：「很有用的。」

寧姚問道：「老猿會不會直接看穿你的逃跑路線？」

陳平安想了想，謹慎回答道：「說不定可以。」

寧姚用刀鞘在地上畫出兩個圈和一條直線，問道：「這是小廟和福祿街李宅間的路線，你的木弓藏在哪邊？」

陳平安蹲下身，畫了一個圈：「靠近東邊，差不多是這裡，距離泥瓶巷不算太遠。」

寧姚點頭道：「好，哪怕老猿直接趕來小廟這邊，我也會拖住他的腳步，給你爭取到足夠的時間。」

陳平安又在那條線中間地段，用手指畫出一個小圈：「如果真是這種最糟糕的情況，寧姑娘，妳能不能把他引到這裡？就是我當初入山的地方，這樣我拿到了木弓趕過去，不需要多久。」

一襲墨綠長袍的寧姚以刀拄地，傲然道：「說不定到時候我就提著老猿的頭顱，去你那邊了。」

陳平安搖頭道：「別逞強，要小心！」

寧姚恨不得拿刀鞘使勁敲打那顆腦袋，到底是誰逞強？

她瞪眼道：「喂！站在你跟前的人，是我寧姚，未來的全天下第一劍仙好不好！」

陳平安站起身，低頭查看了一下腰間的兩個布袋子，以防萬一，再次繫緊後，抬頭笑：「知道了、知道了，所以啊，那就怎麼都別死在這種小地方，要不然多虧啊。以後等妳做成了那麼大的大人物，作為朋友，我也好沾沾光。」

寧姚感慨道：「陳平安，你這麼婆婆媽媽、優柔寡斷，勸你以後還是別娶媳婦了，隨便找個女子嫁了算了。」

陳平安「嘿」了一聲，也不反駁。

剛要出廟，寧姚說道：「我先把你送到小溪那邊，之後我往西北方向走一段路程，防止老猿擔心那小女孩的安危，出了竹林沒多久，因為沒有發現你的蹤跡，就果斷放棄追捕，掉頭返回小鎮。」

陳平安想了想，沒有拒絕。

少年、少女一起奔向小溪，寧姚無形中吐納如大江大河，水深無語，暗流湧動；陳平安呼吸則如溪澗流水，細水長流，氣象各異。

寧姚突然忍不住問道：「木弓箭頭塗抹了你說的那種草藥，當真有用？」

陳平安答道：「反正對兩百多斤的野豬都有用，對那隻老猿應該也有用。」

寧姚不再說話。

兩人臨近小溪，正是當時陳平安上岸的地方。

少年、少女幾乎同時氣力爆發，腳掌蹬地，高高跳起，躍向對岸。

寧姚落地後握住劍鞘，放緩腳步，陳平安則是衝刺起跳、飛躍過河、落地奔跑，一氣呵成，瞬間與寧姚擦肩而過。

陳平安剛要轉頭，寧姚說道：「你先去小鎮，不用管我。」

陳平安繼續向前，一邊跑一邊轉頭提醒道：「我會稍稍繞彎，挑一個僻靜巷弄，進入小鎮，可能會稍微晚一點。」

寧姚點了點頭，在陳平安身影消失後，不再握住劍柄，開始向西邊緩緩行去。

沒過多久，寧姚停下身形，瞇眼望向上游溪水遠處。

一道魁梧身影驟然間從溪水大石上激射向北岸，落在她身前二十餘步處，盛氣凌人。

老猿有些疑惑，四周並無陳平安的隱匿氣息。他有意無意地瞥了一眼寧姚腰間的白鞘長劍，笑道：「小姑娘，先前去福祿街搗亂的人，就是妳吧？」

寧姚雙手按住刀柄劍柄，默不作聲。

老猿好奇問道：「小姑娘，之前在來小鎮的路上，雖然妳一直藏頭藏尾，可我知道妳來歷不簡單，絕不是清風城、老龍城那兩個廢物之流。只是我很奇怪，妳我之間有何恩怨，何須如此？或者說妳家族師門，跟正陽山有過節？」

寧姚二話不說，腰間刀劍同時出鞘，身形一閃而逝。狹刀先至，對那位正陽山護山老祖當頭劈下，老猿竟是隨便抬手，以手臂強硬彈開這一刀的鋒芒。寧姚借勢身形旋轉，橫劍一掃，掃向老猿的脖子，老猿亦是用手臂蠻橫砸開劍鋒。

寧姚先手兩招未能得逞，並沒有近身糾纏，而是與老猿拉開了一段距離，緩緩行走。

老猿以強橫無匹的肉身鑒定了兩柄兵器的鋒利程度後，根本無視手臂外側被割出的血槽，笑道：「兵器是真不錯，而且敢隨身帶著兩把，一看就是山上的千年世家弟子，要不然就是山下一流豪閥的嫡傳子弟，我差點就要以為妳是藏在暗處的另一名風雷園劍修了。」

老猿隨著寧姚看似漫不經心的腳步挪動，跟隨她的身形微微轉移視線，沉聲道：「小姑娘，知道妳哪怕接下來受挫，依舊會不死心，那老夫就最後給妳一次機會，容妳報上師門身世，在這之後妳再被老夫擊殺，正陽山可不會為此認錯，更不會管妳來自何方，師從何人。」

寧姚對此根本就是置若罔聞，始終在尋找這隻老猿的真正軟肋。

她畢竟不是那位已經摸到第十境門檻的大驪藩王，能夠正面硬扛一隻搬山猿。

自認已經退讓太多的老猿冷笑道：「如此不識抬舉，那就隨妳去吧。」

老猿一步掠至寧姚跟前，抬臂握拳對著寧姚頭顱掄圓砸下。

寧姚舉起綠鞘狹刀格擋，刀鋒直指老猿手腕，手中長劍迅猛直刺老猿心口，劍尖直指老猿心臟某一點。不料老猿長臂一掄而下的粗糙之勢，變為五指靈巧握住刀鋒，與此同時，另一隻手則無比符合他本性本心，一把攥緊劍尖。顯而易見，氣勢洶洶的殺人為假，誘使寧姚冒失出劍為真。

出身東寶瓶洲劍法聖地的搬山猿，一眼就看出了這把劍的不同尋常。為此老猿不惜第二次更換了一口氣機——哪怕劍尖已經推入老猿胸膛肌膚，只差寸餘就能刺入心臟。

寧姚見機不妙，果斷鬆開劍柄，一邊使勁抽刀，刀口滑過老猿手心，發出一串刺破耳膜的金石之聲。

抽刀之後，寧姚身體後仰，腳下不停，往後迅速倒退而去。

果不其然，老猿側過身，握住劍尖的手往後一甩，長劍被丟擲到數十丈外。

老猿一腳踹向寧姚，寧姚原本握劍抬起的右手被老猿一腳踹中。砰然一聲巨響，她整個人被踹得飛出去七、八丈遠，後背重重摔在地面，翻了幾個滾，才用刀尖拄地，刀尖釘入道路一尺深，硬生生止住了倒滑的身形。所幸溪畔小路泥土鬆軟，地上偶有石子也圓潤並不尖銳，寧姚後背這才沒有落一個血肉模糊的下場。

不給寧姚絲毫喘息機會，巨大的身影從高空墜下。寧姚這一次連拔出狹刀的多餘動作也沒有，一退再退。

老猿並未追殺寧姚，落地後站在原地，一隻腳高高抬起，踩在那柄插入道路的刀柄上，等到寧姚單膝跪地抬頭望來，老猿加重腳下勁道，一腳將整把狹刀踩得深陷地中，刀柄只與地面持平。

老猿臉上有一縷縷紫金氣息緩緩流轉，深沉夜幕中顯得格外耀眼，譏笑道：「刀也練，劍也學，非驢非馬，不倫不類，便是這般可憐下場！」

寧姚站起身，強行咽下一口血水：「你就這點本事？」

老猿搖頭笑道：「方才只是再給妳一次機會罷了。」

寧姚深吸一口氣，沉聲道：「在我家鄉，生死之戰，從不講究父母是誰。只要你有本事堂堂正正殺了我，便是我技不如人，我爹娘將來知曉緣由過程，最多就是來東寶瓶洲找你的麻煩，絕對不會牽連正陽山。所以你大可以放心，放手廝殺便是……」

這是老猿第一次聽到少女如此健談，洋洋灑灑，與印象中那個不苟言笑的帷帽少女大相徑庭，所以後脖子發涼的一瞬間，老猿猛然側過腦袋——一道白虹從他脖子旁邊擦過，劍鋒帶出一條不深的傷口。

若是不轉頭，哪怕無法一口氣穿透老猿脖子，也絕對算是重傷了，到時候就是實打實的陰溝裡翻船，一步錯、步步錯。一想到自己一旦為此過早展露真身法相，便失去了道義上的制高點，導致和齊靜春、阮師討價還價的半點餘地也沒有，說不得還要連累自家小姐在此方天地獨自承受各種危機，這隻正陽山老猿終於第三次憤怒了。

飛劍並未入鞘，而是環繞寧姚四周，飛快旋轉，邀功討好主人。

老猿看到這一幕後，怒極反笑，哈哈笑道：「好好好，剛好跟宋長鏡那一架打得不爽利，接下來就陪妳好好耍一耍！就是妳曉得妳這幾斤皮肉，經得起幾下重捶！」

寧姚仔細觀察老猿臉上紫金之氣，雙眉微皺，比起預料之中的事不過三，老猿哪怕三次運用神通術法，分明還留有一定的餘力，不至於使得幾大主要竅穴的堤壩崩潰，被迫施展真身。況且折壽一事，對上五境之下的人間修士極為致命，對一隻搬山猿來說當然也很肉疼，但同時又沒有別「人」那麼致命。

寧姚手指微動，長劍隨之輕靈旋轉。她笑了笑：「難怪我爹說你們東寶瓶洲的正陽山不值一提，素來口氣大、劍道低，人傻膽大劍氣淺。」

老猿鬚髮皆張，怒喝一聲：「找死！」便往不知天高地厚的寧姚撲殺而去。

寧姚沒有戀戰，而是往北方奔去。一路上險象環生，幸虧那柄飛劍得了「氣沖鬥牛」匾額的其中兩字，劍氣與神意同時暴漲，並與她心有靈犀，能夠心意所至，劍尖所指，且長劍本身就像是一個不講規矩的存在，這才使得老猿雷霆萬鈞的攻勢次次被阻撓，幫助她在毫釐之間僥倖逃生。

若是一名劍修千辛萬苦蘊養出來的本命之物，如此契合心意，老猿不會有任何驚訝，可是老猿清清楚楚感知到那柄出鞘長劍，絕非古怪少女的本命飛劍。少女更像是那尋常武夫行走江湖，拿著把稱手的「神兵利器」，只要求鋒刃足夠銳利就行，根本不曾走那溫養劍心、孕育劍靈的劍修大道。但是少女的古怪之處在於，她又不全然是武夫路數，因為一心淬鍊體魄的武道宗師追求的是「天地崩壞、我身不朽」，若是被兵器喧賓奪主，就淪為旁門左道的一種了。

一路廝殺，老猿之所以沒能擒拿下寧姚，除了飛劍搗亂之外，再就是寧姚所學駁雜，劍修、武夫、鍊氣士三者兼備，氣息精純且悠長。老猿實在想不透東寶瓶洲哪家宗門能調教出這麼個稀奇古怪的晚輩，所以出手越發小心，想要確定其根腳來歷。反正只要不靠近那座小鎮，不管那邊如何魚龍混雜，老猿在這邊都不會有任何後顧之憂。

四處逃竄的寧姚臉色越發蒼白。

「強弩之末！」老猿獰笑道，「且不說妳能否支撐到逃回小鎮，就算僥倖成功，有人接應，可妳當真以為老夫殺妳不得？」

老猿一個旱地拔蔥，不與飛劍斤斤計較，直接躍過寧姚頭頂，落地後轉身攔阻了寧姚向北的去路，同時一拳將那柄飛劍砸出去百餘丈。只是死纏爛打的飛劍，嗖地一下轉瞬即至，又刺向老猿頭顱，當老猿試圖找機會攥緊飛劍，將其禁錮在手心時，飛劍又未卜先知地狡黠退去，絕不戀戰。

飛劍來去如風，防不勝防，老猿再皮糙肉厚，不怕受傷，也略顯狼狽。

寧姚不願筆直向前與老猿交鋒，便路線傾斜，向東北方向奔跑；老猿跟著橫移，始終對她造成震懾。

老猿拍蒼蠅似的，一掌拍掉從側面急掠而至的飛劍，把那柄飛劍打得釘入地面兩尺。飛劍好似女子扭動腰肢一般，好不容易才把自己從泥地裡拔出來，在空中懸停，劍尖劇烈顫抖，像是憤怒的野貓崽子，很快就又氣勢洶洶地掠向老猿。

老猿不厭其煩，忍不住出聲問道：「這把飛劍為何能夠無視此地戒律？妳與齊靜春或是阮邛，到底是什麼關係？」

寧姚差點就被老猿一掌按在額頭之上，身體向後仰去的同時，伸手握住飛劍劍柄，然後被硬生生扯出老猿那一掌範圍，整個人就像被人拖拽著條胳膊，往後滑去。

被飛劍拉出一段距離後，寧姚不知為何並未藉此機會一直退入小鎮，而是停下身形，站直身體後，歪了歪腦袋，吐出一口鮮血。

飛劍懸停在她身側，嗡嗡作響，像是一個疑惑不解的稚童，在那邊跟長輩喋喋不休，聒噪不停。

寧姚右手按住左側肩頭。

老猿驀然放緩腳步，大笑道：「果然如此，認妳做主人的這把飛劍，確實可以不按照規矩來，但飛劍終究只是飛劍，再通玄有靈性，仍是不如小姑娘妳來指揮它。可惜妳的身體和魂魄在小鎮受過重創，並未痊癒，以至於根本就無法承受對它的駕馭，故而一直斷斷續續，進攻由它自主行事，反正妳也沒想過要真正重創老夫，只是用來保命的防禦招式，所以不得不由妳的心意來控制飛劍。」

寧姚終於再次開口說話：「你話真多。」

她嘴唇猩紅，臉色雪白，一襲墨綠色長袍，大半夜的就像是一個夜行村野的女鬼精魅。

老猿一步一步向前行去，嘖嘖道：「空有一把好劍，奈何體魄孱弱。弱幹強枝，真是可憐！妳跟那小巷少年想盡辦法要老夫換氣，以便引來這方天地的反撲。小姑娘，現在妳不妨猜猜看，等老夫這第三口氣息用完，換上下一口新氣，到底會不會惹來天地震怒？而老夫又到底能否扛得住那一場海水倒灌？」

寧姚突然笑容玩味，腳尖輕點，向後一躍，高不過一丈，遠不過半丈。本想追擊的老猿有些莫名其妙，生怕有詐，便繼續慢步前行，打定主意靜觀其變。

身體騰空的寧姚又腳尖一點，這一次腳尖力道稍大，腳踝也有擰轉，所以並非筆直後仰跳去，而是向右側蹦跳而去。原來，不等她身形下墜，飛劍就掠至她位於空中最高處的腳下，於是寧姚每次都精準借力，繼續向後且向高躲去。就連飽經滄桑的老猿也看得有些發愣，眼前這一幕，古怪而滑稽。

寧姚彷彿一頭跳格子的小麋鹿，接連蹦蹦跳跳，充滿輕盈靈動的氣息，很快就消失在夜空當中。大概是擔心老猿在半途發力偷襲，寧姚的蹦跳顯得極其沒有章法，忽左忽右，忽高忽低，忽前忽後。

老猿扯了扯嘴角，眼神複雜道：「好一個羚羊掛角。」不過老猿也沒有眼睜睜看著她遠遁，腳尖一挑，隨意挑起一顆石子，握在手心，朝那空中迅猛砸出。隨後一顆顆石子被老猿飛快挑出地面，最後在老猿手中以風雷滾動之勢激射而去。雖然大部分石子都落了空，但是仍有七、八顆石子對寧姚造成了極大的威脅，使得她不得不駕馭飛劍擊碎飛石。

夜空中一聲聲轟然作響，如春雷綻放。

老猿眼神陰沉。那少女要麼是失心瘋，要麼是一根筋缺心眼，明明可以一口氣駕馭飛劍拔高到飛石勢弱的高空，她卻偏偏要維持在一個高度上，如同輕騎游弋在沙場邊緣地帶，誘使敵方弓弩手不斷消耗箭矢和膂力。

不知不覺已經臨近小鎮西邊。老猿粗略掂量了一下殘餘氣息，所剩不多，專門挑起兩顆大如稚童拳頭的石子，一手一顆，一腳前踏，一臂掄出，鼓脹的肌肉高高隆起，令人觸目驚心，手中飛石破空之處，竟然呲呲作響，夾雜著一長串火星，異於往常，如一條纖細火龍沖天而起。

老猿大喝道：「給我下來！」

高空處，亮起一陣絢爛的電光，之後才是春雷炸響。

寧姚悶哼一聲，整個人開始摔落下墜，歪歪扭扭像醉漢一般的飛劍不斷哀鳴嗚咽，但依舊拚命急急掠向主人。

老猿看也不看寧姚和飛劍，反而眯眼盯住小鎮西邊屋頂那邊，當一抹黑影出動之時，老猿重重踏出另一隻腳，手中僅剩的一顆石子呼嘯而去，痛快大笑道：「救人者先死！」

寧姚嘔血喊道：「別出來！」

本就傷勢不輕的寧姚不忍心去看，那一刻，她有些絕望，艱難握住劍柄，當一條手臂支撐不住之時，趕緊換手握劍，如此反復，不斷減緩下墜速度。

寧姚沒有想到，竟然是她的自作聰明，害死了陳平安。

陳平安穿著草鞋，背著籮筐，繫著魚簍，如風一般，每天都來去匆匆，忙著賺錢、忙著熬藥。寧姚覺得這樣的少年就這樣死了，這樣不對！

搖搖晃晃落地後，她雙指併攏作劍，抵住額頭眉心處，咬牙切齒道：「出來！給我斬開這方天地！」

有一條細微金線從寧姚眉心，由上往下，漸次蔓延，如仙人開天眼！

古老拱橋之下，如今的廊橋之中，有一把劍尖指向水潭不知幾千年的生銹老劍條如從沉睡中醒來的人，打了一個哈欠。鏽跡斑斑的劍尖輕輕晃了一晃，於是廊橋也晃了一晃，整條溪水也晃了一晃，整座小天地也跟著晃了一晃。

一座深山當中，風塵僕僕的齊靜春和數人結伴出山，這位悠悠走在山路上的教書先生一腳抬起後，剛要猛然踩下，笑了笑，緩緩落腳。

楊家鋪子後院的楊老頭，坐在油燈旁打著盹，驚醒後，用老煙杆磕了磕桌面。

大驪藩王宋長鏡，沒來由地在衙署跳腳罵娘。

鐵匠鋪一間鑄劍室，負責捶打的阮邛竟然一錘落空，握著劍條的馬尾辮少女阮秀滿臉震驚。

被所有人當作傻子的杏花巷少年馬苦玄，原本躺在屋頂看著夜空，突然坐起身，殺氣騰騰。

就在此時，有一個熟悉嗓音火急火燎地響起，越來越近：「寧姑娘，傻乎乎站著幹嘛？跑啊！我又沒死，那是我脫下來的一件衣服！老畜生腦子不好使，妳咋也傻了？」

寧姚已經有些神志不清，在敕令儀式即將大功告成之際，突然感覺到整個人騰雲駕霧一般，給人扛在肩頭就往小鎮巷弄裡跑去。

寧姚頓時清醒過來，身體跟著某個少年的肩頭不停顛簸起伏，有些難受，更是難堪。她完全懵了：「哎？」

陳平安扛著她一路撒腿狂奔，跑得竟是比之前上山還要快，像是個搶了黃花大閨女的採花賊。寧姚內傷不輕，給顛簸得難受，但也顧不得什麼顏面，若是這時候給老猿一拳捶到身上，估摸著她和陳平安就真要「殉情」了。

寧姚額頭滿是汗水，問道：「你怎麼活下來的？沒有被石子打中？你怎麼知道老猿的後手，是針對你而不是我？」問了一大串問題後，寧姚猛然驚醒：「先別說這些，趁著老猿需要換氣的工夫，能跑多遠是多遠！我已經讓那把劍盡量多糾纏老猿，但是估計它撐不了太久。」

陳平安輕輕點頭，健步如飛，在大小巷弄熟稔穿行，如一尾魚游走於溪底。

遠離小鎮西邊那條小街後，陳平安依舊腳步不停，抽空小聲解釋道：「先前在泥瓶巷那邊，老猿被我騙去一棟破房子的屋頂，然後他就掉坑裡去了。之後我偷偷丟了一塊小破瓦在窟窿旁邊的屋上，果然老猿以為是我不小心，洩露了腳步聲，他突然砸出一塊瓦片來，連牆壁帶隔壁屋頂一起給打穿了，嚇得我出了一身冷汗。

剛才我其實就貓在那邊屋頂，沒敢露頭是怕妳分心，也想著能不能給老猿來一箭，然後看到老猿把妳砸下來的那顆石頭跟一條火龍似的掛在天空，估摸著只要抬頭，咱們小鎮誰都瞧得見，我哪敢掉以輕心。當時我腦子裡多轉了一個彎，想著如果換成是我的話，肯定用妳當誘餌，先打躲在暗處的，再回頭收拾明處的，一個魚餌穿上兩條魚，多好，對吧？所以我就先脫了劉羨陽那件衣服，拋出去後，才敢去救妳。」

寧姚眼睛一亮，嘖嘖稱奇，然後莫名其妙開始秋後算帳了：「陳平安，這些彎彎腸子，你跟誰學的？道貌岸然，肯定沒表面那麼老實。說！陸道人救我的那次，在泥瓶巷你家祖宅，你除了摘掉帷帽，到底有沒有趁機占我便宜？」

陳平安一陣茫然，就像小時候被牛尾巴甩在臉上差不多：「啥？」

寧姚倒是沒有繼續興師問罪，反而自顧自笑起來——陳平安是財迷，絕對不是色胚。

寧姚對此深信不疑，就像她始終堅信自己將來一定會成為大劍仙，不是什麼鳳毛麟角、屈指可數，而是唯我一人的那種。

寧姚低聲道：「放我下來！」

陳平安問道：「妳能自己走路了？」

寧姚無奈道：「暫時還不能走，可你要是再這麼跑下去，我的心肝脾胃都要被你顛出來了。到時候沒被老猿用拳頭砸死，結果掛豬肉一樣死在你肩頭，老猿還不得被咱們活活笑死。」

陳平安放緩腳步，頭疼道：「那咋辦？就近找個地方藏起來？我本來是想離開小鎮的，那個地方不容易被人找到。」

寧姚突然想起一事，好奇問道：「你那件自製的『木瓷甲』呢？怎麼沒穿在身上了？」

陳平安苦笑道：「對付老猿，意義不大，反而會影響我的跑路速度，就乾脆脫掉了。也虧得如此，不然我都不知道怎麼帶妳離開那邊，扛不能扛，背也不能背，抱更不能抱，想想都頭疼。」

寧姚嘆了口氣，下定決心道：「陳平安，先放我下來，然後背我去你說的那個地方。」

陳平安自然沒有異議，毫不拖泥帶水地照做了，背起寧姚繼續奔跑，並問道：「寧姑娘，妳的刀呢？怎麼只有刀鞘？」

抱住陳平安脖子的寧姚沒好氣道：「埋土裡了。」

陳平安也就不再多問，跑向小鎮外一個人跡罕至的地方。

荒郊野嶺，周圍是一座座早已沒有後人祭拜的墳塋，墳頭雜草叢生，茂盛得像是個菜園子，時不時響起幾聲夜鴞的叫聲，此起彼伏，實在瘆人。好在陳平安對此地懷有一種同齡人不曾有的情感，倒是沒覺得怎麼不適。

約莫一炷香後，陳平安背著寧姚，穿過無數殘肢斷骸的倒塌神像，繞到一座巨大的神像背後。泥塑神像傾倒在地，不知為何，已經不見頭顱，身長兩丈有餘，可想而知，這尊塑像完完整整端坐於祠堂寺廟當中時，是何等威嚴凜凜。

陳平安蹲下身，試圖先把寧姚放下來。結果等了片刻竟然沒動靜，嚇得陳平安以為寧姑娘已經死在半路上了。

正當陳平安被雷劈了似的呆滯當場，一個字也說不出來的時候，這一路上舒舒服服大睡過去的寧姚終於醒了過來，下意識用手背抹了抹嘴角，迷迷糊糊問道：「到了？」蹲在地上的陳平安在這一刻，連自己也想不通，為什麼差點眼淚都要流出來了。

他趕緊深吸一口氣，收斂起異樣情緒，雙手輕輕鬆開寧姚的腿窩，轉頭笑道：「這是我去年秋天臨時搭的一個小屋，以前經常帶著顧璨來這裡玩。他嚷嚷著要，我就用柴刀砍了一些樹枝搭了個架子，再用樹葉草葉蓋上去，還挺牢，去年冬天那麼大的兩場雪，也沒壓塌。」

寧姚站直身體，回首望去，飛劍並未狼狽返回，這是好兆頭，至少說明老猿沒有找准兩人躲藏地點的方向。

陳平安讓寧姚稍等，率先彎腰進入木草搭建的臨時小窩，略作收拾，這才開門迎客。

寧姚坐進去，小窩並不顯狹窄逼仄，她如釋重負。

陳平安沒有關上那扇粗糙的柴木小門，而是就坐在門口，背對著她。

寧姚問道：「怎麼不關上門？」

陳平安搖頭道：「如果老猿找到這裡，就沒差別了。」

盤腿而坐的寧姚點頭道：「也是。」

沉默片刻後，寧姚問道：「你就沒有什麼想問的？」

陳平安果真問道：「老猿是不是用掉了三口氣？」

寧姚「嗯」了一聲：「但是告訴你一個不好的消息，老猿至少還能再壞一次規矩。對付咱們兩個傷患，多半是綽綽有餘。」

陳平安又問道：「寧姑娘，妳覺得老猿為此付出多大的代價了？」

小窩內滿是四周滲入的青草芬芳，沁人心脾，雖然地面有些許濕氣，但是寧姚覺得已經不能要求更多了。

寧姚仔細想了想：「老猿總計出手三次。從你家泥瓶巷到小鎮最西邊的第一次，老猿比較含蓄，主要是為了試探你有無靠山，畢竟他當時忌憚有人在幕後布局，害怕有人針對他護送到此的正陽山小主子，所以折壽大概只在三、五年之間；之後在溪畔與我對峙，折壽二十年左右；第三次，估摸著至少五十年，接下來第四次的話，怎麼都要一百年起步。」

陳平安眼神熠熠，彎腰伸手拔出一根草，撣去泥土後，嚼在嘴裡，開心道：「就算一百八十年好了，賺大發了！哪怕不考慮雲霞山那蔡姓女子的陷害，尋常人也就活個六十年，那我就是多賺了兩輩子回來。再說了，老猿將近兩百年陽壽，來換我三輩子性命，我覺得他只要一想到這個，氣也氣死了。」

寧姚皺眉道：「陳平安，你就這麼覺得自己的命，不值錢？」

陳平安毫不猶豫道：「跟老猿那種活了千年的神仙妖怪相比，我一個小鎮窯工出身的老百姓，自然是不值錢的，承認這種事情，又不丟人。」

寧姚被陳平安這套歪理弄得堵得慌。

陳平安轉頭一笑：「當然了，想到這些，認命歸認命，心裡頭憋屈還是會有的。妳想啊，憑啥都是來世上走一遭，我的命就天生不值錢呢？」

寧姚剛要附和，然後再與他顯擺幾句既氣概豪邁又有學識底蘊的聖賢箴言，不料陳平安很快自己就給出了答案，正兒八經地捫心自問道：「難道是我上輩子好事做少啦？可我這輩子也沒來得及做啥好事、善事啊，下輩子豈不是還得完蛋，咋辦？」

寧姚拿起腿上橫放著的空蕩蕩綠色刀鞘，用鞘尖輕輕一點陳平安的後背。

陳平安頓時齜牙咧嘴，轉頭一臉敢怒不敢言的模樣。

寧姚瞪眼道：「這輩子還沒到頭呢，想什麼下輩子！」

陳平安趕緊伸出一根手指，示意寧姚不要大嗓門，寧姚趕緊閉嘴。

陳平安屁股往外邊挪了挪，試圖遠離寧姚與刀鞘。

寧姚欲言又止，最後決定還是把真相告訴少年，嗓音沙啞道：「陳平安，你有沒有想過，雖然已經折壽一百八十年，但是這隻正陽山的搬山猿，他原本能夠活多久？」

背對寧姚望向遠處天空的陳平安，只是搖搖頭。

這種玄之又玄的事情，他如何能夠知道？有些事情，就像福祿街和桃葉巷的青石板街道，陳平安如果不是因為送信一事，這輩子都不會知道原來天底下的道路，不全是泥路。

寧姚嘆氣道：「這類因天地異象而生的凶獸遺種，竅穴遠不如我們人來得別有洞天，雖然因此會修行極難，但好處是精氣神的流逝，也更加緩慢，使得牠們極為長壽，少則五百年，多則五千年的壽命。搬山猿生性喜動不喜靜，若無修行，壽命不會太長，自然不如龜蛟之流，但是搬山猿終究曾經是一方霸主，壽命依舊長達兩千年左右，而且這隻搬山猿，顯然已經修成了道法神通，一旦被他躋身上五境，加上他第九境的體魄，別說兩千年壽命，就是三千年、四千年，也不是沒有可能。」寧姚望著那個消瘦背影：「所以別覺得自己活夠了。」

陳平安一聲不吭，寧姚有些心酸。

兩兩無言，道破天機的寧姚心中逐漸生出一些愧疚，便搜腸刮肚地去醞釀措辭，想著安慰一下那傢伙。只是當寧姚想得頭都大了的時候，卻聽到了陳平安的一陣輕微鼾聲，寧姚頓時傻眼。

杏花巷深處一棟大宅子，從內到外收拾得乾乾淨淨，甚至連院門口的道路也比別人家門口整潔許多。一個面相與慈眉善目絕對無緣的老嫗挑了挑燈芯，讓屋內燈火更明亮些，然後滿是寵溺地望向自己的孫子，開始日復一日、年復一年的絮絮叨叨：「又大半夜跑到屋頂上去做甚？老話說春捂秋凍，你總也不聽勸。正是長身體的時候，真要凍出病根子來，讓奶奶怎麼活？」

憨憨傻傻的少年咧嘴一笑。

老嫗馬婆婆坐下後，哀嘆一聲，開始念自家那本難念的經：「我的乖孫兒喲，你是不知道，今兒白天，那頭白眼狼不知道聞到了啥肉味，突然拎著大包小包的禮物登門。你當時不在家，你是沒看到他那副嘴臉，真是孝順兒子慈祥爹，都快把奶奶我給感動哭嘍。」說到這裡的時候，馬婆婆滿臉譏諷，冷不丁往地上吐出一口濃痰，又有些後悔，便趕緊用腳尖蹍了蹍。

馬婆婆抬頭望向滿臉無所謂的少年，氣不打一處來，只捨不得打，只好氣呼呼道：「沒心沒肺的崽子，也不知道心疼心疼奶奶。你本名叫馬玄，只是有爹生、沒娘養的，不是命苦是什麼，奶奶就給你加了個『苦』字。你要是嫌晦氣，以後自己改回來便是，不打緊的，不用在意奶奶的想法。奶奶就是鄉野老婆子，是田間的蛤蟆，見識短淺，活該一輩子遭罪吃苦……」馬婆婆開始擦拭眼淚。

少年馬苦玄伸手放在馬婆婆皮包骨頭的乾枯手背上。

馬婆婆看了眼自家孫子，馬苦玄眼神中終於帶了點情感。她欣慰地笑了，反過來拍了拍馬苦玄的手背：「奶奶我啊，是沒福氣的人。你爺爺有良心沒本事，靠不住；兒子有本事沒良心，還是靠不住，所以就只剩下你這麼個念想了。要是你再沒有出息，奶奶這輩子吃過的那麼多苦，算是白吃了。吃苦不算什麼，別像奶奶這樣就成，以後一定要有出息，有大出息，誰欺負過你，你就往死裡欺負回來。千萬別當好人，壞人呢，偶爾當幾次也沒事的，別一門心思吃飽了撐著去害人就行，小心遭報應不是？老天爺是喜歡一年到頭打盹，可總還有睜開眼睛的時候不是，萬一給抓個正著，哎喲……」

這些陳芝麻爛穀子的說法，馬苦玄是從小聽到大的，耳朵起的繭子都好幾茬了。

不過他始終沒有縮回手，任由奶奶輕輕握著。

馬婆婆猛然問道：「你喜歡稚圭那個小賤婢幹啥？」

馬苦玄微笑道：「好看唄。」

馬婆婆稍稍加重力道在馬苦玄手背一拍，大罵道：「沒良心的小爛蛆！連奶奶這裡也不肯說實話？」

馬苦玄嘿嘿一笑：「奶奶妳放心，是好事情。」

馬婆婆將信將疑，暫且壓下這個疑問，換了個話題：「知道你爹娘為啥不要你嗎？」

馬苦玄笑道：「那會兒家裡窮，養不起我？」

馬婆婆驟然提高嗓門，尖叫道：「窮？咱們馬家這七、八輩人可真算不得窮人門戶，也就是裝慣了孫子，到最後連大爺也不知道如何當了。其實老祖宗留下一條祖訓，再有錢也不許把宅子安置在福祿街上，桃葉巷也不許。你那對活該遭天打雷劈的爹娘，他們如果窮的話，能每天穿金戴銀？頓頓吃香的、喝辣的？除了沒敢搬到四姓十族扎堆的地兒去擺闊，他們什麼享福的好事落下一樁一件啦？」

每次說到兒子、兒媳，馬婆婆真是恨得牙癢癢，冷笑道：「那些個祖輩規矩，就是埋在土裡爛成泥的玩意兒，多少年過去了，如今能值幾個錢？孫子，你以後出息了，別太當回事，奶奶活了一大把年紀，見多了有錢人和沒錢人，說到底，只有沒本事的人，才去當老實人！」

馬苦玄笑容燦爛，不知道是覺得有道理還是認為滑稽可笑。這個少年從小便是這樣，什麼虧都能吃，什麼欺負都能忍，可是有些時候執拗起來，就連他奶奶也勸不動說不動。

馬婆婆想了想，起身跑出去看院門閂了沒，回到屋子重新落座後，壓低嗓音：「孫子，別看奶奶這麼多年裝神弄鬼，除了當接生婆，就是給人喝一碗符水，要不就是厚著臉皮跟人收破爛，但是奶奶告訴你，那些收回來的老物件，可都是頂天的寶貝……」

馬苦玄重新恢復慵懶的神態，顯而易見，對於奶奶的那一大箱子破爛，他並無興趣。

馬婆婆猶然訴說早年各種坑蒙拐騙的伎倆，得意揚揚。

馬苦玄突然問道：「奶奶，泥瓶巷陳平安他爹，是不是死在……」

馬婆婆臉色劇變，趕緊伸手摀住自己孫子的嘴巴，厲色道：「有些事情，可以做，不能說！」

馬苦玄笑著點頭，不再刨根問底。

之後馬婆婆也沒了炫耀過往榮光的興致，心思沉重，病懨懨的，時不時望向窗外夜景。

馬苦玄笑問道：「奶奶，妳在咱們小鎮當了這麼多年的神婆，杏花巷的街坊鄰居人人都說你老人家能跨過陰陽之隔，接引亡魂回到陽間……」

馬婆婆白眼道：「別人信這些烏煙瘴氣的，你也信？奶奶連打雷也怕的一個人，真要見著了鬼魂，還不得自己把自己嚇死？」

「奶奶別怕。」馬苦玄輕聲笑著，「人鬼殊途，神仙有別。大道朝天，各走一邊。」

拂曉時分。

草木小窩內的寧姚緩緩睜開眼睛，已不見陳平安身影。她迅速起身，彎腰走出，腳尖一點，跳到那尊側臥的破舊神像的巨大肩頭之上。

遠處陳平安正往這邊跑來，腳步不急不慢，不像是被追殺。當他看到一襲墨綠長袍的寧姚後，趕緊招手示意她下來。寧姚跳下佛像肩頭，站在他身前。

「老猿沒找到咱們這邊。」說完之後，陳平安面朝那尊沒了頭顱的神像，雙手合十，低頭一拜，碎碎念。

寧姚依稀聽到是懇請不要怪罪她的言語，翻了個白眼，卻也沒說什麼。

之後陳平安神神祕祕低聲道：「我帶去妳看兩尊神像，很有意思！」

寧姚問道：「是神仙菩薩顯靈，願意出來見你了？那豈不是心誠則靈？」

陳平安悻悻然道：「寧姑娘妳這話說的……」

寧姚一挑眉頭。

陳平安以迅雷不及掩耳之勢繼續道：「一聽就是讀過書的！」

寧姚霎時間就像變了一個人，咳嗽幾聲，心中默念：「矜持矜持」。

陳平安在前頭帶路，寧姚默默跟在後邊。

寧姚下意識伸出一根手指，揉了揉眉心。真是命懸一線啊。

她天人交戰許久，深吸一口氣，才弱弱說了兩個字：「謝謝。」

陳平安其實一直眼觀六路、耳聽八方，自然聽到了寧姚突如其來的感謝言語。雖然內心深處沒覺得她需要跟自己道謝，反倒是自己應該感謝她才對，只不過他實在不知道如何開口，便乾脆不搭理這茬了。

陳平安突然停下腳步，怔怔望向南邊，自言自語道：「如果老猿已經被齊先生驅逐出境，所以才沒有追殺我們，該怎麼辦？」

寧姚無言以對。

陳平安繼續前行，看不出異樣。

寧姚加快腳步，跟他並肩而行，忍不住問道：「陳平安，你沒事吧？」

陳平安搖頭道：「沒事。我知道有些事情，就是這樣的，沒辦法就是沒辦法。」

陳平安沒有讀過書，所以不知道那句話的意思，如果換一個說法，叫作人力終有窮盡之時。

寧姚突然停下腳步，等到陳平安疑惑著轉身後，她指了指自己眉心處的紅印：「知道你好奇，但是沒好意思問，我不妨跟你說實話好了，這便是我寧姚的殺手鐧。正陽山老猿厲害吧？把你我攆得比喪家之犬還淒慘，對不對？可我眉心竅穴內，放著我娘贈送給我的一樣十歲生日禮物，是我的本命之物，它只要出現，別說老猿要死，就是……」說到這裡，寧姚掐斷了話頭，直接跳過：「之所以跟你說這些，我是想告訴你，天地大得很，別小看自己，也別氣餒。你現在不是已經習武了嗎？不如連劍術也一起練了！」

陳平安問道：「妳會教劍術？」

寧姚理直氣壯道：「我天資太好，學劍極早，境界攀升極快，但是教別人劍術，半點不會！」

陳平安撓撓頭。

寧姚想了想，正色道：「那柄飛劍我就算想送給你，它也不會答應的，而且我也不願如此辱它。在我家鄉，認為世間有靈之劍，皆是我輩同道中人。」寧姚最後摘下腰間雪白劍鞘：「但是這個劍鞘我可以送給你！」

陳平安一頭霧水：「為啥？」

寧姚使勁拍了拍陳平安肩膀，語重心長道：「連劍鞘也有了，距離劍仙還會遠嗎？」

陳平安傻乎乎接過空蕩蕩的劍鞘，瞠目結舌道：「說啥？」

寧姚大步前行。她當時只覺得自己做了一件極其瀟灑的事情，僅此而已。

陳平安小心翼翼拎著劍鞘，心想自己上哪兒去找把劍來？

陳平安領著寧姚來到一尊五彩神像前，神像約莫比青壯男子高出一個腦袋，原本生有三雙手臂，如今只剩下最高處高高舉起的握拳一臂以及最低處的握手一臂。之所以單臂卻能握手，原來是神像十指交錯，故而哪怕另外那條胳膊被齊肩斷去，手掌和手腕仍得留下。

五彩泥塑神像為一尊披甲神人，大髯，鎧甲錚錚，鱗片連綿。甲片邊緣飾有兩條珠線，聯珠顆粒飽滿，比起劉羨陽家祖傳瘊子甲的醜陋不堪，僅就賣相而言，實在是稚圭和馬婆婆的差距。

神像踩踏在一座四四方方的漆黑石座上，相比昨夜兩人寄居處的那尊無頭神像，這尊彩繪神像雖然斷臂極多，且彩塑斑駁，但是仍然流露出一股神采飛揚的精氣神。

最重要的是，泥像神人的腰腹處，雙手交纏在一起，姿勢極其古怪。

寧姚一眼就看出了端倪，明白了陳平安為何要急匆匆帶自己來到此地。她點頭道：「的確有些像《撼山譜》上的那個立樁拳架子，只不過跟拳譜上的劍爐，有點不同。」

寧姚思量片刻，問道：「附近找得到其餘斷臂嗎？」

陳平安蹲在地上，一臉惋惜地搖頭道：「找過了，啥也沒找到，估計早就被來這裡捉迷藏的孩子踩爛了。這麼多年下來，這些土木神仙泥菩薩，估計什麼苦頭都吃過了。妳瞅瞅這位，最高的那顆拳頭，手腕那裡缺了一大塊，旁邊還有很多條裂縫，明顯是給人用彈弓或是石子糟蹋的。小鎮的孩子都這樣，大人越不讓來這邊玩，就越喜歡偷偷來這裡捉蟋蟀、挖野菜，尤其是每年下雪的時候，經常是幾十號人在這邊打雪仗，熱鬧得很，玩瘋了之後，哪裡顧得了什麼。小時候還喜歡攀比，看誰爬得更高，還有人喜歡爬到神像頭頂上去撒尿，比誰尿得更遠。所以妳想啊，一年年下來，就沒個齊全的泥像了。其實我小時候那會兒還有幾個木雕的神像，後來聽說有懶漢嫌棄上山砍柴太累，就盯上了它們，剛入冬那會兒，就偷偷給拉回家劈成柴火燒掉了。」

陳平安一直在那兒嘀嘀咕咕，有些低沉感傷：「我當時被姚老頭嫌棄燒窯沒悟性，被趕到山上燒炭去了，我如果在鎮上，知道有人這麼做，一定要勸一勸，實在不行，我可以答應幫他砍柴去。土木神仙泥菩薩，雖說從來不顯靈，可那好歹也是菩薩神仙啊，結果被劈砍成柴火，這種缺德事情，怎麼可以做呢……」

寧姚和陳平安此刻關注的側重點，截然不同。

寧姚一手捏著下巴，一手托著手肘，那雙眼眸流光溢彩，緩緩道：「如果我沒有猜錯，你家拳譜的劍爐正是脫胎於此，不過不是現在你看到的這雙手，而是這尊道門靈官像之前中間那對手臂，就是由消失的那雙手掐訣而出的劍爐。雖然我不知道為何撰寫拳譜之人只選其一，並沒有選擇現在咱們看到的這個手勢，但是我可以確定一點，劍爐，或者說靈官指劍掐訣，說不定有大小之分。」

陳平安聽得雲裡霧裡，但是不忘反駁提醒道：「拳譜是顧璨的，我是代為保管。」

寧姚沒跟陳平安計較，伸手指了指這尊道教靈官的劍爐架子，解釋道：「看到沒，拳譜上是右手尾指突出，而這裡是九指分別糾纏、環繞、相扣，只伸出左手一根食指而已，一枝獨秀。為的就是掐指成劍訣，最終用以滋養食指。」寧姚自顧自說道：「我行走你們這座天下多年，也見過不少寺廟的四大天王，和各路道門靈官，這尊泥像……」

陳平安靜待下文，結果等了半天也沒等到答案，只得開口問道：「有什麼奇怪的地方嗎？」

寧姚點了點頭，一本正經道：「是最矮的。」

蹲在地上的陳平安什麼話都沒有說，只是朝她伸出大拇指。

寧姚轉頭問道：「你見過比你們披雲山還高的道門靈官神像嗎？」

「當然沒見過啊。」陳平安愣了愣，疑惑道，「披雲山是我們這邊的？」

寧姚恍然，解釋道：「就是你們這裡最高的那座山。很久很久以前，據說曾經有位得道高人，在披雲山那邊埋下一方天師印，用以鎮壓此方天地的龍氣。」

陳平安眼睛一亮：「知道大致方位嗎，咱們能不能挖？」

寧姚笑咪咪道：「怎麼，想挖了賣錢啊？」

被識破心思的陳平安微微赧顏，坦誠道：「倒也不一定要賣錢，只要是好東西和值錢物件，留在家裡當傳家寶也是好的嘛。」

寧姚用手指凌空點了點這個掉到錢眼裡的傢伙，沒好氣道：「以後你要是能開宗立派，我估計有你這麼個燕子銜泥、持家有道的掌門宗主，門下弟子、客卿肯定一輩子吃穿不愁，躺著享福就好了。」

陳平安沒想那麼遠，至於什麼開宗立派，更是聽也聽不懂。

他站起身問道：「不管大小，眼前也算是劍爐的一種？」

寧姚點頭道：「大小劍爐，分左右手，真正滋養的對象絕對不是左手食指和右手尾指，而是一路逆流而上，直到……」

寧姚說到這裡的時候，閉目凝神，她甚至不用掐訣立樁，就能夠心生感應。她睜眼後彎曲手指，對著自己指了指後腦勺兩個地方，分別是玉枕和天柱兩處竅穴，確實是比較適合溫養本命飛劍的場所。

她笑道：「左手劍爐對應這裡，右手則是指向此處。」

陳平安茫然道：「寧姑娘，其實我一直想問，這劍爐說是拳譜的立樁，可手指這麼扭來扭去，這和練拳到底有啥關係？能長力氣嗎？」

寧姚有些傻眼。要是非讓寧姚具體解釋武學或修行的門門道道，那就真是太為難她了，更別提讓她說出一路上大大小小的坑坑坎坎如何順利跨過。畢竟對於寧姚來說，這些最沒勁的道理，還需要說出口嗎？不是自然而然就該熟門熟路的嗎？

於是她板起臉教訓陳平安道：「境界不到，說了也是白說！你問這麼多幹什麼，只管埋頭苦練便是！怎麼，吃不得苦？」

陳平安將信將疑，小心翼翼說道：「寧姑娘，真是這樣？」

寧姚雙手環胸，滿臉天經地義的正氣表情，反問道：「不然咧？」

陳平安便不再追問此事，仰頭望向被寧姚稱為道門靈官的彩繪神像，道：「這就是陸道長他們家的神仙啊。」

寧姚無奈道：「什麼叫陸道長他們家的神仙？第一，道家道家，雖然有個『家』字，但絕對不是你們小鎮百姓人家的那個家，道家之大，遠遠超出你的想像，甚至連我也不清楚道門到底有多少道士、有多少支脈流派，只聽我爹說過，如今祖庭分上下南北四座……算了，跟你說這些就是對牛彈琴。第二，神仙神仙，雖然你們習慣了一起念，甚至全天下的凡夫俗子都這樣，可歸根結底，神和仙，走的是不一樣的路。我舉個例子好了，人爭一口氣、佛爭一炷香，這句話你聽過吧？」

陳平安點頭道：「以前杏花巷馬婆婆經常跟顧璨他娘吵架，我總能聽到這句話。」

寧姚此時頗有一些指點江山的意味：「佛爭一炷香，為啥要爭？因為神確實需要香火，沒有了香火，神就會逐漸衰弱，最終喪失一身無邊法力。道理很簡單，就跟一個人好幾天不吃五穀雜糧一樣，哪來的氣力？世俗朝廷為何要各地官員禁絕淫祠？怕的就是人間香火雜亂，使得一些本不該成神的人或什麼坐擁神位。退一步說，哪怕他們擅自成神之後，是天性良善之輩，願意年復一年蔭庇當地百姓，從不逾越天地規矩，可對自詡為『真龍之身』的皇帝君主而言，這些不被朝廷敕封的淫祠就是在禍亂一方風水，無異於藩鎮割據，減弱了王朝氣運，是挖牆腳的行徑，會縮短國祚的年數。畢竟臥榻之側豈容他人酣睡？至於仙，很簡單，你看到的外鄉人，十之八九都算是，就連正陽山那隻老猿，也算半個仙。他們都是靠自己走在大道上，一步步登山，通往長生不朽的山頂。修行之人，也被稱為鍊氣士，修行之事，則被稱為修仙或是修真。」

陳平安問道：「那麼這尊道門靈官到底是神還是仙？按照寧姑娘的說法，應該算是道門裡的仙人吧？」

寧姚臉色肅穆，輕輕搖頭，沒有繼續道破天機。

她突然皺了皺眉頭，一顆石子莫名其妙激射而至，重重砸在靈官神像高出頭顱的那個拳頭上，砸出許多碎屑來。

寧姚揮了揮手，驅散頭頂那些泥屑塵土。

陳平安站起身，順著寧姚的視線轉頭望去，結果看到一個意料之外的身影。

黝黑精瘦的矮小少年蹲在遠處一座倒地神像上，一隻手不斷拋出石子、接住石子。

陳平安轉身跟寧姚並肩而立，輕聲道：「他叫馬苦玄，是杏花巷那個馬婆婆的孫子，很奇怪的一個人，從小就不愛說話。上次在小溪碰到他，他還主動跟我說話來著，他明顯早就知道蛇膽石很值錢。」

名叫馬苦玄的少年，站起身後繼續掂量著那顆石子，朝寧姚和陳平安燦爛一笑，開門見山道：「如果我去福祿街李宅，跟正陽山那隻老猿說找到你們兩個了，我想怎麼都可以拿到一袋子錢。不過你們只要給我兩袋子錢，我就假裝什麼都沒有看到。事先說好，只是做買賣而已，別想著殺人滅口啊，地上這麼多神仙菩薩可都看著咱們呢，小心遭報應。」

惱羞成怒的寧姚正要說話，卻被陳平安一把抓住手臂。

陳平安向前踏出一步，對馬苦玄沉聲問道：「如果我願意給錢，你真能不說出去？」

馬苦玄微微一愣，好像完全沒想到這對少年、少女，如此好說話，竟然還真跟自己做起了生意。不過他也懶得繼續演戲，掏出一只華美精貴的錢袋子，隨手丟在地上，笑道：「我已經在李家拿到報酬了，只不過我可不是為了錢。泥瓶巷陳平安，宋集薪的隔壁鄰居，對吧？你要怪就怪你身邊的傢伙太惹人厭了，她昨天壞了很多人的大事。」馬苦玄扯了扯嘴角，伸手指向自己：「比如我。」

陳平安環顧四周。

馬苦玄望向寧姚，笑道：「放心，那隻老猿暫時有點事情要處理，我就趁著這個機會，想跟妳討要一樣東西，妳知道是什麼，對不對？」

寧姚冷笑道：「小心有命拿，沒命用。」

馬苦玄樂呵呵道：「妳又不是我媳婦，擔心這個做啥。」

陳平安實在無法想像，這麼一個滿身鬼氣森森的傢伙，怎麼會有人覺得他是個傻子？

寧姚臉色陰沉，碰了碰陳平安肩頭，輕聲提醒道：「不知為何飛劍到了這邊周圍，便進不來了。」

馬苦玄微微轉移視線，對陳平安咧嘴笑道：「昨天屋頂一戰很精彩，我湊巧都看見了。哦、對了，你可以摘掉綁在小腿上的沙袋了，要不然你是追不上我的。」

陳平安果真蹲下身，緩緩捲起褲管，視線則一直放在馬苦玄身上。直到這個時候，寧姚才驚訝地發現，原來陳平安小腿上還綁著一圈不厚不薄的沙袋。

陳平安跟寧姚解釋了一句：「很小的時候，楊家鋪子的楊爺爺就曾經叮囑過我，死也別取下來。原本是打算用來對付老猿的第四口氣，現在想了想，也差不多了，因為我總覺得這個叫馬苦玄的傢伙，和老猿一樣危險。」

馬苦玄輕輕跳下神像，瞥了眼一襲墨綠長袍的英氣少女，自言自語道：「本來以為好歹等我出了小鎮，才會遇到第一個大道之敵，沒想到這麼快就碰上了。哈哈，真是運氣來了擋都擋不住啊。」

寧姚突然問道：「陳平安，那傢伙小時候也給牛尾巴甩過？」

陳平安站起身，輕輕跺了跺腳，左右雙腳各數次，認真想著寧姑娘的問題，回答道：「馬婆婆很有錢，所以我記得這個馬苦玄家的黃牛，體形格外大，那牛尾巴甩起來，很嚇人的。」

在陳平安站起身的時候，馬苦玄卻又蹲下身，抓起一把石子放在了左手心。

最後，泥瓶巷少年與杏花巷少年，兩個同齡人，遙遙對峙。

陳平安左右腳尖先後不易察覺地踮了踮地面，似乎還在適應變輕了的雙腿。

他留意到馬苦玄總共撿了五顆石子，四顆握在左手，一顆握在右手。

馬苦玄神色自若，望向刀鞘、劍鞘皆空的外鄉少女，笑道：「說好了，現在是我和陳平安單挑。按照我奶奶小時候講的故事，在演義小說裡，兩名大將於陣前捉對廝殺，誰喊幫手誰就不是英雄好漢。若是能夠陣斬敵人，軍心大振，一場仗就算贏了……」

寧姚看著這個馬苦玄就心煩，她就沒見過這麼欠揍的傢伙。泥瓶巷的宋集薪城府也深，也喜歡掉書袋，成天擺小夫子的做派，可人家好歹瞧著就是一副讀書種子的模樣。眼前這個矮小精瘦的少年，肌膚不比陳平安白，眼睛卻格外大，整個人給人的感覺就是很怪，尤其是加上這種蹩腳拗口的酸文，就像老嫗塗抹了半斤脂粉在那張老樹皮上，故做嬌羞狀，真是慘絕人寰。

陳平安沒有跟杏花巷的同齡人放狠話，微微彎腰，驟然發力，筆直前衝，勢若奔馬。

真快！

看著陳平安疾奔而去的背影，幾乎一個眨眼就與自己拉開了兩丈多距離，饒是見多識廣的寧姚也難免感慨。這不是說陳平安放在全天下的同齡人當中，能夠飛奔快過狐兔，這件事情本身如何了不得，而是在此方天地、這座牢籠裡，陳平安能夠只依靠十數年如一日的水磨功夫，就把自己的體魄硬生生打熬到這個地步，這才是最讓寧姚佩服的地方。

寧姚想了想，難道能吃苦，也是一種天賦？

兩個少年之間的距離瞬間只剩一半。陳平安甚至已經能夠清晰看到，馬苦玄臉色的一連串細微變化，片刻驚訝後，轉為惶恐，又迅速恢復鎮定，然後毫不猶豫地迅猛抬臂，整條纖細手臂，綻放出一股驚人的爆發力。

一直死死盯住馬苦玄右手動靜的陳平安不再直線前衝，而是剎那之間折向了右邊。

馬苦玄那條胳膊竟然出現微妙的停頓，手腕一抖，目標正是偏離直線的陳平安。

激射而出的石子來勢洶洶，雖然不如正陽山搬山猿那般恐怖，但是仍然不容小覷。

本該手忙腳亂的陳平安並未停步，腰杆一擰，上半身側過，那顆石子正好從眼前一閃而逝，陳平安額前的髮絲被那股清風裹挾得隨之一蕩。

馬苦玄握有剩餘石子的左手輕輕一甩，其中一顆石子剛好落入右手手心。

這個杏花巷的矮小少年，好像並不覺得第一次出手就能夠解決掉陳平安，故而沒有停留在原地，而是開始跑向右手邊，與此同時，甩手丟出第二顆石子。

陳平安一個毫無徵兆的驟然彎腰，雙手幾乎能夠觸及地面，那顆石子從他後背迅速劃過，擦破了他的單薄衣衫，所幸只是擦傷，雖然看上去皮開肉綻很嚇人，其實傷口不深。

此時兩人間距又被拉近一半。

雖然馬苦玄也意識到應該要拉開距離才對，但是陳平安的埋頭衝刺實在太過風馳電掣，襯托得馬苦玄匆忙之間的轉移陣地，彷彿是老牛拉破車，所以當陳平安那張黝黑臉龐越發靠近，他那堅毅明亮的眼神便顯得尤為刺眼。與此相反，馬苦玄明顯出現了一抹遲疑神色，是放棄丟擲石頭的舉動，果斷撤腿撤退，還是孤注一擲，在第三顆石子上分出勝負？馬苦玄猶豫不決，和陳平安的一往無前，形成鮮明對比。

此時此刻的陳平安，哪裡有半點泥瓶巷濫好人的樣子？

馬苦玄在這種事關生死的緊要關頭後撤一步，再次揮動手臂。顯而易見，馬苦玄相信自己手中的石子。

這個別說打架，從來就沒跟人吵過架的孤僻少年從小到大就不喜歡跟同齡人待在一起，比起陳平安或是顧璨，更像是一隻獨來獨往的野貓崽子。他喜歡有事沒事就抓一把石子，一邊走一邊丟，當然力道都很輕，看似漫不經心的玩耍，沒有人當回事。只是馬苦玄在廊橋底下岸邊，四下無人的時候，就會獨自打水漂，稍稍薄一些的石子，往往能夠在水面上打出十數個漣漪之後，撞在對岸石拱橋的內壁上，砰然粉碎，臂力之大，手勁之巧，可想而知。

馬苦玄也時常會蹲在青牛背上，用石子去砸水中的游魚。不管能否擊中，反正他丟入水中的石子，幾乎沒有水花。而杏花巷的那棟祖宅，院子裡，或是屋頂上，經常會躺著幾隻鳥雀的屍體，血肉模糊。

兩人相隔不過十數步而已，之前兩次躲避掉馬苦玄的石子，陳平安的身形腳步更偏向於敏捷輕靈，並沒有任何洩露出筋骨強壯的地方，他就像一片輕飄飄的葉子。但是即將和馬苦玄對撞的時候，陳平安終於展露出「重」的一面，接連三大步，既快又猛，充滿張力，落地如鐵錘砸劍條，抬腳則如拔起一座山峰的山根。

三步，近在咫尺。馬苦玄仍是沒能來得及丟出石子，按理來說，大勢已去。但是陳平安沒來由心頭一震，不過仍是沒有任何退縮，因為形勢緊迫，已經容不得他懸崖勒馬，不如縱身一躍，冒險一搏。

馬苦玄嘴角扯起，笑意玩味，左手鬆開，丟掉剩餘石子，抬起的右手本就握拳，所以順勢就是一拳砸出去。

他一開始就給陳平安挖了個陷阱，所謂的狐疑不決，故意給陳平安近身的機會，甚至為何要選擇以石子來作為進攻手段，全是這個杏花巷傻小子的縝密謀劃罷了。為的就是示敵以弱，把能夠從老猿手底下溜走的泥鰍少年勾引到自己身邊，讓陳平安自己送上門來！

一臂之距，即是一拳之距。

陳平安是個不算太明顯的左撇子，於是左手握拳，與馬苦玄的右手拳頭，硬碰硬撞在一起。在拳頭相撞的瞬間，幾乎同時，兩個少年分別向對方一腳踹去。

陳平安和馬苦玄同時倒飛出去，狠狠摔在泥地上。

兩人又隔開二十餘步，馬苦玄爬起身，單膝跪地，大口喘息。他抬起手臂，鬆開拳頭，因為手心那顆石子一直沒有丟出去，所以此時他手心雖然稱不上血肉模糊，但也已經猩紅一片，觸目驚心。

馬苦玄咧咧嘴，揉了揉肚子，眼神炙熱，對陳平安大聲笑道：「陳平安！敢不敢再來！」

陳平安的左手更慘，因為之前在小巷襲殺雲霞山蔡金簡時，手心被碎瓷劃破，創口極深。這段時日，雖然一直敷著從楊家鋪子傳下來的祕製草藥，但是傷筋動骨一百天，他體魄再健壯，終究不是那種生死人、肉白骨的修行神仙，所以跟馬苦玄互換的這一拳一腳，陳平安更加吃虧。

陳平安包紮有棉布條的左手已經不由自主地微微顫抖，鮮血滲出棉布，一滴一滴落在腳邊野草上。

陳平安刻意深吸了一口氣，於是清晰感受到從腹部傳來的刺痛，他要確定這種程度的疼痛，對自己接下來的行動到底會造成多大的影響，這是習慣使然。

陳平安是窮苦出身，正因為擁有的東西太少，所以格外斤斤計較。反觀宋集薪、盧正淳那樣的富貴子弟，絕對不會在意口袋裡有幾枚銅錢。這是大行不顧細謹，陳平安當然不行。所以陳平安給人的印象，一直是跟拘謹、溫吞和隱忍這些詞語沾邊，理所應當的朝氣蓬勃，反而不多。至於眼前那個莫名其妙跑出來要跟陳平安、寧姚打生打死的馬苦玄，大概屬於不可理喻的怪胎，寧姚至少還可以用鋒芒畢露來形容，馬苦玄這種就完全讓人摸不著頭腦了。

陳平安沒有轉頭，背對寧姚輕輕擺了擺手，示意自己沒事。

馬苦玄緩緩站起身，起身前抓了一叢雜草，隨意擦去手心血跡；陳平安跟著起身。

馬苦玄率先發力，最初所站位置被踩出兩個泥坑。這個瘦猴一般的精瘦少年快得讓人匪夷所思，高高跳起，一邊膝蓋撞向迎面而來的陳平安。

陳平安一拳砸得馬苦玄膝蓋下墜，但是被空中身體前傾的馬苦玄閃電一拳砰然砸在額頭上。馬苦玄原本彎曲蜷縮的雙腳，瞬間舒展開來，在身體後仰的陳平安胸口重重一踩。

陳平安就像被大錘當頭一捶，加上同時被當胸一撞，近乎筆直地後仰倒地。

馬苦玄的身體在空中翻滾一圈，落地後繼續獰笑著前衝，很快就飛奔至才半蹲起身的陳平安身前，緊接著就是一腳。陳平安雙臂交錯格擋在身前，左臂在外右臂在內，死死護住心口和臉龐。

陳平安被這一腳踢得倒飛出去，不過重心極低，又護住了要害，所以並沒有出現鮮血淋漓的場面。

陳平安一路打滾，馬苦玄得勢不饒人，繼續前衝。

陳平安停下後滾勢頭的瞬間，不知不覺，有意無意，整個人變成了單膝跪地、彎腰助跑的姿勢。

馬苦玄神情一滯。

下一刻，陳平安如同一支由強弓拉滿激射而出的箭矢，瞬間來到馬苦玄身前，速度之快，與之前相比，判若兩人。

示敵以弱，陳平安也會。

馬苦玄這次根本來不及出拳，就被陳平安用肩頭撞向胸口，馬苦玄踉蹌後退，腹部又傳來一陣絞痛，本能地低頭彎腰，左耳太陽穴那邊就被陳平安用手臂橫掃而中，勢大力沉。

之前占盡上風的杏花巷少年，以一種詭譎姿勢雙腳騰空側飛出去。

陳平安猛然抓住馬苦玄雙腳腳踝，帶著馬苦玄旋轉一周，怒喝一聲，將才九十多斤重的矮小少年狠狠摔向遠方！

馬苦玄剛好撞向一尊碎了半邊身軀的坐姿神像，神像高一丈半左右，如果沒有意外，馬苦玄這一下註定會很淒慘，可是馬苦玄愣是不靠外物，親自造就了一個「意外」。

他兩隻腳先後踩中神像的頭顱，瞬間彎曲瞬間繃直，整個人借著巨大的反彈力道，向著遠處地上的對手激射而去，跟陳平安之前的暗算有異曲同工之妙。

馬苦玄突然驚駭瞪眼，只見陳平安站在原地，高高舉起一臂，不知何時，他手中多了一柄憑空出現的短刀，刀尖就直直指向飛速衝來的馬苦玄。世人所謂的「自己找死」，說的大概就是這種情況了。

哪怕陳平安握刀的手在劇烈顫抖，但是也已經足夠一刀捅透馬苦玄的身體了，區別只在切入口是手臂、頭顱還是胸膛而已。

馬苦玄哪怕深陷絕境，驚懼異常，卻絲毫沒有放棄的心境，艱難扭轉身軀，哪怕只有一絲一毫，也要讓自身要害偏離那刀尖。

就在此時，一道修長身形出現在兩個少年之間——是個中年男人，背負長劍，腰間懸佩虎符。不見他如何出手，馬苦玄就倒轉乾坤似的，不但雙腳落地，還身軀筆直地站在了男人身邊。

負劍男人轉頭望向後撤一步的握刀少年，眼神中帶著毫不掩飾的讚許、激賞，輕聲笑道：「你們兩個這次交手，打得都不錯。」

陳平安嘴角滲著血絲，又後退了一步。

男人一笑置之，提議道：「我出手救下馬苦玄，算是欠你一個人情，所以出去之後，我會說服正陽山搬山猿放棄對你們兩個的追殺，如何？」
寧姚來到陳平安身邊。
這個來自真武山的兵家修士深深看了眼寧姚，然後對陳平安說道：「你沒有討價還價的資格，答應就點頭，不答應就繼續沉默便是。如果覺得不公平、不甘心，再如果你還能僥倖從老猿手底下逃生，那麼以後離開小鎮，可以去真武山找我，討要你以為的公道。」
陳平安收起寧姚借給自己的壓衣刀，藏入右袖之中，對那個真武山的男人點頭道：「如果有機會，我會的。」
馬苦玄剛要說話，男人漠然道：「死人更沒資格跟活人撂狠話。」
馬苦玄死死抿起嘴唇，果真低頭不語。
一大一小，這對真武山師徒，漸漸遠去。
陳平安一屁股坐在地上，寧姚趕緊蹲下身，憂心忡忡道：「咋樣？哪裡傷得最重？陸道長那服藥方子，你是不是也用得著？」
鼻青臉腫一身內傷的陳平安滿臉苦澀道：「不打緊，還知道哪裡疼，說明傷得不算厲害。對了，如果老猿這個時候趕過來……」
「來就來！」寧姚乾脆坐在地上，眉眼飛揚，「剛才有你在，等下有我在，怕什麼！」
陳平安沒說出口的後邊半句話，只得偷偷咽了回去。
寧姚突然燦爛笑起來，伸出雙手，對陳平安豎起大拇指：「帥氣！」
在這之前，這輩子從沒覺得自己了不起的陋巷少年，使勁忍住嘴角的笑意，故意讓自己更雲淡風輕一點，但其實誰都看得出來他的開懷。

春風少年很得意。

第四章　先生

行走在狐兔出沒的荒丘野塚之間，負劍男人突然在一座墓碑前停下腳步，走到一座不起眼的小土包前那墓碑旁邊，蹲下身伸手拔去纏繞石碑的藤草，露出石碑本來的面容。

石碑上字跡模糊，只能依稀辨認出小半文字，男人嘆了口氣：「神道崩壞，禮樂鼎盛。百家之爭，就要開始了。」

男人起身後，看到那個尚未進入真武山正式拜師祭祖的徒弟，正面向來時的方向。

馬苦玄的嘴角、耳朵和鼻子都在淌血，使得那張黝黑臉龐，顯得格外猙獰恐怖，他抬起手臂胡亂擦拭一番，繼續盯著那邊。

男人說道：「馬苦玄，按照你之前給出的理由，你是因為得知那外鄉少女，在巷弄以一手飛劍術，聯手大隋皇子和宦官，殺了你生平第一個師父，所以心結難解，必須要在離開小鎮之前報這個仇，我覺得這是說得通的，便沒有阻攔你，由著你生死自負。畢竟修行中人，能夠遇上這種大道之敵，既是危機，也是機遇。」接著男人加重語氣，絕不因眼前弟子的天賦卓絕而偏愛，沉聲道：「但是你盯上泥瓶巷的同齡人，為什麼？我之前已經跟你說過，我真武山兵家修士，尤其是劍道中人，絕不可以濫殺無辜！」

馬苦玄答非所問：「兵家修士，是不是最能夠不在乎什麼因果報應、氣數氣運？」

男人點頭道：「遍觀千年史書，能夠以一己之力，挽狂瀾於既倒的，大多是我們兵家聖人。並非是我身為兵家修士，才刻意為先賢歌功頌德。」

男人盯著馬苦玄，沒有打算輕易放他一馬。如果馬苦玄嗜殺成性，仗勢欺人，那麼他為真武山收取這種弟子做什麼？

兵家修士在世俗王朝靠的是沙場廝殺來提升境界，本就最為接近生死一線，一旦守不住本心，極易墮入魔道。試想一下，一個手握兵權的修行中人，屠城滅國，何其容易？

兵家與儒家是支撐起山下王朝世道太平的兩大支柱，一旦某位受人崇敬的兵家修士，自己立身不正，那麼此人的境界修為越高，廟堂地位越高，對於整個世俗王朝的衝擊，自然就會越大。在歷史上，前車之鑒，歷歷在目。「得民心何其難，失民心何其易」，雖然這句話是儒家聖人所言，但是兵家修士不乏飽讀詩書的儒將，故對此深以為然。

馬苦玄興許是感受到了氣氛的凝重，可是沒有急於辯駁。他伸出手，手心輕輕覆蓋在耳朵上，牽扯到傷處，頓時齜牙咧嘴，倒吸了一口冷氣，緩了緩，收回手後，看著手心的一攤血跡，說道：「那傢伙叫陳平安，他爹在他很小的時候就死了，那個男人生前是小鎮有名的窯工，手藝很好，人也老實，後來突然就暴斃了，屍體也沒找著。雖然我奶奶一直不願意承認，但我記得很清楚，那是一個電閃雷鳴的大雨夜，我被打雷聲吵醒了，然後發現我奶奶沒在身邊，剛推開門縫，就看到我爹鬼鬼祟祟跑回來，又驚喜又害怕，很奇怪的樣子，我娘使勁拍打著我爹的後背，笑得合不攏嘴，高興壞了。」

馬苦玄下意識皺著眉頭，使勁去回憶那些兒時的慘澹畫面：「只有我奶奶沒笑，好像不太高興，反而對我爹一頓發火：『你以為那孩子他爹死了，你就能有機會娶到她？也不撒泡尿照照自己的德性！泥瓶巷那一支陳家，好幾輩人都是一根獨苗，你就不怕害了一個人，最後害得人家一家三口全活不下去？到時候這支陳家就這麼斷子絕孫了，不怕遭到人家祖上陰神的報應？退一萬步說，那女子的性情，你當真不清楚，願意改嫁給你？』我爹當時就嬉皮笑臉，估計是覺得做也做了，很快就能拿到報酬，在自家人面前，就不惺惺作態假裝後悔愧疚了。我奶奶最後指著我娘的鼻子痛罵，我娘也不是好脾氣的，婆媳差點在正堂打一架。我爹就是那種喜新厭舊的人，他那一輩的小鎮鄰居，都不喜歡他，那個時候他當然幫著媳婦不幫老娘，最後我奶奶就坐在地上，狠狠捶胸，一邊哭一邊對那塊匾額訴苦說，馬家招了這麼個掃把星女人進家門，你們死不瞑目啊。」

男人順著馬苦玄的思路，問道：「你是想把虛無縹緲的善惡報應，上一輩人作下的孽，全部攏到自己身上，希望你奶奶和你爹娘能夠善終？」

馬苦玄咧嘴：「我對爹娘實在沒啥感情，只有奶奶放心不下。可我奶奶不願意跟我一起去真武山，她說她這輩子是一定要葬在爺爺旁邊的，若是去了那啥不知道幾萬里之外的真武山，一來要勞煩我這個孫子搬個罈子回家一趟，二來她聽說人死之後、入土之前的陽間路，會走得極為坎坷。她說活著的時候已經吃夠苦頭了，可不想死了之後還要吃苦。」

男人說道：「情有可原，但是占不住理。只此一次，下不為例。」

馬苦玄撇撇嘴，臉色冷漠，不搖頭不反駁，卻也不點頭不答應。

男人笑了笑，在馬苦玄傷口上撒鹽道：「被同齡人按在地上揍的感覺如何？」

馬苦玄憤怒道：「如果不是那娘們偷偷給了陳平安一把刀，我會輸給他？我從頭到尾，就只出了七分力氣！如果不是覺得要玩一下貓抓耗子……」

男人輕輕譏笑道：「玩貓抓耗子？得了吧，還不是想著以七分實力打死陳平安外，同時還能讓那少女掉以輕心，一箭雙雕，想得倒是挺美。」

馬苦玄臉微紅，硬著脖子憤懣道：「你到底是誰師父！」

男人哈哈大笑。

兩人重新上路走向小鎮，馬苦玄問道：「比起那座正陽山，真武山是高還是低？」

男人笑問道：「是想聽真話還是假話？」

馬苦玄眼珠子一轉：「假話呢？」

男人答道：「那就是差不多高。」

馬苦玄哀傷嘆氣，覺得自己真是遇人不淑，認了兩個師父，一個莫名其妙橫死在小鎮騎龍巷，一個本事不大、規矩極多。

男人笑道：「在明面上，正陽山雖然是劍道根本之地，但是在東寶瓶洲修士的心目中，地位遠遠不如他的死敵風雷園，所以正陽山不被視為一流宗門勢力。當然，這只是明面上的假象。其實正陽山的底蘊極深，只是當年那樁恩怨發生後，風雷園有一人的劍道造詣遠超同輩，過於驚才絕豔，才使得正陽山不得不數百年忍辱負重……」

馬苦玄沒好氣道：「不管你怎麼吹捧正陽山，也改變不了真武山不如正陽山的事實。」

男人笑道：「馬苦玄你想岔了，正陽山與我們真武山的差距，大概算是還隔著一座正陽山吧。」

馬苦玄愣了愣，聽出男人的言下之意後，隨即笑道：「這還差不多！」

男人提醒道：「宗門是宗門，自己是自己。」

馬苦玄笑道：「你也想岔了！我的意思是既然真武山這麼高，那我以後習武大成，想要找人切磋，就省時省事了，不至於身邊全是一群繡花枕頭和酒囊飯袋！」

男人一笑置之：「這種豪言壯語，換成泥瓶巷少年來說，是不是更有說服力？」

馬苦玄怒道：「有你這麼當師父的嗎？小心以後你給人打死，我不幫你報仇！」

男人伸手繞到後背，拍了拍劍鞘，微笑道：「除了這把劍，師父孑然一身，身死即道消，你報仇有何用？」

馬苦玄疑惑道：「不是還有真武山這個師門嗎？」

男人賣了一個關子：「真武山不同於東寶瓶洲其他宗門，你上山之後就會明白。」

男人腰間那枚虎符輕輕一跳，男人按住虎符片刻，很快沉聲道：「你我速速返回小鎮！我兵家修士，趨吉避凶，預知前程，幾近本能。」

馬苦玄白眼道：「小鎮那邊就算翻了天，外鄉人和小鎮百姓殺得血流成河，關我屁事。我們可說好了，我可以答應不會草菅人命，但也絕對不做什麼行俠仗義、扶危救困的事。」

男人臉色凝重，一把抓住馬苦玄的肩頭，命令道：「不要說話，屏住呼吸！」

兩人身形一閃而逝，下一刻已經出現在十數丈外，如此循環，如少年馬苦玄在溪水上打出的一連串水漂。

陳平安除了後背被馬苦玄那顆石頭擦出來的傷口，其實外傷不算多，但這絕不意味著他就很好受。最麻煩的還是左手手心，下水摸石抓魚延緩了痊癒的速度，這次跟馬苦玄打了一架，拳頭碰拳頭，更是雪上加霜，以至於撕下舊棉布條的時候，連陳平安也只能打開腰間一只行囊，拿出瓷瓶，喝下裡邊的濃稠藥湯。藥湯正是楊家鋪子當年開出的藥方，別的沒用，就是能夠止痛。

寧姚拿回那柄造型古樸的壓衣刀後，割下自己內衫的一大截袖口，撕成一條條，幫著滿頭冷汗的陳平安包紮完畢，問道：「楊家鋪子的土方子，真有用？」

陳平安輕輕晃了晃左手，擠出一絲笑意：「很有用。剛才是真疼，我以前就這麼疼過兩次。」

寧姚罵道：「手心都能瞧見肉裡的白骨了，能不疼？你真當自己修成了金剛不敗的羅漢金身啊，還是無垢之軀的道教真君？讓你逞強！跟那個馬苦玄死磕，他不是說單挑嗎，可以啊，他單挑我們兩個，沒毛病啊。連我堂堂寧姚都不嫌丟人，你倒是逞英雄上癮了，不然等下你單挑正陽山搬山猿，我繼續幫你拍手叫好？」

陳平安剛打算跟她掰扯掰扯自己的看法和道理，寧姚驀然瞪眼，他立即點頭道：「寧姑娘說得對。」

寧姚氣得斜眼道：「口服心不服，以為我不知道？」

陳平安嘿嘿一笑，眼睛一直偷瞥著她手裡的那把壓衣刀，初看袖珍可愛，細看則鋒芒冷冽。陳平安覺得這把壓衣刀和它的主人，好像恰恰相反。

寧姚讓陳平安抬起右手，將壓衣刀輕輕放回綁縛在手臂上的刀鞘，警告道：「不許得寸進尺，不許對這把刀有任何非分之想！」

陳平安無奈道：「寧姑娘妳想多了。」

寧姚突然伸手指向最早的那尊斷臂靈官神像：「那塊烏漆墨黑的石座，知道是什麼石頭打造而成的嗎？」

陳平安點頭道：「知道啊，寧姑娘妳算問對人了。咱們只要沿著小溪一直進山，得走很遠，我估摸著至少也要走大半天，才可以看到一片黑色石崖，全是這種石頭，硬得很，用錘頭也砸不下一點點碎石，更別提用柴刀砍，石崖那邊還有好幾條陷下去的長條狀凹槽，裡邊有點坡度，也不平整。姚老頭每次經過那裡，都會拿出柴刀去磨一磨，還真別說，磨過之後，柴刀真的會錚亮錚亮的，跟之前很不一樣。」

寧姚揉了揉額頭，哭笑不得道：「用來磨砍樹、劈柴的柴刀……」

陳平安眼睛一亮：「值錢？」

寧姚沒好氣道：「再值錢，那結成一片的整座石崖，你弄得來一丁點兒嗎？我告訴你，尋常神仙也做不到！除非是殺力巨大的大劍仙，加上願意捨棄一把神兵才能夠裂出大概兩塊三尺長的石條。石條會被劍修專門取名為『斬龍臺』，每一塊當然價值連城。」

陳平安陷入沉思。

寧姚突然也眼前一亮：「靈官神像腳底下那兒，不就有現成的磨劍石嗎？這麼大，剛好能劈成兩塊斬龍臺。」

陳平安火燒屁股一般，趕緊勸說道：「寧姑娘，咱們可不能拆了搬回家！那位靈官老爺已經夠憋屈的了，咱們要是再把他的立足之地也給搶走……」

寧姚猛然起身，冷哼一聲：「搶？我是那種人嗎？」

然後陳平安跟著寧姚一起走向那尊道門靈官神像，站在泥塑彩繪神像之前，寧姚向前踏出一步，雙手分別按住刀鞘和劍鞘，英姿勃發，她仰頭喊道：「我叫寧姚！今天你只要將腳下這三尺立足之地贈送給我，那麼將來我寧姚成就劍仙之境，一定償還你百倍千倍！」

陳平安張大嘴巴，心想：『這也行？』

果不其然，泥塑神像毫無動靜。

寧姚沒有善罷甘休，繼續說道：「不願意給是吧，那我寧姚跟你借總行了吧？有借有還的那種。」寧姚不忘轉頭對陳平安眨眨眼：「我這是借，不是搶，明白不？」

陳平安使勁搖頭，實誠回答道：「不明白！」

寧姚正要好好跟榆木疙瘩陳平安解釋「搶」和「借」的截然不同，陳平安突然喊道：「小心！」說話的同時，陳平安身形已動，一把將寧姚扯到自己身後。

原來那尊靈官神像，經歷過千百年的風吹日曬後，終於在這一天轟然倒地，向前撲倒在地，碎得很澈底，並未呈現出這裡一條腿、那裡一條胳膊的殘骸姿態，就連原本栩栩如生的大髯頭顱也一併化為齏粉，從土裡來，往土裡去，彷彿人間這一遭，算是真正走完了。而這樁風波的玄妙出奇之處在於，靈官神像的高度要超出少年、少女和神像石座之間的那點距離不少，照理說陳平安和寧姚哪怕沒有被壓塌下，至少也會被砸得不輕。可偏偏到了最後，泥塑神像化為塵土，最遠也只到了他們兩人的腳邊。

見多識廣的寧姚咽了咽口水，有點心虛，低頭望著那些飛揚塵土，嘀咕道：「你也忒小氣了吧，不借就不借，還要跟我拚一個玉石俱焚？」

陳平安突然搖頭道：「這叫菩薩點頭，是答應妳了。」

寧姚跟陳平安並肩而立，看著那些碎屑塵土，再看看更遠處那一方光禿禿的黑色斬龍臺，最後轉頭看著陳平安，試探性問道：「你確定？」

陳平安笑道：「我確定！」

寧姚信了，毫不懷疑，連她自己也不知道為什麼。最後在陳平安的帶領下，寧姚一起幫著將那些泥屑、碎屑，移入旁邊早就挖好的一個坑，以土覆蓋。

陳平安低頭默念道：「不論人神，入土為安。」

寧姚也跟著低頭小聲道：「入土為安。」

做完這一切，寧姚好奇問道：「陳平安，這是你們小鎮的風土習俗？是祖輩傳下來的規矩講究？」

陳平安搖頭道：「不是啊，是我自己這麼覺得的。」

寧姚一挑眉毛。

陳平安笑問道：「寧姑娘，妳有沒有覺得做完這些後，心裡很舒服？」

寧姚搖搖頭：「沒感覺。」

陳平安撓撓頭，望著那塊黑色石座，問道：「它叫斬龍臺？」

寧姚「嗯」了一聲：「武道中人，可能會稱其為磨刀石，或者磨劍石，山上劍修才會將其喊作斬龍臺。」

寧姚轉頭望向西南方向，眼神恍惚，小聲道：「我家鄉那邊也叫磨劍石，每個人都會有一塊，大小不一，一般只有拳頭那麼大，甚至有些家道衰落、修為低下的劍修，只剩下一粒拇指大小的磨劍石，一樣看得比身家性命還重。我家也有，很大……」

陳平安輕聲問道：「有多大？」

寧姚呢喃道：「比你家泥瓶巷宅子還大吧。」

陳平安滿臉震驚，然後無比羨慕道：「寧姑娘，那妳家是真有錢！而且這麼大一塊磨劍石，還不用怕被人偷，多好。不像我，好不容易攢下一點銅錢，藏哪兒都睡不安穩。」

原本有些傷感的離鄉少女，憂愁頓消，她笑道：「這塊磨劍石，一人一半！」

陳平安擺擺手：「我要它做什麼，我家柴刀倒是有，可哪裡需要用上這麼金貴的磨刀石，每磨一次刀，我就要心疼一次，何必呢。所以寧姑娘妳全拿去好了。對了，妳不是想著求阮師傅幫妳鑄劍嗎？可以用另外一半作為鑄劍的錢……」

寧姚無奈道：「陳平安，你是真傻啊，還是缺心眼啊？」

陳平安想了想，笑道：「寧姑娘，妳就當我是濫好人吧。」

寧姚突然伸手指向陳平安，一臉恍然大悟的表情，瞇眼笑道：「陳平安，老實交代，你是不是圖謀不軌，心想著以後把『寧姑娘』變成自己媳婦，那還不是所有東西都是自己的了？這小算盤打得劈裡啪啦的，厲害啊！」

陳平安欲哭無淚，嘴角抽搐。宋集薪以前說過一句什麼話來著，欲加之罪，何患無辭？

寧姚哈哈大笑：「看把你嚇的，我開玩笑呢。」

陳平安嘆了口氣，感覺自己有點心累啊。

寧姚突然正色道：「小心！我那把飛劍已經在返回途中了！」

陳平安如臨大敵。

臨近小鎮，真武山兵家修士鬆開馬苦玄肩頭，馬苦玄有些頭暈目眩，晃了晃腦袋，問道：「知道是誰出了問題嗎？難不成是我爹或者大伯，家裡的寶貝給外邊的人看上眼，一個不願意給，一個強行索要，結果就跟劉羨陽差不多，惹出大麻煩來了？」

負劍男人帶著馬苦玄快步前行，搖頭道：「正陽山搬山猿之所以悍然出手，不惜破壞規矩，那部劍經本身珍貴是一部分原因，但最重要的原因仍是正陽山和風雷園的陳年舊怨。如果不是風雷園陳松風前後腳就來到小鎮，那頭搬山猿不至於出手行凶。所以說小鎮這邊，修行之人即便出手，也不敢太過明目張膽，坐鎮此地的齊先生終究……」

男人突然停下言語，望向街道遠處一座屋頂，屋頂上蹲著一隻通體漆黑如墨的野貓。野貓看到馬苦玄後，立即尖叫起來。等到馬苦玄發現牠後，野貓就開始撒腿奔跑，跑向杏花巷那邊。馬苦玄剎那間臉色蒼白，瘋了一般跟著屋頂上的野貓一起狂奔。

男人想通其中關節，嘆息一聲，不急不緩跟在馬苦玄身後，始終沒有被馬苦玄拉開距離。

馬苦玄一路跑回那條熟悉至極的巷弄，當他看到自家院門大開的時候，可謂膽大包天的他竟然在門外停步，再也不敢跨過門檻。

馬苦玄知道，自家院門一年到頭，幾乎就沒有這麼長久開著的時候，因為奶奶常念叨一個道理：杏花巷就數沒出息的窮光蛋最多，偏偏人窮志短、馬瘦毛長，咱們家又容易讓人眼紅，所以家門一定要記得關嚴實，否則會遭賊惦記。

馬苦玄紅著眼睛走入院子——正屋大門也沒有關，然後他看到一個熟悉的瘦弱身影倒在地上。

那隻黑貓蹲在門檻上，一聲聲叫喊著，驚嚇瘮人。

「不要過去！」負劍男人伸手按住馬苦玄的肩頭，叮囑道，「事已至此，穩住心神！」

馬苦玄強忍住眼淚，不斷深呼吸，放緩腳步，輕輕喊道：「奶奶？」

兵家劍修率先一步掠至馬婆婆身旁，雙指併攏在她鼻尖一探，已無氣息。

那隻黑貓嚇得趕緊跑入屋內，一閃而逝。

負劍男人略作思量，抬起頭對站在門外的馬苦玄沉聲道：「停步！你天生陽氣極重，再靠近一步，你奶奶哪怕還剩一些魂魄滯留屋內，也會被你害得灰飛煙滅！」

馬苦玄整張黝黑臉龐使勁皺著，竟然強忍住讓自己一點哭聲也沒有發出。

男人下定決心，握住腰間那枚虎符後，沉聲道：「齊先生，此事不容小覷，你有你的規矩，我也有我的苦衷，希望齊先生接下來莫要插手此事。」說完這些之後，男人氣勢渾然一變，衣袂鼓蕩，頭髮飄搖，默念了一串晦澀難懂的口訣後，最後以五字收官：「真武山有請！」

馬苦玄癡癡轉頭望去，只見一尊高達丈餘的金甲神人從天而降，雙拳在胸口一撞，聲響如雷，道：「真武後裔，有何吩咐？」

「此地術法禁絕，我又不擅長拘押魂魄之事，所以請你幫忙巡視此屋四周，如果發現這位老婦的遊蕩魂魄，就將其收攏起來，記得切莫傷及根本。」

那名金甲神人沉默片刻，仍是點頭道：「得令！」

金光消散，不見神將。

窯務督造官衙署，龍尾郡陳氏子弟陳松風正在一間寬敞屋內埋頭翻閱檔案。他腳邊擱著一口朱漆木箱，裡邊堆了大半箱子的泛黃古籍。

女子陳對從木箱裡隨手拎了本出來，站在不遠處的臨窗位置，一頁頁緩緩翻閱過去。

衙署老管事正坐在屋內一把椅子上喝茶，風雷園劍修劉灞橋坐在對面跟老人客套寒暄。精神矍鑠的老管事笑道：「也虧得事情巧了，李家宅子那邊的李虹親自登咱們衙署門，開口討要咱們小鎮幾支陳氏的檔案，而且只要最近三、四百年的戶籍檔案，王爺點頭答應了，我便叫李虹讓人帶走了箱子上邊的那七、八十本籍書，下邊剩下的籍書，年歲更大，剛好是陳公子你們想要的老皇曆。話說回來，若非每年衙署要求在夏秋時節各曬書一次，這些早就給蟲子蛀爛吃光嘍。」

站在窗口的陳對頭也不抬，淡然問道：「聽說小鎮如今姓陳的人，都給福祿街、桃葉巷的四姓十族當了奴僕、丫鬟，有些個陳氏人，甚至都當上了這些高門大戶的家生子，世世代代給人下跪磕頭不說，見著了小鎮普通百姓，還會趾高氣揚？」

老管事有些尷尬，陳對口口聲聲說著的「四姓十族」或是「高門大戶」，可是真正傳承千年的世族豪閥——龍尾郡陳氏的嫡長孫就坐在那邊跟個下人似的，一聲不吭埋頭查閱檔案，而這位同樣姓陳的女子，竟然能夠如此心安理得，那麼她真實身分的悠久清貴，老得成了精的管事用膝蓋想想都知道。

雖說老管事沒有養著什麼姓陳的婢女、雜役，可是跟那些作為小鎮地頭蛇的大姓人家關係一向不差，不想在這件事情上，因為自己的應對不妥，給所有人惹來一條來勢洶洶的過江龍。

於是小心斟酌一番措辭後，他放下手中那只冰裂紋的水潤茶盞，緩緩道：「陳小姐，這也是沒法子的事情。依著咱們衙署一位老前輩早年的說法，這座小鎮最早有兩支遠祖不同的陳氏，其中一支很早就舉族遷出小鎮，沒有嫡系後人留在小鎮，只是依稀聽說，這支陳氏，當初搬離小鎮的時候，是專門留了守墓人的，只是太過久遠，那個負責為那支陳氏掃墓上香的姓氏家族已經無法考據。至於另外那支陳氏呢，很久之前也在大姓之列，名次還很靠前，只可惜世事無常，裡裡外外折騰了幾次，就逐漸沒落了。尤其是近幾百年，就像陳小姐妳所說的，確實是一代不如一代，這會兒已經沒有自立門戶的陳氏人了……不對，我想起來了，還真剩下一根獨苗，應該是現如今小鎮所有陳氏子弟當中，唯一一個沒有依附四姓十族的。那孩子他爹，燒瓷手藝精湛，還受到過前兩任督造官大人的嘉獎，所以我才記得清楚。只是他死得早，如今他孩子過得如何，我可就不知道了。不過話說回來，就只說我看到的、聽到的，小鎮這邊對陳氏後人總體上都還算不錯，尤其是宋、趙兩大姓，府上大管事都姓陳，名義上是主僕，其實跟一家人差不多了。」一口氣說完這些陳芝麻爛穀子的舊事，老管事轉身拿起茶盞喝了口茶水。

陳對笑著點頭道：「薛管事是明白人，難怪衙署上下運轉自如。」

老管事笑顏逐開道：「陳小姐謬讚了，像我們這種人，只是知道自己的那點斤兩，所以唯有盡心盡力而已。勞碌命，勞碌命罷了。」

陳對一笑置之，轉移視線，望向正襟危坐的陳松風，冷聲道：「實在不行，就把箱子翻個底朝天，從最下邊那些籍書看起。薛管事剛才的話，你沒聽到嗎？小鎮千年以來，檔案籍書只與其中一支陳氏有關。如果我沒有記錯，小鎮這一支陳氏，與你們龍尾郡陳氏可算同一個遠祖。怎麼，翻來覆去，一本本族譜從頭到尾，那些個名字不是奴僕就是丫鬟，好玩嗎？」

陳松風額頭滲出細密的汗水，嘴唇微白，竟是不敢反駁一個字，連忙從椅子上起身，去彎腰翻箱子搬書。衙署老管事立即繃直腰杆後背，再無半點忙裡偷閒的輕鬆意味。

劉灞橋實在看不下去，陳松風性子綿軟不假，可好歹是龍尾郡陳氏的未來家主，不管妳陳對什麼來歷背景，是不是同宗同族，至少也應該給予必要的尊重，所以劉灞橋沉聲道：「陳對，我沒有眼瞎的話，應該看得出陳松風現在是給妳幫忙，妳就算不領情，也別說話這麼難聽！」

陳松風趕緊抬頭對劉灞橋使眼色，後者睜大眼睛瞪回去：「連皇帝也有幾個窮親戚，怎麼，有人例外啊？好，就算某人例外，就能看不起人啊？」

直來直去，這就是風雷園劉灞橋的本性本心。

陳松風滿臉苦澀。

老管事低下頭喝茶，視而不見，聽而不聞。

陳對愣了一下，微笑道：「有道理。」

這下子輪到劉灞橋有些不適了。

陳對把手中籍書放在桌上，打算出門透透氣，薛管事當然要盡到地主之誼，只不過被這個陳氏女子婉言謝絕了。

陳對走出衙署偏廳，站在走廊裡往遠處望去。

衙署大堂外有個占地不小的廣場，有一座牌坊正對著大門，寫著一個大大的古體字，山嶽的「嶽」，上「山」下「獄」。這並不罕見，每一個世俗王朝和邦國都按律，在轄境內敕封五座山為五嶽，東南西北中，山門必然會有開國皇帝御筆親題的兩個字，那個榜書嶽字必然是以古體寫就。後世文人騷客和修士仙師，對此解釋有千百種，至於真正的緣由，恐怕早已湮滅在歷史的塵埃中了。

陳對看到一大一小兩個背影，坐在牌坊的白石臺階上竊竊私語。她猶豫了一下，緩緩行去。為了不落下一個偷聽的嫌疑，陳對在走上兩人身後臺階的時候，故意輕輕咳嗽一聲，不承想兩人一個說得起勁，一個聽得認真，彷彿對陳對的出現渾然不覺。

陳對對此也不以為意，她大大方方坐在臺階的最遠處，她雖然閒散，隨意而坐，但是坐姿無形中散發出來的韻味，仍然給人一種端莊的感覺。

一大一小，用的是東寶瓶洲的正統雅言官話，陳對聽得懂，否則她也不會來到這座小鎮。不過雅言她說起來比較生澀，所以與陳松風、劉灞橋一路行來，就很沉默寡言。當然，她不想說話的主要理由，還是覺得跟陳松風、劉灞橋說不到一塊去，遂不願意開口。

劉灞橋表面上玩世不恭，但骨子裡專注於劍道，看似有趣，其實乏味；陳松風則一心想要重振家風，看似質樸，其實多思。兩個所謂的東寶瓶洲頂尖俊彥都跟她不是一路人，道不同、不相為謀，就是如此。

少年瞥了眼約莫比自己大十歲的女子，印象實在一般。

陳對安安靜靜坐在那裡，沒有開口說話的跡象。不過之前驚鴻一瞥，發現小女孩捧著一只光澤晶瑩的翠綠葫蘆，陳對眼光何其老辣，一看就知道不是俗物。

衣衫富貴的少年和瓷娃娃似的精緻小女孩，正是泥瓶巷宋集薪和正陽山陶紫。

宋集薪之前和宋長鏡去李宅慰問，一眼看到小丫頭陶紫就喜歡上了，因為他從小就喜歡精緻華美的事物，粗獷質樸之物則不入其法眼。陶紫跟宋集薪也很有眼緣，兩人莫名其妙就成了好朋友，關鍵是年齡懸殊，還能聊到一塊去。宋集薪甚至都沒覺得自己敷衍應酬，以至於他最後請求叔叔宋長鏡強行讓李家放行，帶著陶紫來督造官衙署這邊玩耍。宋集薪不管李家人如喪考妣的淒慘模樣，牽著陶紫的手就離開了李宅大門。與此同時，讓人捎話給小宅裡的婢女稚圭，讓她找出箱子裡的翠綠葫蘆，送給陶紫當見面禮。

陶紫跟宋集薪親暱得很，撒嬌問道：「搬柴哥哥，你剛說到了十二腳牌坊裡的學宮書院坊，我來這裡之前，聽爺爺跟人聊天的時候說起，你們大驪的那座山崖書院，如今混得很慘啊，你知道他們山崖書院的牌坊上寫了啥嗎？」

因為宋集薪名字裡的後兩個字，陶紫給他取了個「搬柴哥哥」的綽號，宋集薪對此無所謂，此時不再關心那個外鄉女子陳對的去留，低頭對陶紫笑道：「不知道啊，我這輩子還沒走出過小鎮子，書讀得也不多，跟妳聊了這麼久，肚子裡差不多已經掏空啦。」

陶紫嘆了口氣：「不知道猿爺爺在外邊找人找得怎麼樣了。」

宋集薪笑了笑，低頭拍了拍錦袍下擺，那一刻，眼神複雜。

遠處陳對突然柔聲問道：「小姑娘，妳這只葫蘆會不會在某些時候，自己發出聲響？」

陶紫轉過頭，雙手高高舉起葫蘆，笑得瞇起眼，炫耀道：「是搬柴哥哥送給我的喲。」

答非所問，陳對只得一笑置之。

宋集薪隨口說道：「每逢雷雨天氣，會嗡嗡作響。」

陳對點頭道：「果然是養劍葫。」

宋集薪有些疑惑，正陽山陶紫爭先恐後道：「我知道我知道，我們家就有三只養劍葫。我爺爺有一只，灰不溜秋的，醜死了。太白峰劉爺爺的那只最可愛，小小的，巴掌大小，嗖嗖嗖，會飛出幾十把小飛劍。蘇姐姐那只不大不小，紫金顏色，可惜蘇姐姐平時不太願意拿出來，我求了好多次才摸了摸，蘇姐姐很快就藏起來啦。」

陳對解釋道：「小丫頭，妳可不好埋怨妳家蘇姐姐，紫金養劍葫，在養劍葫裡十分稀少罕見，可以排入前三名，估計整座東寶瓶洲，也就她手上那麼一只，而且紫金葫蘆相比其他養劍葫，雖然養劍極優，但缺點是太脆，很容易被利器磕破。」

陶紫重新抱住翠綠葫蘆：「那我這只呢？」

陳對笑了：「也很珍貴就是了。」

陶紫扯了扯宋集薪的袖子，怯生生道：「搬柴哥哥，你要收回去嗎？」

宋集薪揉了揉陶紫的腦袋，滿是寵溺眼神，哈哈笑道：「別說是這只小葫蘆，就算我手上還有，也願意一併送給妳。」

陳對想起一樁趣事，說道：「相傳歷史上，天材地寶樓有一次舉辦拍賣會，最後壓軸之物，正是一棵從未出現過的養劍葫蘆藤，上邊結有六個小葫蘆果子。據說是道祖成仙之前，親自在咱們這座天下種下的幼苗，不知道過了幾千年，才結出那一串小葫蘆，大小不一，顏色各異，十分神奇。」

宋集薪由衷感慨道：「大千世界，無奇不有。」

荒郊野嶺的邊緣地帶，一柄飛劍老老實實懸停在空中，如家教良好的小家碧玉，見著了自家制定家法的長輩，只能眉眼低斂，乖乖束手而立。

飛劍身邊站著一個風塵僕僕的中年儒士，儒士雙鬢霜白更勝，若是趙繇、宋集薪兩個讀書種子在場，就會發現短短一旬時光，這個學塾先生的白髮已經多了許多。

飛劍劍尖所指，則是沉默不言的正陽山搬山猿。

搬山猿渾身上下隱隱散發出一種一言不合就要分生死的暴躁氣勢。

搬山猿終於忍不住沉聲問道：「方才為何真武山的人去得，我就去不得？齊先生你是不是也太勢利眼了？」這種當面質問，可謂極其不客氣，但是搬山猿仍然沒有覺得有絲毫不妥。

真武山雖然是東寶瓶洲的兵家聖地，可向來一盤散沙，宗門意識並不強，身負大神通的修士武夫，更多像是在真武山掛個名而已。真武山的規矩，又是出了名的大而空，談不上約束力，何來的凝聚力？

滿臉疲倦的齊靜春先對飛劍說道：「去吧，你家主人已經無事了。」

那柄飛劍如獲大赦，劍身歡快一跳，掉轉劍頭，一掠而去。

搬山猿自以為猜出事情緣由，怒氣更盛：「那少女果然是你齊先生挑中的晚輩。若是齊先生早就對劉氏劍經心動，大可以與我明言！只要不落入風雷園之手，被齊先生你的不記名弟子拿去，便拿去了。可是齊先生你偏偏如此藏藏掖掖，怎麼，既想著當婊子，又想要立貞節牌坊？好處由你齊靜春偷偷拿走，惡名卻要我正陽山來背？」

若說之前指責質問是生氣使然，所以口不擇言，那麼現在搬山猿這番辱人至極的言語，無疑是撕破臉皮的意思。

齊靜春臉色如常，緩緩道：「我齊靜春，作為負責看管此地風水氣運一甲子的儒家門生，有些話還是應該與你解釋一下。首先，我與那少女並無瓜葛淵源，只是見她天資極好，『氣沖斗牛』四字匾額，蘊含著東寶瓶洲一部分劍道氣數，當少女站在匾額下的時候，四字便主動與她生出了感應，可惜少女當時佩劍材質，不足以支撐起四字氣運，我便順水推舟地摘下其中兩字，放入她劍中，我與這個少女的關係，到此為止。並非你所揣測的那般，是我選中的不記名弟子。」

齊靜春自嘲笑道：「若是真捨得臉皮去監守自盜，作為一家之主，往自己懷裡摟東西，外人豈能察覺到絲毫？一部夢中殺人的劍經罷了，需要我齊靜春謀劃將近一甲子，才動手謀奪嗎？」

搬山猿作為正陽山的頂層角色，見識過太多伏線千里的陰謀詭計，更領教過許多道貌岸然的高人、仙人厲害手腕，哪肯輕易相信先前齊靜春的說辭，不過比起先前的言辭激烈，平緩許多，只是冷笑道：「哦？那是我以小人之心度君子之腹嘍？」

齊靜春看了眼搬山猿：「我之所以來此攔你一攔，而對真武山之人放行，其實道理很簡單，很多人笑稱真武山有『兩真』，真君子和真小人，故而這個兵家劍修與我說了什麼，我便可以信他什麼。而你不一樣，你重傷劉羨陽，壞其大道前程，卻故意留其性命，以防自己被我過早驅逐出境，你這種人……」說到這裡，齊靜春笑了笑：「哦，差點忘了，你不是人。」

搬山猿瞇起雙眼，雙拳緊握，關節咯吱作響。

如果是死敵風雷園，或是看不慣正陽山的修士，對他這隻護山猿進行冷嘲熱諷，拿「不是人」這個說法來嘴上占便宜，活了千年的搬山猿根本不介意。但是眼前這個中年儒士，以平淡溫和的語氣說出口，搬山猿卻莫名其妙感到了莫大羞辱。

齊靜春對於搬山猿的暴怒，渾然不覺，繼續說道：「攔下你，是為正陽山好。當初少女差點就要祭出她的本命之物，你來自正陽山，跟劍氣、劍意打了一千年的交道，難道感受不到那股壓力？」

「小女娃娃那會兒不過是垂死掙扎，那一點道法神通，齊先生也好意思拿來嚇唬人？」老猿哈哈大笑，故作恍然大悟道，「之前有人說齊靜春你的那位恩師晚節不保，神像一次次位置下降，最後被搬出文廟不說，還給人砸得稀巴爛。我當時還不信來著，心想堂堂儒教文廟第四聖，便是萬一真有機會見著了傳說中的道祖佛陀，也是勉強能夠說上幾句話的讀書人，只是現在看來，從你恩師到你齊靜春的這條儒家文脈傳了不過兩代，就要斷絕！君子之澤五世而斬，是誰說的？為何偏偏你這支文脈如此不濟事。難不成你恩師，確實如某些書院所傳那般，哪裡是什麼繼往開來的儒家聖賢，根本就是一個千年未有的大騙子？」

齊靜春雖然微微皺眉，但始終安靜聽完搬山猿的言語，從頭到尾，不置一詞。

老猿放肆大笑，一腳踏出，伸出手指，指向那個被人痛打落水狗的讀書人，獰笑道：「齊靜春，你們儒家不是最恪守禮儀嗎？我就站在這規矩之內，你能奈我何！」

齊靜春轉頭望向小鎮那邊，輕輕嘆息一聲，重新望向這隻搬山猿，問道：「說完了？」

搬山猿愣了愣，從頭到腳打量了齊靜春一番，收起手指，齜牙道：「沒勁，泥菩薩也有火氣，不承想讀書人脾氣更好，罵也不還口，不曉得是不是打不還手？」

齊靜春微笑道：「你可以試試看。」

搬山猿似有心動，不過總算沒有出手。

搬山猿問道：「齊靜春，你一定要攔阻我進去？」

齊靜春答道：「後果之重，一座正陽山承受不起。」

搬山猿沉聲問道：「當真？」

齊靜春沒有故弄玄虛，也沒有一氣之下就給搬山猿讓路，仍是耐著性子，點頭道：「當真。」

搬山猿揉了揉下巴，最後瞥了一眼齊靜春身後的遠處，冷哼道：「算那兩個小傢伙運氣好，轉告他們一句，以後別給我碰上！」

搬山猿轉身大步離去，背對著齊靜春，突然高高抬起一條胳膊，豎起一根大拇指，只是大拇指緩緩掉轉方向，朝下。

齊靜春抬頭看著灰濛濛的天色，天雨將落。

耳畔突然響起來自小鎮那邊的一個嗓音，是那個真武山兵家修士的請求，希望他能夠網開一面，准許他請下真武山供奉的一尊神祇，齊靜春點頭輕聲道：「可。」

當齊靜春說出這個字後，此時若是有人恰好抬頭，就可以看到天穹之頂，驟然出現一點米粒之光，然後一根極其纖細的金線從天而降，轉瞬之間落在小鎮內。

「齊先生？」齊靜春背後響起一個少年的喊聲。

齊靜春轉身望去，一對少年、少女快步跑向自己。

看到那個一襲墨綠長袍的外鄉少女寧姚，齊靜春有些唏噓感慨，當初讀書種子趙繇對其一見鍾情，他就點撥過一句話，將寧姚形容成無鞘的劍，最傷旁人心神。少年趙繇到底不知情為何物，不理解這句話的深意，仍是深陷其中。齊靜春不便一語道破天機，不好說寧姚一顆問道之心，最是無情。此無情，絕非貶義，而是再大不過的褒義。世間情愛，男女之情，到底只是其中一種。

山下世俗市井當中，興許此情可以感人肺腑，可以讓癡男怨女不惜生死相許，但是在山上修行，要複雜得多。

齊靜春看到陳平安後，笑容就要自然許多，溫聲打趣道：「接連幾場架，打得驚天地、泣鬼神了。」

陳平安有些難為情。

齊靜春開門見山道：「跟你說兩件事情，一件事是正陽山的搬山猿撤退了，很快就要離開小鎮。」

陳平安沒有任何猶豫，直截了當問道：「老猿從小鎮東門走？」

齊靜春伸出手掌輕輕下壓了兩下，笑道：「先聽我把話說完，劉羨陽活下來了。」

陳平安身體緊繃，小心翼翼問道：「齊先生，劉羨陽是不是不會死了？」

齊靜春點頭道：「有人出手相助，劉羨陽性命無憂，毋庸置疑，不過壞消息是他身體遭受重創，以後未必能夠像以前那樣行動自如。」

陳平安咧嘴一笑。

這些天陳平安的心神，就像一張弓弦始終被拉伸到滿月狀態，一刻也沒有得到舒緩，在聽到劉羨陽活過來之後，突然一鬆，整個人就後仰倒去，澈底昏死過去了。

寧姚趕緊抱住陳平安。

齊靜春解釋道：「陳平安先前被雲霞山蔡金簡一指開竅，強行打爛心神門戶，其實精氣神一直在流散外泄，結果劉羨陽剛好在這個時候出事，他就只好拚了命激發潛力，這就是所謂的破罐子破摔了。他原本能剩下半年壽命，如今估計最多也就一旬吧。」

這意味著陳平安從泥瓶巷開始，到小鎮屋頂，再到深山小溪，最後到這荒郊野嶺，每次奔跑，都在大幅度持續減壽，而陳平安對此心知肚明。

寧姚問道：「齊先生你只需要告訴我，怎麼救陳平安！」

齊靜春心中嘆息，這正是道心的玄妙之處。寧姚並非對陳平安沒有情感，否則也不會並肩作戰到這一步。

正常人聽聞噩耗後，必然會有一個驚慌、悲傷、同情的過程，快慢、長短、深淺不同而已，但是寧姚絲毫也沒有，她一下子就跳到自己最想要的「結果」——我該如何救人。

世間修行，修力可見，步步為營，只需要往上走，差異只是每一步的步子各有大小。修心則縹緲，四面八方，處處是路，彷彿條條道路都能證得大道，但又好像條條道路都是旁門左道，誰也給不了指點。在修心一事上，身懷道心之人，可一步登天，所以寧姚可以大大方方、眼神清澈地望著陳平安，直截了當問他是不是喜歡自己。

齊靜春想起了那個頭頂蓮花冠的年輕道士陸沉，心情越發凝重。

寧姚蹲下身，動作輕柔地把陳平安背在身上，問道：「齊先生你倒是說啊。不過事先說好，我覺得楊家鋪子的老掌櫃，救死扶傷的本事很不咋的，倒是陳平安認識一個鋪子裡的老人，挺厲害的。」

齊靜春看著滿臉認真的寧姚，問了一個奇怪的問題：「世間何事，最為逆天而行、逆流而上？」

寧姚想也不想，大聲道：「一人一劍殺光妖族！」

齊靜春哭笑不得，有些無奈道：「是修行。」

寧姚仔細一想：「其實是一樣的。」

齊靜春指向兩人之前所處的位置，又點了另外一處：「劍爐可滋養體魄，千秋可壯大神魂，只不過對於陳平安來說，至多是勉強維持一個平衡，運氣好，說不定小有盈餘。所以等他醒來後，幫我告訴他，以後練拳，哪怕不追求其他，只為活命，也一定要下苦功夫。」

寧姚鬆了口氣，其實她比陳平安好不到哪裡去，只是底子要好太多，才不至於昏厥過去：「齊先生，那現在我是帶著陳平安去泥瓶巷養傷，還是先去劉羨陽那邊看看情況？」

齊靜春笑道：「如今已經都可以了。」

寧姚想了想：「我背後這傢伙，肯定希望睜開第一眼，就能看到劉羨陽，所以我去阮師那邊好了。」

齊靜春點頭道：「我陪你們走一段路程。」

兩人並肩而行。

春風拂面，讀書人雙手負後，寧姚背著陳平安。

寧姚走著走著，突然問道：「齊先生，作為這座小洞天的主人，你有沒有因為近水樓臺，收取幾個天賦好的弟子？」

齊靜春笑著搖頭：「沒有，只收了個不算弟子的書童。以前是為了避嫌，現在回頭來看，確實錯過了幾個好苗子。」

寧姚又問：「齊先生，你在這裡，是不是什麼事情都知道？」

齊靜春笑道：「只要是我想知道的，都可以知道，不過未必全是真相。畢竟有些事情，差之毫釐、謬以千里。」

有句話，齊靜春沒有說，從離開小鎮起，他就失去了那份「心鏡照徹天地」的神通。因為有人取走了那塊鎮圭，那是儒家亞聖之一留在小鎮的信物，也是大陣樞紐之一。

寧姚猶豫了一下，仍是忍不住問道：「齊先生，你如今是啥境界，有沒有躋身上五境啊？還有，先生你坐鎮這方天地，真的能夠天下無敵嗎？當然，先生如果覺得不方便，可以不回答，我就隨便問問。」

齊靜春果然不回答，寧姚翻了個白眼，不再說話。

齊靜春有意無意放慢腳步，轉頭望去。

陳平安眨了眨眼，齊靜春也眨眨眼。

齊靜春會心一笑，不露聲色地悄悄加快腳步。君子有成人之美。

一起走出很遠後，齊靜春停下腳步，笑道：「我就不送了。」

站在原地，滿鬢霜白的他，望著漸行漸遠的身影，沉默不言。

齊靜春走出一步，瞬間來到那塊斬龍臺附近。

儒家聖人，皆有一個本命之字，獨占魁首。

世間任你是誰，只要寫到、用到、念到此字，便能夠為那位儒家聖人增加一絲道行修為，積少成多，滴水穿石。

齊靜春是個例外。不是一字沒有，而是有兩個。且字之意味極其悠長，境界極其深遠。

靜，靜心得意。

春，天下迎春。

所以他才會被貶謫到這方小天地，與外邊大天地完全隔絕。

雖然齊靜春不過是儒家三學宮七十二書院的書院山主之一，但是他確實不能以常理待之。這個面對正陽山搬山猿屢屢挑釁、羞辱卻沒有任何反應的窩囊讀書人，閉上眼睛，默想「靜」字第三筆，然後伸出併攏的雙指，在空中輕輕往下一劃。

那塊堅不可摧的斬龍臺，瞬間被對半切割成兩塊。

齊靜春一揮袖，兩塊齊整大石，一塊落在阮邛的鐵匠鋪子，另一塊則出現在泥瓶巷一棟小宅裡。

做完這一切，齊靜春陷入了沉思，如圍棋國手陷入長考。先是站在細密雨幕當中，最後已是大雨滂沱，電閃雷鳴，他也未回過神來。

一直被小鎮百姓喊作先生的齊靜春，在想自己的先生。

杏花巷馬家祖宅，逛遍小鎮的金甲神人走回院子，奇怪的是這麼大一尊真神，行走四方，竟然無人察覺。

少年馬苦玄蹲在門外臺階上，看到這尊金甲神人後，滿臉希冀神色。

真武山兵家修士問道：「如何？」

神人一身金色甲冑，寶相莊嚴，只見其嘴唇微動，馬苦玄卻聽不見任何聲音，便火急火燎地望向屋內的劍修，後者嘆氣道：「他說你奶奶生前造孽太多，死前三魂七魄就已經同身軀一般，如風燭殘年，所以你奶奶死後，是命魂同時腐朽。小鎮此處又異於別處，天生抗拒鬼魅陰物，所以他並未找到你奶奶的殘餘魂魄。」

馬苦玄臉色猙獰，仰起頭對著那尊神將咆哮道：「我不管你用什麼法子，快去給我把奶奶的魂魄找回來！」

真武山劍修臉色劇變，生怕馬苦玄惹惱了這尊姓殷的真神，正要出聲阻攔馬苦玄，金甲神人不知為何，竟然以東寶瓶洲正統官話開口說道：「非不為，實不能也。」說完這句話後，籠罩在金光之內的威武神將望向屋內的真武山劍修，後者深吸一口氣，雙手做捧香狀，對著院中神將拜了三拜。

每拜一次，就有一股如髮絲粗細的淡金色氣息，從真武山劍修泥丸穴中飄出，然後被金甲神人輕輕吸入鼻中。三次過後，神人拔地而起，化作一道璀璨光柱離開此方天地。

真武山劍修臉色慘白，搬了把椅子坐下，輕輕吐出一口濁氣，這便是市井俗語「請神容易、送神難」的真正緣由。

馬苦玄臉色冷漠地收回視線後，轉身走入屋內，坐在那具冰冷屍體旁邊，伸手抓住馬婆婆的乾枯手掌，死死盯著她那張臉龐，長久不說話。

負劍男人摘下腰間那枚虎符，色澤比起之前已經略顯黯淡，緩緩收入袖中。

負劍男人休息片刻，起身後，沒有走到馬苦玄身邊，而是坐在門檻上，背對著他，緩緩道：「你奶奶應該是在門口，被人搧了一耳光，力氣極大，整個人被飛摔入屋內致死。接下來有些話，可能你不愛聽，但是你至少應該知道實情。出手之人多半是錬氣士，出手不知輕重，加上你奶奶身子骨並不結實，所以就死了。既然是錬氣士出手，那麼多半與泥瓶巷陳平安和那個外鄉少女有關，或是先前在廊橋那邊，被你故意壞了水觀心境的年輕女子為了報復出手。前者可能性很小，後者可能性極大，所以，你去亂葬崗那邊殺陳平安，是出於對你奶奶的孝順，去了卻因果，但是你絕對沒有想到，你這一出門，剛好就有人登門尋釁。」

馬苦玄顫顫巍巍伸出一隻手，用手背輕輕貼著奶奶的臉頰，奶奶的臉頰高高腫起，已經呈現出烏青色。

他輕聲道：「所以是我害死了我奶奶，對吧？」

負劍男子道：「按照世俗眼光來看，是也不是。若是按照……」

馬苦玄不願再聽此人說話，站起身獰笑道：「屠城滅國做不得，濫殺無辜做不得，這些事情做不得，那些事情做不得！那麼報仇殺人，到底做不做得？」不等男子給出答案，馬苦玄繼續道：「如果連這也做不得，那我當兵家修士有什麼用？我為何不乾脆當個隨心所欲的大魔頭？為何當時不答應那對道士、道姑，去那什麼宗？」

男人猶豫片刻，說道：「只要你自己能夠承受所有後果，就行。就像今天這樣。」

還有，其實有些話我之前可能沒有說透澈，例如殺人，其實每個人都各自有一條線，你能殺多少人，我能殺多少人，絕對是不一樣的。不只是因為我比你實力強、境界高，一個人的心性也是很重要的。可能我殺了一百人，全是該殺之人，而你只殺了兩、三個，便有不該殺之人。」

馬苦玄突然嗤笑道：「殺不殺人，如何殺人，我問你作甚，難不成還需要你幫忙不成！差點忘了，我現在還不是正式的真武山弟子！」他低頭看了眼奶奶的面容，然後轉頭對正堂八仙桌那邊怒吼道：「滾去帶路！」

一隻黑貓從八仙桌底下飛快躥出，馬苦玄跟隨著牠一起奔向屋外。

男人不以為意。要知道男人所在的國家，一百五十年前陷入動亂，山河破碎，戰亂頻仍，慘絕人寰的程度冠絕東寶瓶洲。原本一千萬戶人，等到新王朝結束那場浩劫，僅剩八十萬戶不到。以至於最後許多年紀不大的稚童，覺得天底下所有的人死後都是不需要收殮下葬的，男人就是這些孩子裡的一個。

男人緩緩起身，相比提醒馬苦玄那個凶手已經被趕出小鎮，他更想去阮師那邊詢問一個問題。為何佛家在東寶瓶洲已經式微千年，只有一些小國才會將其奉為國師，在這座小鎮之上，也是勢力最弱，可是因果循環，卻如此明顯。

這個兵家劍修遠遠跟在馬苦玄身後。不過哪怕馬苦玄當下已經是真武山弟子，男人也不會過多插手馬苦玄的私人恩怨。

沙場之上同生共死，修行路上生死自負。當然，事無絕對。就像馬苦玄之前差點死於陳平安之手，男人就出手救下了馬苦玄。原因有兩個：一個是內心深處不希望馬苦玄這樣的天才，過早夭折，希望馬苦玄能夠在真武山砥礪一番，無論是天賦還是性情，都更上一層樓，希望他能夠成為兵家代表人物之一，在接下來的大爭亂世之中，大放異彩。另一個是齊先生主動開口，說馬苦玄和陳平安兩個少年，分出勝負就行了，切莫分出生死。當時他以為齊先生是擔憂陳平安會斃命，事後才發現根本不是那麼一回事。

男人遠遠跟在馬苦玄身後，發現馬苦玄在經歷過初期的熱血上頭後，腳步越來越慢，越來越輕鬆自如，最後就像是尋常少年在逛街。那隻黑貓從一處屋頂跳到馬苦玄肩頭，再跳到地上，轉頭之後，飛奔離開，似乎是在告訴馬苦玄已經找到目標。在這之後，馬苦玄開始慢跑，再一次變了氣質。

春雨細微，不過是讓街上行人腳步匆匆，遠未到簷下躲雨的地步。

一對衣衫華貴的年輕男女正從騎龍巷走向大街，似乎各有機緣，滿臉喜慶，只是一個少年教會了他們何謂福禍相依。

少年從兩人身後五十餘步處開始奔跑，二十步的時候大聲喊了一聲「喂」，等到那個年輕男人轉頭望來，看到的是馬苦玄毫不留力的迅猛一拳。

當頭一拳，年輕男子整個人飛出去，重重摔在街上後，身體微微抽搐，沒有半點掙扎起身的跡象。一拳之後，雙腳落地的馬苦玄，剛好與年輕女子並肩而立。

馬苦玄身形一擰，左手閃電般揮向女子脖頸，比他個頭還要高出半個腦袋的修行女子，砰然一聲，就被馬苦玄這一臂砸得撲倒在地，女子腦袋轟然撞在泥濘地面上。

馬苦玄伸出一隻腳踩在女子額頭上，凝視著那張暈乎乎的臉龐，彎腰低頭，用雅言官話說道：「我知道凶手不在小鎮了，但是沒有關係，我自己可以查。」

容顏極好的年輕女子，眼眶裡滿是血絲，鼻子、耳朵也都滲出了血絲，滿臉驚恐地望向居高臨下的馬苦玄。

馬苦玄臉色猙獰：「我馬苦玄壞了妳的修道心境，妳之後報復，就算把我亂刀剁死，我認命便是，絕不怨恨妳。甚至哪怕妳報仇不成，我心情好的話，還會放過妳，願意陪妳多玩幾次。在我看來，世道就該是這麼清清爽爽的。」

女子估計是自家宗門的天之驕子，哪裡見識過這種場面，嚇得梨花帶雨，估計連凶神惡煞的馬苦玄說了什麼都記不清，只是求饒道：「放過我，求你放過我，你奶奶不是我殺的，我一點都不知情啊……」

馬苦玄逐漸加重腳底板的力道，把女子腦袋一側緩緩壓入泥濘當中：「知道我最恨妳們什麼嗎？是造孽之後，還能這麼不當回事！半點愧疚也沒有，半點也沒有啊……」馬苦玄言語帶著哭腔，眼神中帶著刻骨的恨意。

那女子艱難伸手，抱住馬苦玄的腳踝，眼中滿是哀憐乞求之色：「放過我，我爺爺是海潮鐵騎的統帥，我是他最疼愛的孫女，我可以賠償你，你想要什麼，我都可以答應……」

馬苦玄皮笑肉不笑道：「哦？這麼巧，我是我奶奶馬蘭花的孫子！」

馬苦玄突然抬起腳些許，然後鞋底板在女子精緻臉頰上擦了擦：「海潮鐵騎是吧？等著，我陪你們慢慢玩。」

馬苦玄收起腳，分別扭頭看了左、右兩個方向，左手邊，真武山男子站在遠處，負劍而立；右手邊，有一個撐著油紙傘的儒雅公子哥站在倒地不起的可憐蟲身邊，望向馬苦玄。

馬苦玄的直覺告訴自己，那個撐傘的傢伙，其實就是在等自己殺了腳邊的女子。

馬苦玄突然蹲下身，那個女子試圖逃避，卻被渾身濕漉漉的馬苦玄一把按住脖子。

女子不敢動彈之後，馬苦玄鬆開手，用手掌一下一下拍打著女子的臉頰，笑道：「記住嘍，我叫馬苦玄，以後我一定會去找妳的。還有那個不在小鎮的傢伙，妳一定要好好感謝他，要不然我們關係也不會這麼好。」

馬苦玄最後吐了一口唾沫在女子臉上。

馬苦玄起身走向真武山男子，低聲問道：「那人是誰？」

劍修淡然道：「是儒家七十二書院之一、觀湖書院的未來山主，叫崔明皇，身世顯赫。這次是來取回壓勝之物的，城府很深，以後要小心，如果沒有意外，你已經被他盯上了。」

馬苦玄皺眉道：「這個人，跟學塾齊先生給人的感覺，很不一樣。」

劍修啞然失笑道：「你以為有幾個讀書人能夠像齊先生這般，恪守本心？」劍修猶豫了一下，還是解釋道：「外界都傳齊先生在他恩師敗落之後，境界跌落，心境破碎，所以才答應被貶謫到這方小天地，雖然時時刻刻要承受天道威壓的侵蝕，可是能夠為所欲為。我看啊，未必。」

馬苦玄對這些不感興趣，轉頭望去，看到崔明皇蹲在女子身邊，應該是在好言安慰。

馬苦玄收回視線，與負劍男子並肩而行，他腳步沉重，返回杏花巷。

劍修開口說道：「你身體受傷不輕，千萬別留下暗疾，否則會妨礙以後修行。」

馬苦玄伸手抹去滿臉雨水，突然問道：「我們這座小鎮，對那些外人來說算什麼？」

劍修回答道：「就像小鎮外的那條小溪吧，魚龍混雜，有不過膝蓋的淺水灘，也有深不見底的深水潭。」

馬苦玄問道：「以前外鄉人來此歷練尋寶，淹死過人嗎？」

劍修笑了笑，搖頭道：「以前幾乎不會，多是和氣生財，皆大歡喜。這一次是例外。」

楊家鋪子，有個英氣少女背著少年快步跨過門檻，對一個中年店夥計問道：「楊老先生在不在？」

那人眼見寧姚氣度不凡，不敢怠慢，點頭道：「在後院剛收拾完藥材，你們有事？」

寧姚點頭沉聲道：「我們跟楊老先生熟悉，要跟他求一服藥。」

夥計猶豫片刻，沒有糾纏，領著他們來到後院正屋，一個老人正在用老煙杆子輕輕磕著桌面，屋子角落遠遠站著一個邋遢漢子，正是小鎮東邊的看門人、光棍鄭大風。

可能是一物降一物，鄭大風碰到了楊老頭，便是大氣不敢喘的模樣，再無平時油滑無賴的欠打德行。

楊老頭揮了揮煙杆，鄭大風趕緊溜出屋子，帶著店夥計一起離開。

楊老頭望著寧姚背後的熟悉少年陳平安，陳平安此時嘴唇發白，渾身顫抖，雙手幾乎是拚死環住寧姚的脖子。

楊老頭不緊不慢地站起身，一手負後，一手持煙杆，來到寧姚身前，與陳平安對視，沙啞道：「與你說過多少次了，越是命賤福薄，就越要惜命惜福。怎麼，稍稍遇到一些挫折就要死要活，那你當初怎麼不跟著你娘親一起走，豈不是更省事一些？你姚師傅是對的，他生前總念叨三歲看老、三歲看老，你是個活不長久的，哪怕教了你好手藝、真功夫也是浪費，一樣要早早丟到土裡去。」

寧姚目瞪口呆，在她印象中，楊老頭應該是一個慈眉善目的老人，成天笑咪咪的，誰承想是這麼個尖酸刻薄的老頭子。

楊老頭譏諷道：「是不是很疼？」

陳平安微微點頭，早已說不出話來。

在寧姚後背醒來時，大概是藥效退去，疼痛就已經開始發作，只是陳平安覺得可以撐一撐，等到寧姚背著他到廊橋附近時，他知道無論如何也撐不下去了，於是寧姚甚至顧不得取回溪邊道路上的那柄刀，就趕緊背著他趕往楊家鋪子。

楊老頭笑呵呵道：「疼啊，那就乖乖受著。」然後楊老頭瞥了一眼寧姚，沒好氣道：「讓他自己坐在長凳上！」楊老頭隨即嘀咕道：「給個小娘們背著，也不嫌砢磣。」

寧姚強忍住怒氣，小心翼翼地讓陳平安坐在長凳上，只是她剛一放手，陳平安就搖搖欲墜。

寧姚剛要伸手攙扶，陳平安雖然口不能言，仍是用眼神示意不用她幫忙。

楊老頭抽了一口自製旱煙，看著陳平安的身體和氣象，嘖嘖道：「真是個名副其實的破落戶了。好嘛，問心無愧倒是問心無愧了。」

楊老頭對陳平安的刺骨疼痛根本無動於衷：「劉羨陽是什麼好命，你是什麼賤命，這麼多年心裡就沒個數？他死一次，差不多都夠你死十次了，知道不？」

寧姚實在受不了楊老頭陰陽怪氣的言語，沉聲道：「楊老先生，能不能先幫陳平安止痛？」

楊老頭身形佝僂，轉頭斜眼看著寧姚，雲淡風輕問道：「妳男人啊？」

寧姚怒目相向。楊老頭不再理睬寧姚，轉回頭，看著陳平安。

楊老頭自顧自陷入沉思，最後撇撇嘴，嘆了口氣，用老煙杆在陳平安肩頭一點，手臂和腿上各點了兩下。剎那之間，陳平安以側臥之姿，手肘抵住腦袋，臥在了長凳之上。

楊老頭輕喝道：「睡去！」

陳平安瞬間閉眼睡去，立即鼾聲如雷。

衙署牌坊下。

陳對聊了天南地北許多奇人趣聞逸事，正陽山小女孩陶紫聽得津津有味，嘖嘖道：「姐姐，妳懂得真多。」

陳對微笑道：「等妳長大了，也會知道很多事情。」

宋集薪半真半假道：「平時相處，感覺妳也挺正常一人啊。」

陳對長眉微挑，問道：「你的意思，是說在你們大驪藩王宋長鏡面前，就要低眉順眼，卑躬屈膝？」

宋集薪哈哈大笑，伸手指著陳對：「姑娘妳這說話的路數，要是被咱們小鎮學塾的齊先生聽見了，先生他一定會皺眉頭的。知道嗎，妳這叫非此即彼，很不講道理的，乍一聽好像蠻有道理，其實根本經不起推敲。我真正的意思當然是妳可以不用對宋長鏡諂媚相向，也不應當如此。但是他宋長鏡好歹是大驪最大的一條地頭蛇，還是首屈一指的武道大宗師。妳作為一個外人，入鄉隨俗，對一棟屋子的主人稍稍客氣點，難道不應該嗎？為何非要擺著一張臭臉裝大爺，妳說裝也就裝了，裝完被宋長鏡打得半死，還敢當著他的面放狠話，我真不知道該怎麼說妳好。」最後宋集薪指了指自己，自嘲道：「連我這種嘴賤心腸壞的人也曉得審時度勢，看碟下菜。」

陳對猶豫了一下，說道：「算是同類相斥吧，我也是習武之人，對於你們東寶瓶洲的武夫，實話實說，一直不是特別瞧得起，當然最後證明我是錯的，大錯特錯。」

宋集薪訝異道：「妳倒是夠實在的。」

陳對淡然道：「習武之人，不認拳頭，能認什麼？」

宋集薪突然問了一個尖銳問題：「你們這些來小鎮尋找寶物機緣的外鄉人，好像講的道理跟我們認為的不太一樣。是因為你們拳頭硬？」

陳對搖頭笑道：「根本不用我解釋什麼，以後只要你走出小鎮，很快就會變成我們這樣的人。等你哪天自己踏上修行之路，自然而然就會明白，否則我說破嘴，你也不理解。」

宋集薪感慨道：「變成你們這樣的人，那多沒意思啊。」

陶紫插科打諢道：「那就去我們正陽山玩，可有意思了。」

宋集薪摸了摸她的小腦袋，漫不經心道：「好啊。」

陳對轉頭望去，有些本能的緊張。

只見白袍玉帶的大驪藩王宋長鏡站在牌坊那邊，對宋集薪說道：「回泥瓶巷收拾收拾，準備離開這裡。」

宋集薪笑道：「得嘞，這就要背井離鄉嘍。」

陶紫戀戀不捨，問道：「背井離鄉，是背著一口水井離開家鄉嗎？」

宋集薪哈哈笑著，起身道：「走，先把妳送回李家宅子，這叫有始有終。」

宋集薪牽著陶紫走向衙署大門，轉頭問道：「門外這條福祿街上不會出現刺客吧？」

宋長鏡笑道：「這得問你的鄰居朋友。」

宋集薪撇撇嘴，轉身看了眼天色。烏雲彙聚，有點下雨的跡象，他的心情一下子就變得極差。

把正陽山陶紫送回去後，宋集薪驚訝地發現宋長鏡竟然就站在那棵子孫槐之下，他快步走去，好奇問道：「這麼著急離開？」

宋長鏡點頭道：「臨時收到個消息，外邊有點事情，需要親自去解決，所以直接乘坐馬車去泥瓶巷，收拾完東西就走。」

宋集薪舉目望去，果然衙署門外停著三輛馬車，這應該是他平生第一次坐馬車。

宋集薪彎腰坐入最前邊一輛馬車車廂，宋長鏡緊隨其後，盤腿而坐。

宋集薪環顧四周，空落落的，就只有自己屁股底下的那個草編蒲團，完全沒有想像中的豪奢氣派，更不會給人別有洞天的驚豔。這讓宋集薪有些失望，原本他還很期待看到稚圭登上馬車後的驚訝。

密集的馬蹄在青石板街道上，嗒嗒嗒踩出清脆聲響，三輛馬車先後駛出福祿街。

宋長鏡掀起簾子，望向車窗外的小鎮景象，從今往後，大驪王朝就要澈底失去這座小洞天名義上的掌控權了。不過反過來想，大驪開國以來，正是靠著這座小洞天帶來的巨大收益，才一步一步從偏居一隅的小小割據勢力，變成如今東寶瓶洲北部最大的世俗王朝，沒有之一。

千里河山小洞天，以後恐怕只能在大驪皇宮祕史裡去找了。

宋長鏡收起思緒，隨口問道：「不跟那陳平安道一聲別？」

駛出福祿街後，道路不平，宋集薪身體開始跟隨馬車輕輕搖晃，搖頭道：「那傢伙能不能活下來，還不好說，萬一只等到一具屍體，多噁心。他陳平安沒爹沒娘的，如今連好朋友也死翹翹了，那可不就得由我這個鄰居，來給他處理後事？」

宋長鏡「嗯」了一聲。

宋集薪問道：「那個正陽山的小女孩提到過一個人，叫馬苦玄，是杏花巷的，跟我差不多歲數，好像他開價一袋子供養錢，把陳平安和那少女的藏身之地賣給了正陽山。你知不知道這傢伙到底是什麼來歷？以前我只聽說是個傻子，不承想隱藏得這麼深。」

宋長鏡想了想：「之前潛伏在宋家的刺客，在騎龍巷刺殺過那個大隋皇子，原本已經被找到一點蛛絲馬跡，其中涉及這個名叫馬苦玄的少年。這些年裡，那名刑徒出身的刺客私底下多次和馬苦玄接觸，有可能是師徒關係。如今真武山橫插一腳，只能暫且擱置，畢竟大驪軍伍當中，就有許多真武子弟，而且官位都還不低。」

宋集薪笑道：「叔叔，你也有說『只能』的時候？」

宋長鏡不以為意道：「誰讓本王還有個尾大不掉的身分，狗屁大驪藩王。」

馬車臨近泥瓶巷的時候，宋集薪有意無意道：「陳平安，真的就只是陳平安？」

宋長鏡啞然失笑：「在讓你搬去泥瓶巷之前，衙署早就澈澈底底查過了，陳平安他家祖宗十八代，很清楚的脈絡，沒有任何問題，跟『富貴權勢』四個字不沾邊。怎麼，那個陳對嚇到你了？放心，本王已經大致猜出她的身分了。她那一支陳氏跟陳平安祖上留在小鎮這一支沒有半點淵源，所以放寬心吧，陳平安就只是陳平安。勉強扯得上親戚關係的，是那個陳松風所在的龍尾郡陳氏，但是你想一想，幾百年沒聯繫的親戚，還算親戚嗎？再者，小鎮陳氏這一支，已經落魄到只剩下一個人不是奴僕、丫鬟，窮在鬧市無人問，富在深山有遠親。你好歹讀了些書，連這個道理也不懂？」

宋集薪仍不死心：「那祖宗十八代之前的十八代呢？就沒有出現過一個驚才絕豔的大人物？一個也沒有？」

宋長鏡笑道：「原來你是希望陳平安身世特殊一些？」

宋集薪沒有掩飾自己的心思，點頭道：「如果他跟尋常人不一樣，我心裡也會好受一些。」

宋長鏡越發好奇，打趣道：「那傢伙到底怎麼欺負你了，讓你有如此執念？可是按照我對那少年的瞭解，不像是個……」

宋集薪冷笑著打斷大驪藩王的言語：「小地方的人眼界興許不高，眼窩子會淺，但是絕對不能就覺得他們傻。好也好得赤子之心、純樸善良，壞也會壞得頭頂生瘡、腳底流膿，還有些人，則真的會蠢得無藥可救，甚至是又蠢又壞。」

宋長鏡更加疑惑不解：「那陳平安屬於哪一種？」

宋集薪嘆了口氣，懊惱道：「他哪一種都不算，真是個傻子，所以我才覺得特別憋屈啊。」

寧姚蹲在長凳前，端詳陳平安的熟睡臉龐，內心充滿震撼。此等神通，妙不可言。

陳平安的奇怪睡姿，使得他從頭到腳，流露著一股返璞歸真的意味。雖然說不清、道不明，但是對於一門神通術法的好壞，寧姚天生擁有極其敏銳的直覺。

寧姚轉頭好奇問道：「你才是陳平安修行的領路人？」

楊老頭吧嗒吧嗒抽著旱煙，蹺著二郎腿，望向屋外晦暗雨幕，笑道：「修行？這就算修行了？怎麼，如今外邊天地，又多出一個有資格立教稱祖的傢伙了？才害得世風日下，修行路上的光景，一年不如一年？不至於吧，那幾位可不是吃素的，既然自己已經當了饕餮，就只能在這條不歸路上繼續走下去，決不允許外人來分一杯羹。」

寧姚一頭霧水：「楊老前輩，你在說什麼？」

楊老頭愣了愣：「妳家長輩沒跟妳說過那些老古董的陳年舊帳？」

寧姚搖搖頭：「我祖父那一輩人，走得早，我爹娘又不愛說其他幾座天下的故事，生怕我離家出走。」

楊老頭扭頭望去，仔仔細細打量了一下寧姚，最後冒出一句話來：「那道城牆上，如今刻下多少個字了？」

寧姚老實回答道：「我祖父那一輩，出了很多英雄人物，所以短短百年之內，就新刻了兩個字，如今總計十八字。」

楊老頭唏噓道：「都已經十八個字了啊。道法、浩然、西天六字之後，還多了哪些？」

寧姚沉聲道：「雷池重地四個字，劍氣長存又是四個字，齊、陳、董。」

楊老頭皺眉問道：「小姑娘，還剩下個字，被妳吃啦？」

寧姚沒好氣道：「忘了！」

楊老頭沒有打破砂鍋問到底，換了個問題：「還是老規矩，每斬殺一個飛升境妖族，才有資格在城牆上刻下一字？」

寧姚皺眉道：「你為何如此瞭解我家鄉那邊的情況？」

楊老頭笑道：「很久以前有個外來劍修，有寫遊記的習慣，一路風土人情，都被他寫了下來，最後死在咱們小鎮附近，我就把那本厚厚的遊記拿回來，沒事情的時候翻一翻。」

寧姚懷疑這個說法的真實性。

楊老頭好像後背長了眼睛：「信不信由妳。」

寧姚觀察陳平安的狀態，有點像是道家的坐忘或是佛門的禪定，問道：「他怎麼了？」

楊老頭緩緩道：「小死。」

人睡為小死。

寧姚有些無奈，楊家鋪子這個老人，說話要麼刺耳難聽，要麼稀奇古怪。

楊老頭自言自語道：「小姑娘，我問妳，當一個人在心中默念的時候，所謂心聲，到底是何人之聲。」

寧姚愣了愣，陷入沉思。

很快就自然而然地閉目凝神，之後昏昏欲睡，最後她竟是猛然一點頭，酣睡過去。

楊老頭站起身，繞過寧姚，來到陳平安身前，用煙杆指著寧姚，對陳平安說道：「瞧瞧人家，一個點撥，幾句話的事情，就能一舉破境，再看看你，屁本事還沒有，就喜歡強，你跟誰強呢，老天爺打盹多少年了，樂意搭理你這麼個傢伙？」

楊老頭回到原位坐著，望向屋外漸漸壯大的雨幕，急驟雨點敲在院落地面上，劈裡啪啦作響。楊老頭神色有些傷感：「這麼多年過去了，挑來選去，找了那麼多人，不承想反倒是最不抱希望的一個，命最硬。」

一個乾瘦乾瘦的孩子，背著一大背簍的野菜，手裡用狗尾草穿著七、八條小魚，走在巷弄裡。

孩子打開自家院門，剛走入院子，隔壁那邊馬上就有個身穿綢緞衣衫的小公子哥踩上凳子，再嫻熟地爬上不高的院牆，蹲在那裡，全然不顧會髒了昂貴衣衫，笑道：「喂，姓陳的，又上山下水刨食啦？你靠山吃山、靠水吃水的本事，真不小，以後能帶我一起耍耍不？我打賞給你銅錢哦？」

乾瘦孩子笑了笑：「不用給錢。」

滿身富貴氣的小公子撇嘴道：「不要拉倒，我還不樂意去呢。」

孩子把那些小魚從狗尾草上一條條摘下，大的有巴掌那麼長，小的不過拇指長短。孩子踮起腳把魚放在自家窗臺上曝曬，曬乾就能吃，不用撒鹽，也不用開膛破肚，擠掉內臟，並非孩子怕麻煩，因為若是那麼做了，就剩不下幾兩肉了，反正不弄，吃起來也嘎脆，很香。

院牆上那個小公子說完話後，其實有些後悔，事實上他一直都很羨慕身為同齡人的鄰居，每次回家都不空手，野兔、泥鰍啊，溪魚、野果子啊，看得他很心動，不是嘴饞，只是眼饞而已。但是要強的他並不願意改口，加上看到隔壁姓陳的動作輕快、無憂無慮的模樣，他便有些悶悶不樂。

你說你陳平安，每天窮得揭不開鍋，睡著一間四面漏風的破房子，一年到頭連一串糖葫蘆也吃不著，你還樂呵個啥？牆頭上名叫宋集薪的小公子哥，對此完全無法理解。

有一天，衣食無憂卻只能生活在泥瓶巷的宋集薪回到家的時候，鼻青臉腫，滿身泥土。剛剛做了他貼身婢女的稚圭問他怎麼了，宋集薪死活不說，回到自己屋子後，關上門，躺在床上。

他今天跟人吵架，甚至還打架了。有一些惡毒言語到現在還縈繞耳畔，讓他這個自尊心極強的孩子心如刀割，臉色時而哀傷，時而猙獰。

『你不就有點臭錢嗎？得意個什麼勁兒？你連陳平安也不如，人家雖然死了爹娘，可好歹知道自己爹娘是誰，你知道自己爹娘是誰嗎？』

姓宋的孩子，在床上翻來覆去，怎麼也睡不著。

第二天，宋集薪沒有像往常那樣，蹲在牆頭上跟鄰居聊天，而是破天荒登門串戶，走到了陳平安屋子裡。他跟陳平安說了一句話後，沒過多久，陳平安就離開了小鎮，違背娘親去世時他立下的誓言，小小年紀就去龍窯當起了學徒。

有一個身影，鬼鬼祟祟地站在鋪子正堂後門那邊，楊老頭瞥見後，也沒說什麼，只是轉過身，嫌棄礙眼。那個身影看到楊老頭的動作後，格外受傷，更讓他受傷的是一個自己應該稱呼為嫂子的婦人。

婦人一手撐傘，一手狠狠推開他的腦袋，大踏步走向後院正屋那邊，看到楊老頭後，立即就要扯開嗓門喊話。

楊老頭嘆了口氣，趕緊起身走出屋子，關上門。站在臺階上，看著那個擺出興師問罪架勢的婦人，楊老頭連抽旱煙的興致都沒了。

婦人停下腳步，單手叉腰罵道：「幹啥咧，你防賊呢？楊老頭，你好歹是我家漢子的師傅，怎麼盡做這些缺德事？李二鋪子夥計做得好好的，你憑啥讓他捲鋪蓋滾蛋？楊家鋪子是你開的？啊？李二是睡了他師娘啊，還是睡了他師父的閨女啊？」

被從街上堵回來的鄭大風縮著脖子，躲在後門那邊，恨不得挖個洞把自己埋了。師父是什麼性子，李二他媳婦又是什麼德行，他怎麼會不清楚，所以他覺得自己這次不死也得掉層皮。

楊老頭面無表情：「說完了？說完了就回家叫春去，聽說小鎮最西邊的貓叫聲，一年到頭就沒斷過，白天叫晚上也叫，好些人給吵得搬了家……」

婦人好像被說中傷心處，嗓音不由得往上高漲：「老不死的東西，你還好意思說回家！你徒弟沒了營生活計，成天就知道瞎逛蕩，前兩天咱家屋頂塌了，連修修補補的錢也拿不出來，害得我只好帶著金山銀山回娘家去，受盡了欺負！要不是李二給你趕出鋪子，我們一家四口人會這麼慘？楊老頭，趕緊掏出棺材本來，給咱家修房子，要不然我今天跟你沒完！」

楊老頭視線冷冷地望向躲躲藏藏的鄭大風。

鄭大風哭喪著臉道：「師父，李二按照您老吩咐，去辦那件事情了啊，一時半會肯定回不來。」

楊老頭臉色陰沉，鄭大風連下跪磕頭的心都有了。

婦人丟了油紙傘，一屁股坐在雨地上，號啕大哭：「老不死的東西，喜歡扒灰啊，連自己徒弟的媳婦也不放過啊。」

楊老頭從屋簷下搬來一條小板凳，慢悠悠坐下，從腰間袋子裡拈出煙絲，碾成一團放入菸斗當中，抽起了旱煙，仰頭看著天空，根本不理睬婦人。

鄭大風看著婦人在院子裡撒潑打滾，下這麼大雨，婦人又是好生養的豐滿身段，衣衫又單薄，以至於楊家鋪子好多夥計都趕來湊熱鬧，一個個偷著樂，大飽眼福。

婦人哭得撕心裂肺，只是驟然停歇，像是給人掐住了脖子，她揉了揉眼睛之後，趕緊起身，拿起油紙傘就跑了。

婦人一邊跑一邊喊道：「有鬼啊！」

楊老頭扯了扯嘴角，道：「香臺上的老鼠屎，神憎鬼厭。」

惹禍精婦人一走，沒了春光乍泄的風景可看，楊家鋪子的人群很快也就散了。

鄭大風縮頭縮腦跑到正屋簷下，蹲在遠處，不敢離楊老頭太近。同樣是徒弟，他和李二在這個師父面前，待遇是雲泥之別。鄭大風也怨師父偏心，只不過有些事情，實在是不認命不行。

鄭大風怯生生問道：「師父，齊靜春是鐵了心要不按規矩來，到時候咱們何去何從？」

楊老頭一言不發，抽著旱煙，一隻黑貓不知何時從何處到來，蹲在他腳邊不遠處，抖了抖毛皮，濺起許多雨水。

鄭大風憂心忡忡道：「真武山那廝竟然請神下山，會不會有麻煩？畢竟現在有無數人盯著這邊呢。」

楊老頭依然不說話。

習慣了自己師父的沉默寡言，鄭大風也不覺得尷尬，胡思亂想著，又想起了齊靜春，咒罵道：「他娘的你齊靜春當了五十九年的孫子，還差這幾天工夫？讀書人就是死腦筋，不可理喻！」

楊老頭終於說話了：「你不讀書也是死腦筋。」

鄭大風不以為恥，轉頭諂媚道：「要不要給師父您老人家揉揉肩、敲敲腿？」

楊老頭淡然道：「我沒什麼棺材本，你就死了這條心吧。」

鄭大風赧顏道：「師父你這話說的，傷人心了啊，我這個做徒弟的，本事不大，可是孝心足啊，哪裡會惦記那些，我又不是李二他媳婦。」

楊老頭「嗯」了一聲，道：「你比她還不如。」

鄭大風整張臉都黑了，耷拉著腦袋，霜打茄子似的，沒有半點精氣神。不過他猛然間滿臉驚喜，才發現師父今天說的話，雖然還是不堪入耳，可好歹說了這麼多，難得難得，等回到東邊屋子那邊，可以喝一壺酒慶祝慶祝了。

鄭大風心情愉悅了幾分，隨口問道：「師兄攔得住那傢伙？」

這次不等楊老頭拿話刺他，鄭大風自己就搧了自己一耳光：「師兄攔不住才有戲，要真攔下來，以後就真要喝西北風了。」

楊老頭莫名其妙問道：「鄭大風，你知道自己為什麼沒大出息嗎？」

鄭大風愣在當場。心想師父這個問題大有玄機啊，自己必須小心應對，好好醞釀一番。不承想楊老頭已經自顧自給出了答案：「人醜。」

鄭大風雙手抱住腦袋，望向院子裡四濺的雨水，這麼個老大不小的漢子，欲哭無淚。

衙署管事都不用怎麼察言觀色，就知道自己不適合繼續待下去，隨便找了個由頭離開了屋子。

陳松風繼續埋頭查閱檔案，只是相比陳對在場時的戰戰兢兢，總算恢復了幾分世家子弟的瀟灑氣度，但他越是如此，一旁看在眼裡的劉灞橋就越覺得氣悶，一肚子憋屈想要吐，只是性子耿直是一回事，口無遮攔又是一回事，劉灞橋便想著也出去散散步，眼不見、心不煩。

陳松風突然抬頭笑道：「灞橋，終於坐不住了？」

劉灞橋剛從椅子上抬起屁股，聞言後一屁股坐回去，氣笑道：「喲呵，還有心情調侃我，你小子胸襟氣度可以啊。」

陳松風放下手中一本老舊籍書，苦澀道：「讓你看笑話了。剛才為我打抱不平，我並非不識好歹，只是……」

劉灞橋最受不了別人的苦情和煽情，趕緊擺手道：「別別別，我就是瞧不上你家遠房親戚的欺軟怕硬，我說她幾句，純粹是我自己管不住嘴，你陳松風不用感恩戴德。」

陳松風後背向後仰去，慢慢靠在椅背上，輕輕呼出一口氣。

這要是在龍尾郡陳氏家門，這個透著一股懶散的坐姿，一旦被長輩發現，無論嫡庶子，小孩子一律要挨板子，成年人則要挨訓。豪閥世族的讀書人，雖然往往被武人譏諷為道貌岸然、裝腔作勢，可規矩就是規矩，打從娘胎生下來，就走在既定的道路上，大大小小的士族子弟，無一例外，從小耳濡目染。當然，也有盛產清談名士和荒誕狂士的南澗國，以言行不拘泥於禮儀著稱於世。

劉灞橋問道：「你和陳對到底什麼關係，至於如此畏懼她？如果涉及家族機密，就當我沒問。」

陳松風站起身，關上屋門，坐在原本管事的椅子上，輕聲反問道：「劉姓少年的買瓷人名分，幾經波折，最後輾轉到我龍尾郡陳氏手中，你就不好奇是為何？」

劉灞橋點點頭。恐怕搬山猿打破腦袋也想不到，因為那部劍經聞風而動的競爭對手，竟然不是死敵風雷園，而是橫空出世的龍尾郡陳氏。

陳松風面容疲憊，應該是一路行來長期鬱結，多思者心必累，終於忍不住要找個人吐吐苦水了，加上他深信劉灞橋的人品性情，所以緩緩說道：「雖說我們陳氏與你們風雷園關係更近，但陳氏子孫恪守祖訓，不摻和山上、山下的恩怨，已經堅守這麼多年，難道一本對於陳氏子弟來說十分雞肋的劍經，就能夠讓我們為此破例？陳氏是書香門第，不是修行世家，蹚這渾水，有何意義？」

劉灞橋順著這個思路往下想了想：「是那個陳對的家族，想要將這部劍經收入囊中？難不成她家是哪個不出世的劍修豪族？」

陳松風搖頭道：「並非如此。先前你也聽薛管事提及，小鎮陳氏分兩支，陳對就屬於最早遷出去的那一支，走得很澈底，乾脆連東寶瓶洲也不待了，直接去了別洲，經過一代代的繁衍生息，開枝散葉，陳對所在家族如今已經被譽為『世間坊樓之集大成者』。當然，這些消息，在東寶瓶洲從未流傳，我們龍尾郡陳氏也只是因為與他們有丁點兒淵源，才得以知曉內幕。」

劉灞橋嗤笑道：「是那娘們吹牛不打草稿，還是欺負我劉灞橋沒學問？她家能有功德坊？」

陳松風伸出兩根手指。

劉灞橋白眼道：「聽清楚了，我說的是功德坊，不是功名坊！」

陳松風沒有收起手指。

劉灞橋有些吃癟，繼續不服氣地問道：「那學宮書院坊，她家能有？」

劉灞橋所謂的學宮書院坊，自然是儒家正統的三學宮七十二書院，絕非世俗王朝的普通書院。偌大一座東寶瓶洲，不過山崖、觀湖兩座書院。

陳松風緩緩收起一根手指，還剩下一根。

劉灞橋佯裝要起身，雙手撐在椅子把手上，故作驚慌道：「我趕緊給那位姑奶奶道歉去，我了個乖乖，就這種蠻橫不講理的身世，別說讓你陳松風翻幾本書，就是讓你做牛做馬也沒半點問題嘛。」

陳松風笑而不語。

這大概就是劉灞橋的獨有魅力，能夠把原本一件憋屈窩囊的糗事，說得讓當事人完全不生氣。

劉灞橋扭了扭屁股，雙臂環胸，好整以暇道：「好了，知道那位姑奶奶的嚇人來歷了，你接著說正題。」

陳松風笑道：「其實答案薛管事也說了。」

劉灞橋靈光一現：「劉姓少年的祖上，是陳對那一支陳氏留在小鎮的守墓人？」

陳松風點頭道：「孺子可教。」

劉灞橋「咦」了一聲：「不對啊，劉姓少年家祖傳的劍經不是出自正陽山那個叛徒嗎？當然了，也算是我們風雷園的祖師之一，但不論如何，時間對不上，怎麼能夠成為陳對家族的守墓人？」

陳松風解釋道：「我可以確定，劉家最早正是陳對家族的守墓人，至於後來躲去你們風雷園的那位劍修，最後又為何來到小鎮，成為劉家人，還傳下劍經，估計有一些隱晦的內幕吧。所以最後傳家寶成了兩樣東西，劍經加上瘊子甲。至於陳對，她其實志不在寶物，只是來祭祖罷了。除此之外，如果劉家人還有後人，無論資質如何，她都會帶回家族傾力栽培，算是回報當年劉家老祖的守墓之功。」

劉灞橋一臉匪夷所思：「那麼大一個家族，就讓一個年紀輕輕的女子來祭祖？然後搞得差點被那個大驪藩王一拳打死？陳松風，我讀書不少的，雖然多是一些床上神仙打架的脂粉書，可確實由此領悟到了好多人情世故，所以我覺得那娘們肯定是個冒牌貨！」

陳松風搖頭苦笑道：「那你是沒有看到我祖父見到她後，是何等……客氣。」

為尊者諱，所以陳松風實在說不出口真相，只能以「客氣」二字含糊形容。

家族為陳對大開中門，家主對她一揖到底，舉族上下將她奉為上賓，接風宴上讓她來坐主位。這一切對陳松風的衝擊之大，可想而知。

劉灞橋疑惑道：「那劉姓少年，不是差點被那隻老猿一拳打死嗎？」

陳松風嘆了口氣：「你自己都說了，是差一點。」

陳松風起身來到窗邊，窗外暫時斜風細雨，只是看天色，像是要下一場滂沱大雨。

陳松風輕聲道：「那位阮師，好像與陳對的一個長輩是舊識，曾經一起行走天下，屬於莫逆之交。」

劉灞橋試探性問道：「你是說阮邛能夠接替齊靜春坐鎮此地，陳對家族是出了力的？」

陳松風淡然道：「我可什麼都沒有說。」

劉灞橋嘖嘖稱奇。

難怪陳對面對宋長鏡，也能如此硬氣。遠在天邊的家族威勢，近在眼前的聖人庇護，她能不囂張嗎？

劉灞橋突然問道：「說說本命瓷和買瓷人的事情吧，我一直挺感興趣的，只可惜咱們風雷園不興這一套，直到這次被師父強行拉來當壯丁，才粗略聽說了一些。好像現如今咱們東寶瓶洲，有幾個聲名赫赫的山頂人物，最早也是從這個小鎮走出去的？」

陳松風略作猶豫，還是選擇知無不言、言無不盡，洩露天機道：「有些類似俗世的賭石。每年小鎮有三十餘嬰兒誕生，三十座龍窯窯口按照交椅座位，依次選擇某個孩子作為自家龍窯的『瓷器』。打個比方，今年小鎮生下三十二個孩子，那麼排名最前面的兩座龍窯就能有兩個瓷器，如果明年只有二十九個新生兒，就意味著排名墊底的龍窯，只能一整年沒收成了。

所以小鎮土生土長的人，都有自己的本命瓷。如今在本洲風頭無兩的曹曦、謝實二人，一個有望成為天君的道教真君，一個殺力無窮的野修劍仙，也不例外。雖然小鎮這個魚塘相比外邊，已算是極其容易出蛟龍，但是化龍的代價巨大。這些『瓷器』，在成功躋身中五境後，生前不登上五境，是註定沒有來生的，魂飛魄散，生生世世，萬事皆休，恐怕連道祖、佛祖也奈何不得。而在這期間，就會被買瓷人抓住致命把柄，生死操控於他人之手，任你是曹曦、謝實這般人物，一樣如此。

話說回來，等到成為曹曦、謝實這樣的通天人物，買瓷之人自會恨不得把他們當祖宗供奉起來，哪裡敢以瓷器主人自居。畢竟是互利互惠的事情，任何一個家族，能夠擁有曹曦、謝實這樣的戰力，睡覺都能踏實。理由很簡單，平時小事，興許請不動他們的大駕，但是面臨家族存亡之際，他們肯定要來助一臂之力。不願為我的家族作戰，可以，那我就打碎你的本命瓷，大夥兒一起玉石俱焚便是。」

劉灞橋聽得嘆為觀止，難怪大驪王朝在短短兩、三百年間迅猛崛起，已經形成了吞併一洲北部疆土的恢弘氣勢。劉灞橋聽得入神，乾脆盤腿坐在椅子上，用手心摩擦著下巴，問道：「我知道小鎮女孩六歲、男孩九歲是一個大門檻，與我們修行是一個道理，在那個時候就能夠知曉未來修行成就的高低了。如果說在那個時候，買瓷人來小鎮帶走大道可期的孩子，那麼那些不成器的『瓷器』呢？那些賭輸了的小鎮孩子，他們不值錢的本命瓷，各大龍窯又該如何處置？」

陳松風輕聲道：「會被拿出龍窯，當場敲碎丟棄，小鎮外有一座瓷山，就來源於此。」

劉灞橋心中隱隱不快，問道：「那些孩子的下場如何？」

陳松風搖頭道：「不曾聽說過，估計不會好到哪裡去。」

劉灞橋嘆了口氣，抬手狠狠揉了揉臉頰。這一樁由各方聖人親自敲定規矩的祕事，絕不是他小小風雷園劍修能夠指手畫腳的，可他就是覺得有些不痛快。

長久沉默後，劉灞橋輕聲道：「如此說來，從這裡走出去的傢伙，人人都是過河卒。」

陳松風跟著說道：「修行路上誰不是？」

劉灞橋心有戚戚然，點頭道：「也是。」

屋門吱呀一聲輕輕打開，臉色微白的陳平安躡手躡腳跨過門檻，轉身輕輕關上木門。

他也學著楊老頭搬來一條小板凳，坐在臺階上，雨點大如黃豆，天色昏暗如深夜，只是不知為何，這麼大一場暴雨，落入屋簷下的雨點反而不多，楊老頭坐了很久，衣衫上也不過是有些許水氣而已。

陳平安十指交錯，安靜地望向院子裡積水而成的小水塘。

楊老頭抽著旱煙，大團大團的煙霧彌漫四周，只是簷下煙霧與簷外雨幕井水不犯河水，好像天地間存在著一條看不見的線。

楊老頭不討厭陳平安的最大一個原因，就是他不管什麼時候，都不會胡亂嚷嚷，不會吵到自己；能不說話煩人，就絕不開口。陳平安這一點，跟徒弟李二很像，鄭大風就差太遠了。

陳平安輕聲道：「楊爺爺，這麼多年，謝謝你。」

楊老頭皺眉道：「謝我？如果沒有記錯，我可從來沒有白白幫過你，哪次缺了報酬？」

陳平安笑了笑。

就像楊老頭當年答應陳平安上山給楊家鋪子採藥，然後低價購買的同時，藥鋪裡許多草藥也低價賣給陳平安。看似公平，其實陳平安心知肚明，這就是最實實在在的幫忙。還有一支自製的竹煙杆子，值得了幾個錢？但是陳平安能夠這麼多年堅持下來，一年到頭無病無災，大抵上，靠的都是楊老頭當年傳授的那套呼吸法子。

楊老頭抬起頭，望向天空，譏笑道：「別人施捨一點小恩小惠，就恨不得把他當作救苦救難的菩薩，尤其是大人物從牙縫裡摳出一點渣滓，就格外感恩戴德，甚至自己都能被自己的赤子之心感動，覺得自己這是知恩圖報，所以是醇儒忠臣、是某某某的得意門生，美其名曰士為知己者死，一群忘本的混帳王八蛋，當初就不該讓他們從娘胎裡爬出來……」

陳平安撓撓頭，有些忐忑，不知道楊老頭是不是在說自己。

楊老頭收回視線，漠然道：「不是說你。」

陳平安突然看到一個熟悉的身影，有些發愣。正堂後門有迴廊屋簷，一個雙鬢霜白的中年儒士撐傘而至，一手持傘，一手拎著長凳，穿過側門後，將長凳放在廊中，坐下後把油紙傘斜靠在凳子旁，然後雙手拍了拍膝蓋，端正坐姿，最後笑望向後院正屋簷下的楊老頭和陳平安，溫聲道：「山崖書院齊靜春，拜見楊老先生。」

齊靜春腳上的靴子已被雨水浸透，沾染淤泥，袍子下擺也是如此。

楊老頭意態閒適，用煙杆指向那位此方聖人：「你來的第一天，我就知道是個不得志的，不過這麼多年處下來，沒聽到你半句牢騷，也是怪事。你齊靜春可不像是唾面自乾的人物，所以這次你失心瘋，估計外邊有些懵，我倒是半點也不奇怪。」
齊靜春伸手拍了拍肚子，微笑道：「牢騷有啊，滿肚子都是，只是沒說出口而已。」
楊老頭想了想：「你的本事我不清楚，不過你家先生，就憑他敢說出那四個字，在我眼中就能算這個。」楊老頭伸出大拇指。
齊靜春苦笑道：「先生其實學問更大。」
楊老頭譏笑道：「我又不是讀書人，你先生學問就算已經大過了至聖先師，我也不會說他半句好。」
齊靜春正色問道：「楊老先生，你是覺得我們先生那四個字，才是對的？」
楊老頭哈哈笑道：「我沒覺得對，只是之前世間所有衣冠之輩，皆信奉之前四字，看得我心煩，所以有人出來唱反調，我便覺得解氣，僅此而已。你們讀書人自己打擂臺，打得斯文掃地，滿地雞毛，我高興得很！」
齊靜春失聲而笑。
齊靜春剛要說話，已經會意的楊老頭擺手道：「客套話莫要說，我不愛聽，咱們就不是一路人，一代代都是如此，別壞了規矩。再說了，你齊靜春如今就是過街老鼠人人喊打，我可不敢跟你攀上交情。」
齊靜春點點頭，起身跟陳平安招手道：「實在是閒來無事，便用你送去的蛇膽石又刻了兩方私章，一隸書、一小篆，送給你。」
陳平安冒雨跑過水塘似的院子，站在齊靜春身前，接過一只白布袋子。

齊靜春微笑道：「記得收好。以後看到了心儀字畫，例如一些覺得氣象不俗的山河形勢圖，可以拿出印章往上一蓋。」

陳平安迷迷糊糊點頭道：「好的。」

楊老頭瞥了眼陳平安手中的袋子，問道：「那個『春』字呢？」

齊靜春笑道：「早先刻了一方印章，送給了趙家一個孩子。」

楊老頭笑道：「你齊靜春是散財童子啊？」

齊靜春對於楊老頭的調侃，不以為意，告辭離去。

看到陳平安像一根木頭似的杵在原地，楊老頭氣笑道：「白拿人家東西，就想著蹦蹦跳跳回家鑽被子裡偷著樂呵？不知道送一送齊先生？」

陳平安趕緊跑向正堂後門，楊老頭笑罵道：「帶上傘！你現在這身子骨，經得起這風吹雨打？」

陳平安跟店鋪夥計借了一把傘，跟上齊先生，一起走在大街上。

楊老頭始終坐在簷下抽著旱煙，煙霧繚繞。

想起那兩方私印，雖然猶在袋中，可是楊老頭察覺得到其中端倪，所以才有「春」字一問。方寸之間，大為壯觀。

沒過多久，陳平安就回到了院子，楊老頭問道：「最後說了啥？」

陳平安嘆了口氣，坐回小板凳上：「齊先生說了一句話，說『君子可欺以其方』。」

楊老頭悶悶道：「立在文廟裡的那幫老頭子，腦子壞了吧，明擺著有人在針對山崖書院和齊靜春，還一直袖手旁觀，真當自己是泥塑木雕的死東西啦？」

陳平安沒聽清楚，問道：「楊爺爺，你說什麼？」

楊老頭默不作聲。

好一個不做聖賢做君子。

第五章 樹倒

寧姚悠悠然醒來，之前她睡得無比香甜酣暢，睜眼後發現自己坐在凳子上，有些茫然。呆片刻後，她起身推開屋門，看到門外廊中坐著一老一小，兩只悶葫蘆，也不說話。

聽到寧姚的腳步聲後，陳平安扭頭笑道：「醒了啊，看妳睡得沉，之前就沒喊妳。」

寧姚點點頭，對此並不上心，詢問道：「楊老前輩？」

楊老頭沒好氣道：「咋的，還怕陳平安在妳睡著的時候揩油啊。放心，我幫妳盯著呢，他小子只有賊心沒賊膽。」

陳平安趕緊解釋道：「寧姑娘，妳別聽楊爺爺瞎說，我保證賊心也沒有！」

寧姚雙手做了一個氣沉丹田的姿勢，告訴自己：「大人有大量。」

楊老頭斜瞥一眼陳平安，幸災樂禍地樂呵呵道：「七竅通了六竅，一竅不通啊。」

雨已經很小，楊老頭直截了當道：「回頭把那袋子供養錢拿過來，然後這小丫頭片子，還有你接下來的用藥，就算一起付清。」

寧姚皺眉道：「楊家鋪子什麼藥材，這麼貴？」

楊老頭淡然道：「人快餓死的時候，我手裡的饅頭，能值多少錢？」

寧姚沉聲道：「你這是趁火打劫！」

楊老頭抽旱煙很凶，以至於整個上半身都籠罩在淡淡的煙霧當中。「雲海」中傳出老人沙啞冷漠的嗓音：「漫天要價，坐地還錢，那是低劣商賈的勾當，我做不來。我這邊的規矩，說一不二，只有一口價，你們愛買不買、愛賣不賣。」

寧姚還要說話，卻發現陳平安在扯自己的袖子，偷偷使眼色，最終她還是咽下了那口惡氣。

這座小洞天出產的那些藥材草藥品質的確上佳，可這座享譽東寶瓶洲的驪珠小洞天，從來不以天材地寶出名，而是因為那些「瓷器」和機緣寶物名動天下，所以就算楊家鋪子的藥材堆積成山，也值不了幾枚金精銅錢。

楊老頭搖了搖煙杆：「雨也停了，你們倆別在我這兒眉來眼去，也不害臊。」

陳平安拉著寧姚的手臂走下臺階，穿過鋪子正堂來到大街上。

陳平安笑問道：「是不是想不通？沒事，楊爺爺就這樣，不愛跟妳講人情，做什麼事情都很……公道，對，就是很公道。」

寧姚冷笑道：「公道？人人心中有桿秤，他憑什麼就覺得自己公道了？就憑年紀大啊？」

陳平安搖頭道：「我沒覺得花出去一袋子銅錢，是當冤大頭啊。」

寧姚瞥了眼陳平安：「這句話，你要是在外邊混過十年，還能夠拍胸脯重複一遍，就算你贏！」

陳平安笑道：「那就到時候再說。」

寧姚嘆了口氣，真是拿他沒轍：「接下來去哪兒？」

陳平安想了想：「去鋪子那邊看看劉羨陽咋樣了，順便把妳那把刀從地底下拔出來。」

寧姚雷厲風行道：「那就帶路。」之後突然問道：「你身體沒事了？」

陳平安咧咧嘴：「大問題沒有，但是除了練拳之外，接下來每天跟妳一樣，得煎藥吃。楊爺爺說如果效果不好，可能還得再花錢。」

寧姚疑惑道：「你真信啊？」

陳平安笑著搖頭，好像根本就懶得跟她計較這類問題。

走出小鎮後，陳平安便捲起袖管，摘下了那柄壓衣刀，還給了寧姚。

寧姚藏好壓衣刀，又去取回那柄被搬山猿踏入地下的狹刀，至於那把送出去的劍鞘，被陳平安暫且寄放在她這邊，她將其懸掛腰間，於是那柄飛劍就有了棲身之處。

當陳平安和寧姚走到廊橋南端時，看到一個梳著馬尾辮的青衣少女坐在臺階頂，雙手托起腮幫凝視遠方，留給兩人一個背影。

楊家鋪子後院，獨自一人的楊老頭收起煙杆，揮了揮手，把身邊那些煙霧驅散後，說道：「放心，事成之後，答應會給妳一個河婆的不朽之身，至於將來能否真正成就神位真身，提拔為一方江水正神，得看你自己的造化。」

楊老頭最後拿煙杆輕輕一磕地面，抬頭望向小鎮老槐方向，嘖嘖道：「樹倒猢猻散嘍。」

三輛馬車依次駛向泥瓶巷。

大驪藩王宋長鏡實在想不明白，自己這個侄子，為何偏偏要跟一個陋巷少年較勁，竟然連心結都有了。

宋長鏡笑道：「反正你和陳平安之間的這筆糊塗帳，本王既然已經插手一次，就不會再攪和了，你自行解決。」最後宋長鏡提醒道：「你和正陽山可以有私交，但是不要牽扯太深。」

宋集薪樂了：「私交？是說那個小閨女嗎？哈哈，好玩而已，談不上什麼交情。」

宋長鏡笑道：「只是好玩而已，就隨手送出去一個養劍葫？」

宋集薪悻悻然不再說話。

馬車進不去小巷，宋長鏡也不願下車，宋集薪便獨自下了車，發現下雨了。目前仍是春雨淅瀝，細雨朦朧，但是有越下越大的趨勢。他快步跑入泥瓶巷，來到自家院子，推門而入後，看到稚圭坐在正屋門檻上發著呆。

宋集薪笑著喊道：「走，公子帶妳去大驪京城長見識去！」

稚圭回過神：「啊？這麼快就走？」

宋集薪點頭道：「反正東西早就收拾好了，我屋子裡兩只大箱子，加上妳那只小箱子，咱們家能搬走的、想搬走的，都沒落下啥了，早走、晚走沒兩樣。」

稚圭把下巴擱在膝蓋上，傷感道：「對啊，這裡是咱們家啊。」

宋集薪嘆了口氣，陪她一起坐在門檻上，伸手抹去額頭的雨水，柔聲道：「怎麼，捨不得走？如果真捨不得，那咱們就晚些再走。沒事，我去跟那邊打招呼。」

稚圭突然笑了，伸出小拳頭使勁搖了搖：「不用！走就走，誰怕誰！」

宋集薪提醒道：「那條四腳蛇別忘了。」

稚圭頓時大怒，氣呼呼道：「那個挨千刀的蠢貨，昨天就偷偷溜進我箱子底下趴著了，害我找了大半天，好不容易才給我找到。箱子底下好幾只胭脂盒都髒死了！真是罪無可赦，死罪難逃！」

宋集薪開始有些擔心那條四腳蛇的下場，試探性問道：「那蠢貨該不會被妳……宰掉了吧？」

稚圭搖搖頭：「沒呢，暫且留牠一條小命，到了京城再跟牠秋後算帳。對了，公子，到了京城那邊，咱們多養幾隻老母雞，好不好？至少要五隻！」

宋集薪奇怪道：「雞蛋夠吃了啊，為什麼還要買？妳不總嫌棄咱家那隻老母雞太吵嗎？」

稚圭一本正經道：「到時候我在每隻老母雞腳上繫一根繩，然後分別繫在那隻蠢貨的四條腿和腦袋上。只要一不開心，我就可以去驅趕老母雞啊。不然那條四腳蛇蠢歸蠢，跑得可不慢，以前每次都累死個人，只會更加生氣……」

聽著自家婢女的碎碎念，宋集薪滿腦子都是那幅行刑的畫面，自言自語道：「豈不是五馬分屍……哦，不對，是五雞分屍。」宋集薪捧腹大笑。

稚圭習慣了自家公子天馬行空的想法，見怪不怪，只是問道：「公子，箱子那麼重，我們兩個怎麼搬啊？而且還有些好東西，該扔的也沒扔。」

宋集薪站起身，打了個響指：「出來吧，我知道你們躲在附近，勞煩你們把箱子搬到馬車上去。」

四周並無回應。

宋集薪沉默許久，臉色陰沉道：「滾出來！信不信我去讓叔叔親自來搬？」

片刻之後，數道隱蔽身影從泥瓶巷對面屋頂落入小巷，或是從院門外的小巷當中悄然出現。總計五名黑衣死士，在首領推門之後，魚貫而入。

為首一人猶豫了一下，抱拳悶聲道：「之前職責所在，不敢擅自現身，還望殿下恕罪。」

宋集薪面無表情道：「忙你們的。」

那人始終低著頭：「屬下斗膽懇請殿下，幫忙在王爺那邊解釋一二。」

宋集薪不耐煩道：「這點雞毛蒜皮的小事，我叔叔會跟你們計較？」

五人身形紋絲不動，站在院子裡淋著小雨，死也不肯挪動腳步。

宋集薪妥協道：「好吧，我會幫你們說明情況。」

那五人這才進入屋子，三個黑衣人輕而易舉地分別扛起箱子，首尾兩人空手護駕，緩步走入泥瓶巷後，皆是飛奔而走。

宋集薪若有所思。稚圭撐起一把油紙傘，遞給宋集薪一把稍大的，鎖上正屋門、灶房門和院門後，主僕二人撐著傘站在院門口。

宋集薪望著紅底黑字的春聯和彩繪的文門神，輕聲道：「不知道下次我們回來，還能不能瞧見這對聯。」

稚圭說道：「走了就走了，還回來做甚？」

宋集薪自嘲道：「也對，混好了，回來都找不著人炫耀；混不好，看笑話的人又不少。」

雨下不停，小巷逐漸泥濘起來，稚圭實在不願意多待，催促道：「走啦、走啦。」

宋集薪點點頭，兩人一前一後走向泥瓶巷巷口。

稚圭走在前邊，腳步匆匆；宋集薪走在她身後，腳步緩慢。

當經過一戶人家院門所對的小巷院牆時，手持雨傘的宋集薪停下腳步，轉頭望去。他看著並無半點出奇之處的黃泥牆壁，怔怔出神。

前邊稚圭轉頭一看，忍不住埋怨道：「公子，再不走快點，雨就要下大啦！」

傘下的宋集薪看不清表情，抬起手臂做了一個動作後，應了一聲稚圭的召喚，終於開始加快前行。

泥瓶巷外街道上的車廂內，大驪藩王宋長鏡正在閉目養神。

督造官衙署每日都會建立一份祕檔，祕檔由九名大驪最頂尖的死士諜子負責觀察記錄，上邊所寫全部是「督造官宋大人私生子」的日常瑣碎。今日與婢女去逛了什麼街，花了多少錢買了什麼吃食貨物，清晨朗誦的文章內容是哪本聖賢書籍，何時第一次偷偷喝酒，與誰一起去小鎮外放紙鳶、捉蟋蟀，因為何事與何人在何地起了爭執等等，事無巨細，全部記錄在案。然後每三個月一次寄往大驪京城，被送到那座皇宮的御書房桌上，最後彙聚一起編訂成冊，被那個最喜歡舞文弄墨的兄長親自命名為「小起居錄」。從《小起居錄一》到如今的《小起居錄十五》，一個十五歲的陋巷少年，十五年的點點滴滴，被人寫成了十五本書。

宋長鏡來小鎮之前，翻閱過那些全是無聊小事的書冊，但是他敏銳地發現其中一本中間少了一頁，顯然是被人撕掉了。這應該意味著在宋集薪十二歲那年夏秋之際，發生過一場巨大變故。

宋長鏡來到小鎮之前，以為是一場起始於大驪京城的血腥刺殺，牽涉到了某些連兄長也只能啞巴吃黃連的人物。但是宋長鏡後來意識到，恐怕那一頁記載的故事，對少年宋集薪來說，絕對不是什麼愉快的回憶，而且必然與泥瓶巷陳平安有關。

宋長鏡開始梳理思緒，這位難得忙裡偷閒的大驪頭號藩王，仔細回想兩個少年被記錄在冊的對話細節，以及當時的場景畫面。

宋長鏡睜開眼睛，掀起車窗簾子，先看到了那名撐傘婢女的纖細身影，然後是侄子宋集薪，主僕二人走向第二輛馬車，三只箱子則都已經搬到了最後一輛馬車上。

宋長鏡輕聲道：「動身。」

馬車緩緩行駛起來。

還沒走幾步，馬車驟然而停。

沒過多久，宋集薪氣急敗壞地衝進車廂，滿臉憤怒道：「你什麼意思！」

宋長鏡問道：「你是說你那輛馬車上的屍體？」

宋集薪臉色鐵青，死死盯住宋長鏡。

宋長鏡神色平淡：「知道屍體的身分嗎？大驪諜報機構有七個，本王掌控其中三個，主要是用以滲透各國朝堂、刺探重要軍情和收買敵國文臣武將。國師繡虎掌握三個，主要是針對王朝內部的朝野輿情和江湖動態，尤其是需要盯著京城的風吹草動。最後一個專門負責對付山上修士，直轄於……某人。這座小鎮共有九名大驪諜子，分別來自這七個地方，為的就是保證你的安危，絕對不能出現半點差錯。」

宋集薪沉聲道：「你到底想要說什麼？」

宋長鏡笑道：「這裡頭的彎彎曲曲，那人到底忠誠於誰，一大堆烏煙瘴氣的真相，要本王給你講清楚，估計很難，反正此人是死有餘辜。不過你需要記住一點，現如今外人把你當作大驪殿下，視為了不得的天潢貴胄，他們面子上對你敬畏也好，諂媚也罷，你可以全盤接下，但是別忘記他們為何如此。」

宋集薪冷笑道：「哦？為何？」

宋長鏡微笑道：「你以為當真是你有多重要？一切不過是因為本王待在你身邊罷了。怕你記不住這件事情，所以藉此機會，讓你長點心眼。跟死人待在一起，很不好受，但總好過下一次需要本王待在你的屍體旁邊。」

宋集薪滿臉漲紅。

宋長鏡瞥了眼宋集薪，語氣冷漠道：「下車。」

宋集薪瞬間咽回了已到嘴邊的話語，沉默轉過身，咬牙切齒地恨恨離去。

宋長鏡等到宋集薪下車後，一笑置之：「就這麼點道行，以後到了京城，還不得被那些掉了牙的老虎、狐狸們立馬盯上，恨不得從你身上撕下幾塊肉？」

這位藩王一想到要去京城，其實也很頭疼。

車廂內，反倒是那個死人最占地盤。

宋集薪很不適應，倒是婢女稚圭臉色如常。

宋集薪隨口問道：「對了，稚圭，妳帶上咱們家的舊鑰匙沒？」

稚圭疑惑道：「沒啊，隨手放在我屋子裡了，我又不想回去。咋了，公子你問這個做什麼？再說了，公子你不是也有一串家門鑰匙嗎？」

宋集薪「哦」了一聲，笑道：「我也丟屋裡了。」

三輛馬車駛過老槐樹，駛出小鎮，最後顛簸在泥濘不堪的道路上，一路往東。

經過小鎮東邊那道柵欄門的時候，在自家泥屋躲雨的看門人鄭大風雙手攏袖蹲在門口，看著三輛馬車，這個老光棍打了個哈欠。

約莫半個時辰後，宋長鏡沉聲道：「停車！」

宋長鏡走下馬車，後邊馬車上的宋集薪和稚圭都掀起車簾，兩顆腦袋擠在一起，好奇地望向宋長鏡這邊。

宋長鏡擺擺手，宋集薪拉著稚圭趕緊縮了回去。

宋長鏡往前行去，不遠處，有一個其貌不揚的中年敦厚漢子攔在道路中央，那雙草鞋和兩腿褲管上全是泥漿。

宋長鏡一邊向前走一邊開口笑道：「真是沒有想到，小鎮還藏著你這麼一號人物。看來我們大驪的諜子，真是不吃飯光吃屎啊。」

這位藩王原本纖塵不染的雪白長袍亦是沾滿淤泥，靴子自然更是難以倖免。

宋長鏡最後在距離那漢子十步外停步：「既然沒有一見面就開打，那就不妨說說看，你到底是要怎樣？」

連自家屋頂都被搬山猿踩破的小鎮漢子李二，此時面對這位大驪藩王，哪裡還有半點蹲在地上生悶氣的窩囊樣子，沉聲道：「宋長鏡，只要打過之後，你還能活下來，自然會知道答案！」

宋長鏡皺了皺眉頭，李二會意道：「讓馬車先行通過便是。」

宋長鏡笑著點頭，沒有轉身，始終盯住李二，高聲喊道：「馬車先行，只管往前。」

李二走到道路旁邊，讓那三輛馬車暢通無阻地過去。

宋長鏡一直等到馬車徹底消失於視野，這才望向耐心等候的李二。

此人境界比自己只高不低，不過兩人差距有限。宋長鏡毫無懼意，相反戰意昂揚，熱血沸騰，扯了扯領口。眼前此人，雖然名不見經傳，但絕對是一塊砥礪武道的最佳磨刀石。宋長鏡的直覺告訴自己，今天是死是活，明天是九是十，全在此一舉！

之前在小街上，雨水漸歇，寧姚轉頭看著氣息平穩、神態從容的陳平安，雖然她內心不喜歡楊老頭，但不得不承認那個老人，是真正的世外高人。

「楊老頭不是一個簡單的人。」寧姚停頓片刻，轉頭望向那座不起眼的楊家鋪子。

天街小雨潤如酥，雨後的藥鋪，輪廓柔和，水氣朦朧，寧姚自顧自做了一些細微修改：「楊老頭，很不簡單。」

陳平安沒有聽到兩者之間的差別，只是「嗯」了一聲，笑道：「以前只是覺得楊爺爺人很好，很公道，現在才知道原來楊爺爺深藏不露。寧姑娘，他應該也算是修行中人吧？」

寧姚說了一句陳平安聽不懂的言語：「有些像，但其實不一樣，不過對你來說，沒啥區別。」

現在到了廊橋南端，大難不死的陳平安，再看那個青衣少女，心境也大不一樣。青衣少女聽到腳步聲後，笑容靦腆地站起身，看到並肩而立的陳平安和寧姚，紮了一根馬尾辮的少女略顯侷促不安。陳平安不敢再把眼前這個名叫阮秀的姑娘當成普普通通的少女看待，當然，阮秀讓他印象最深的形象，依然是「坐吃山空」四個字。

阮秀看了眼一臉冷漠、英氣逼人的寧姚，沒敢打招呼。

寧姚瞥了眼身材嬌小玲瓏卻好生養的清秀少女，不太願意打招呼。

三人一起走下廊橋臺階，陳平安輕聲道：「我聽齊先生說，劉羨陽沒事了。」

阮秀使勁點頭道：「醒過來了、醒過來了，楊家鋪子的掌櫃看了後，說是閻王爺開恩，放了劉羨陽一馬，他才撿回這條性命。老掌櫃還說只要醒得過來，就算澈底沒大事了。我怕你著急，就想著第一時間跟你說，可我爹不讓我走過廊橋……」阮秀絮絮叨叨，像一隻嘰嘰喳喳的枝頭黃雀，說到最後，有些歉意。

阮秀其實有些事情沒有說出口，劉羨陽醒過來後，她第一時間就衝出了門。她光顧著要告訴陳平安消息，壓根就忘了她爹不許她進入小鎮的叮囑。只是她剛要從北端臺階跑下廊橋，就被她那個神出鬼沒的爹拎住耳朵扯回去了。她好說歹說，才讓父親答應她坐在南端臺階等人。

這並非情竇初開或是什麼兒女情長，而是油然而生的善心。當然，前提是陳平安這個傢伙沒有讓她覺得討厭，相反還有一些好感，或者說是對陳平安的認同。這一切，是陳平安自身積攢下來的福報，點點滴滴。兩人青牛背初見，陳平安願意為別人下水摸魚，事後左手傷口疼得抽冷氣，也沒覺得後悔；之後劉羨陽遭遇變故，陳平安又願意挺身而出，擔當起應該擔當的事情……

這一切，是少年陳平安長久以來的堅持，只是恰好被阮秀撞見了而已。其實陳平安錯過的，更多。比如魚簍裡的那尾金色鯉魚，那條送給顧璨的泥鰍，還有那條四腳蛇，那些在陳平安眼前飄落的槐葉等等。所有這些錯過的福緣、機緣，絕不會因為陳平安是個惜福之人，就被他抓在手裡。

陳平安和寧姚、阮秀三人走下廊橋，少年、少女都沒有意識到，一顆顆高低不同的水珠悄然落入溪水。那些水珠，或是原本綴在廊橋簷下，或是聚在廊橋欄杆上，或是來自廊橋過道外緣的坑窪裡，不一而同，最後它們都落入小溪，融入溪水。

與此同時，楊家鋪子積水眾多、小水塘一般的後院漣漪陣陣，重新恢復了渾濁泥濘的面貌，就像世間所有的後院。水面之上，立著一個渾身煙氣瀰漫的模糊身影，依稀可見，是一個面容不清的駝背老嫗。

楊老頭對此見怪不怪，又抽起了旱煙，問道：「妳看出了什麼？」

那道身影如一株水草，不由自主地「隨水」搖曳，沙啞開口道：「那小丫頭片子，好歹是咱們這兒下一位聖人的獨女，身分何等尊貴，為何偏偏鍾情於陋巷少年？」

楊老頭嗤笑道：「就這？」

水上老嫗戰戰兢兢，再不敢開口。

楊老頭緩緩說道：「妳如今既然已經走到這一步，有些規矩就該跟妳說清楚，免得以後身死道消，也不曉得怎麼回事，還覺得自個兒委屈。」楊老頭似乎在醞釀天機，沒有急著開口。

雨停之後，院中積水漸漸下潛，老嫗身影便越發模糊，可憐兮兮道：「大仙，我只想多看孫子幾眼。」

被打斷思緒的楊老頭有些不耐煩：「妳如何想，是妳的事情，我懶得管這些。」說到這裡，楊老頭眼神有些恍惚，自言自語道：「算妳運氣好，若是落入三教之手，妳有沒有來生都兩說，哪來現在的光景。佛家有降伏心猿意馬的說法，起念和發願兩事，至關重要。儒家好一些，管得那沒麼寬泛，只是苦口婆心、諄諄教導，告誡徒子徒孫們，一定要講求慎獨，意思就是說別口是心非。道家呢，又把『如何想』的重要性拔高了，不惜視心魔為修行大敵，比佛家還嚴苛，因此許多人一走岔路，就有了許多所謂的旁門外道。因為道家追求清淨，重視捫心自問，一旦被道教祖師爺留下的那些個問題把自己給問住了，就會心亂如麻……」

抽著旱煙的楊老頭如雲海滔滔裡的隱龍，那老嫗聽得更是如墜雲霧。她畢竟是此地土生土長的人物，又沒有讀過書，自然聽不懂這些玄之又玄的學問道理，只能硬著頭皮死記硬背。

楊老頭突然笑道：「妳倒是不用記這些，因為我們不管這個。」

老嫗呆住。

楊老頭重複一遍：「我們不管你們怎麼想，只看你們怎麼做。」

老嫗忐忑道：「大仙，我記住了。」

楊老頭扯了扯嘴角，說道：「既然身為河婆，就要負責所有河中事務，既是為自己積攢陰德，也要為自己贏得一方水土的百姓香火。妳若是能夠讓人為妳建立祠廟，塑造金身，使得一縷分身立於其中，那就是妳的本事。在這之後，就要爭取讓朝廷容納妳，躋身一國之內山嶽江河的正統譜牒，得一個官方認可的身分，做不到的話，至少也要被載入地方縣誌。要是供奉妳的祠廟，最後被當作一座淫祠，給官府奉命剷除，金身推倒，那妳的日子就不好過了，比孤魂野鬼還難受。」

老嫗壯起膽子問道：「大仙，如你先前所說，咱們這兒一律禁絕，那我這小小河婆，除了沾光續命，又能做什麼？大仙你所說的祠廟香火、山河譜牒什麼的，還有那地方縣誌……」

楊老頭說道：「這是以前，以後就不好說了。將來這裡，會從一座小洞天，降格成為一塊沒了門檻的小福地，誰都能來此，再也不用繳納那三袋子銅錢。這也是大驪皇帝為何如此不擇手段的根源所在，有些事情早六十年做還是晚六十年再做，結果會截然不同。」

老嫗一咬牙，問道：「大仙，你之所以願意庇護我，是不是因為我那孫子？」

楊老頭點了點頭，並未隱瞞初衷。

老嫗又問：「既然如此，大仙為何任由那真武山兵家，帶走我家馬苦玄？為何不自己來栽培？」

原來這個化身為河婆的老嫗，便是被人一巴掌打死的杏花巷馬婆婆。

楊老頭輕輕一磕煙杆，馬婆婆魂魄凝聚而成的水上身影，頓時扭曲不定，哀號不止。這份毫無徵兆的疼痛，就像一個凡夫俗子，突然遭受到摧心裂骨攪肺腑的苦痛，馬婆婆如何能夠承受？

楊老頭淡然道：「雖然在我眼中，沒有好壞之分，沒有正邪之別，不以此來稱量陰德，可這並不意味著我就喜歡妳的所作所為。以前不好與妳計較什麼，但是以後我就算讓妳灰飛煙滅也只是一念之間的事，所以別得寸進尺。」

馬婆婆跪倒在地，求饒道：「大仙，我不敢了不敢了！」

真武山劍修耗費巨大代價請下的那尊殷姓真神，面對少年馬苦玄的無禮質問，當時連那位兵家劍修也感到心悸，生怕惹來雷霆震怒，為何到最後，殷姓真神卻是一本正經地回覆馬苦玄？甚至是以人間話語回答「非不為，實不能也」七個字？這全然不是人神之間該有的問答。只不過這一點異樣，恐怕連那位地位已算超然的劍修也不明就裡，只當作是那尊真神自有不為人知的規矩和考量，但是小院裡的楊老頭心知肚明。

馬苦玄，才是天命所歸，絲毫不比婢女稚圭遜色半點。

王朱，王朱，合在一起即「珠」字。一條真龍，何物最珍貴？珠！

她為何選擇依附大驪皇子宋集薪？世間帝王一貫喜好以真龍自居，一人氣運能夠與王朝國祚掛鉤，顯而易見，兩人算是強強聯手，相輔相成。但是話說回來，修行一事，大道漫長，氣運、天賦、根骨、機緣、性情缺一不可，可最後修行路上，既有一步先、步步先，也有厚積薄發、大器晚成，所以並無絕對。小鎮這一輩，除了馬苦玄和稚圭，其實宋集薪、趙繇、顧璨、阮秀、劉羨陽，還有那些個各有機緣命數的孩子，可謂皆是天之驕子。哪怕是深不見底的楊老頭，也不敢說誰的成就一定會高過誰。

楊老頭瞥了眼院中積水，說道：「去吧，妳暫時只需要盯著廊橋那邊的動靜。」

馬婆婆惶恐道：「大仙，廊橋那邊，尤其是那口深潭，連我也無法靠近，每次只要過去些許，就像在油鍋裡炸似的……」

楊老頭笑了笑：「不用靠近，只要眼睛盯住那座廊橋即可。比如說日後有什麼東西從廊橋底下飛出，妳看準它的去向即可。」

馬婆婆連忙領命離去，院中積水之上，瞬間沒了馬婆婆如煙似霧的縹緲身影。

「師父！師父！」楊家鋪子正堂後門那邊，鄭大風大笑著喊著，急急忙忙來報喜。一前一後兩人來到後院，前邊的鄭大風腳下生風：「師兄回了，天大的好消息！」

楊老頭望向鄭大風身後的敦厚漢子李二，後者點了點頭，但是李二欲言又止，滿肚子疑問，只是木訥口拙，不知從何問起。到最後，他只是悶聲悶氣道：「師父，為何收馬苦玄為徒弟，而不是那少年？我不喜歡姓馬的小子。」

楊老頭瞪眼道：「所以你就擅自主張抓起那條金色鯉魚，賣給陳平安？」

比起在老人面前束手束腳的鄭大風，李二要有骨氣得多，坐在先前陳平安坐的板凳上：「咋了？我樂意。師父你不也挺喜歡那孩子的嗎？」

如果陳平安在場，一定會感到震驚，因為當初街上遇到的賣魚中年人，正是李二。

楊老頭氣得笑道：「結果呢？那只魚簍和那條金鯉，送到陳平安手上了？嗯？」

李二悶悶不樂，不吭聲。

鄭大風在一旁煽風點火：「師兄啊，不是我說你，白瞎了你那只龍王簍啊。給誰不好，偏偏給了大驪的死對頭，大隋的那位小皇子。小心以後宋長鏡跟你秋後算帳。再說了，肥水不流外人田，留給我侄子、侄女也好嘛。怎麼，師兄你覺得寶貝燙手啊，實在不行，送給我也成啊。」

楊老頭視線冷冷拋來，鄭大風噤若寒蟬，再也不敢多說半個字，舉起雙手，老老實實坐在臺階上。

楊老頭說道：「帶著苻南華，一起去老龍城。」

鄭大風滿臉驚訝，轉頭望去，只看到楊老頭那張面無表情的滄桑臉龐。

這個為小鎮看門的光棍漢子，緩緩收回視線後，拍了拍膝蓋，苦笑著起身，沒有說一個字，走下臺階，走向鋪子後門。

背後傳來楊老頭威嚴的嗓音：「記住，死也不許洩露根腳！」

鄭大風苦笑更甚，點了點頭，沒有轉身，加快了步子。走到正堂後門走廊後，這個漢子轉過身，跪下磕了三個響頭，沉聲道：「師父保重身體。」

從頭到尾，楊老頭一言不發，鄭大風黯然離開了楊家鋪子。

坐在板凳上的漢子李二有些替同門師弟鄭大風打抱不平：「師父，你對師弟也太……」

楊老頭笑道：「不近人情？」

李二點頭：「師弟雖然成天沒個正行，可是對師父你是打心眼裡的好。說實話，這一點我比不上他。」

楊老頭對此不置可否：「反正是無根浮萍，連路邊野草也比不過，死在哪裡不是死。」

李二嘆了口氣道：「師弟這次離開小鎮，肯定走得心裡不舒坦。」

「一般而言，想要一脈相承，薪火相傳，需要有三名弟子。一個是『能大用』，能夠光大師門，師父死後，挑得起大梁，鎮得住場子，既是面子也是裡子。一個是能『續香火』，看上去什麼本事都不如前者，可是勝在有韌性，天塌下來，就算那個有用的弟子死了，可偏偏是這個人，能保證師門香火不斷。鼎盛時分，作用不明顯，一到門庭不振的危險時刻，就很重要了。最後一個，必須『有意思』，天賦好、根骨好，什麼都好，很有意思，甚至不必對師父和宗門如何感恩，做師父的，不會跟這麼一個弟子事事講規矩，俗話說，教會徒弟餓死師父，最後這個徒弟，就是如此。」

李二好奇問道：「我、師弟，還有馬苦玄，咱仨分別是哪個？」

楊老頭笑道：「這麼多年過去了，誰說我只有你們三個徒弟的？」

李二愣了愣，笑容有些尷尬：「我忘了這茬。」

楊老頭笑問道：「那宋長鏡如何？」

李二認真思考片刻，結果只蹦出兩個字：「不錯。」

楊老頭抽著旱煙，吞雲吐霧，嘖嘖稱奇道：「那就是很厲害了。」

李二說道：「宋長鏡答應……」

不等徒弟說完，楊老頭一跺腳，天地寂靜。

李二笑道：「師父，咱們這些年做事情，可算不上隱蔽，還用在乎這些？」

楊老頭緩緩道：「連做做樣子也不願意，你是要造反啊？」

李二反問道：「有兩樣？」

楊老頭抬頭看了眼天空，視線透過三層天地，默不作聲。

李二心情沉重，問道：「師父，我家兩個崽兒，真要去那山崖書院？」

楊老頭道：「既然齊靜春願意拿此作為交換，為何不去？這等好事，說是百年不遇，一點也不誇張。」

李二問道：「為何齊靜春不一口氣送給陳平安？」

楊老頭笑道：「你以為那就是幫陳平安？嫌棄那孩子死得不夠快還差不多。你信不信當時如果你成功送出去龍王簍和金鯉魚，不出三天，陳平安必然暴斃在小鎮某處？」

李二疑惑道：「陳平安在六歲之前，就被他爹打碎了本命瓷，於是沒了約束，雖說使得這孩子留不住什麼大機緣，可這既是壞事，同時也是好事啊。他就像暗室裡的一盞燈火，便有了那麼多飛蛾撲火的事情發生。在這期間，那可憐孩子撈到手一樣東西，不是挺正常的事情嗎？」

楊老頭解釋道：「只要是在小鎮上，陳平安就不會有什麼好運氣，機緣太大，那孩子拿不起、留不住，就是兩手空空的貧賤命。他能活下來，已經相當不容易了。換成那些個所謂的天之驕子，哪個不死上七、八回。」

李二咧嘴笑道：「所以這也是師父你願意幫他一把的原因嘛。師父你能給的，剛好是陳平安唯一能夠接得住的。」

楊老頭猶豫了一下，吐出一口濃重煙霧：「那你知不知道，你試圖送給陳平安的那份機緣，差點就害死了他。大隋皇子和宦官、寧姚、刑徒刺客、那古怪道人……陳平安差點就死在這條線上。」

李二皺了皺眉頭。

楊老頭換了一個話題：「以往負責坐鎮此方天地的聖人，往往上任第一件事，就是查看那四件老祖宗留下的壓勝之物；第二件事就是來我這邊打聲招呼。但哪怕是這些個聖人，其中絕大多數人，也是知其然，不知其所以然。還有兩種人，不會來我這邊。第一種情況，多是早期歲月，那會兒東寶瓶洲佛家勢力昌盛，禿驢和尚還很多，這撥人是不敢來，怕沾因果。另一種情況，就是齊靜春這樣的，上邊根本就是故意不告訴他真相，巴不得齊靜春與我起了衝突，大打出手。齊靜春今天之所以來，是他自己琢磨出了餘味，或是……」楊老頭臉色凝重：「這種情況可能性太小，後果也太大，無法想像，我希望不是，也……應該不是。」

小天地之中，又別有洞天。

齊靜春坐鎮一方，楊老頭則像是藩鎮割據，且沒有半點寄人籬下的跡象。

楊老頭感慨道：「齊靜春那位先生之前的一位儒家聖人，說『聖人竭盡目力，以規矩準繩，以為方圓平直』意思是什麼呢，簡單說來就是你們這些老百姓啊，要感恩至聖先師的大恩大德，是他老人家花了老大氣力，窮盡目力，才訂立下這些規矩框架，以供後人在其中行走，不遭災厄橫禍，下輩子才有繼續投胎做人的機會。」

李二撓頭道：「師父你跟我說這些做啥，我也整不明白，鄭大風才能跟你聊。」

楊老頭笑道：「你李二要是能聊，我反而就不開這個口了。一個說，一個聽，一個問，一個答，剛剛好。」

楊老頭站起身，舉目遠眺：「如果有一天，那孩子能夠活著走出小鎮，在外邊闖蕩個幾十年後，一定會驚訝，原來當初那個家鄉小鎮，是如此之大。」

師父站起身了，李二也只好跟著起身，他雖然不會溜鬚拍馬，可規矩還是懂的。

楊老頭說道：「你也別留在這裡了，帶上你家那個潑婦，去一個地方。在東寶瓶洲，你這輩子都沒希望破境。宋長鏡是個小心眼，以後被他壓著境界，你不嫌噁心，我這個當師父的還覺得噁心人呢。對了，兒子、女兒，你要是真捨不得，可以帶走一個，大不了就少分走一點齊靜春的饋贈。」

李二問道：「師父，要是我媳婦非要兩個娃兒一起帶走，我咋辦？」

楊老頭怒道：「你家到底誰做主！」

李二一臉天經地義道：「她啊！」

楊老頭深吸一口氣，揮手趕人：「滾滾滾，一家四口都滾，愛咋咋的！」

李二走下臺階，突然轉頭問道：「那師父你？」

楊老頭坐回板凳，伸手去摸口袋裡的旱煙絲，發現已經空無一物，收回手後，臉色平靜道：「還能如何，等死而已。」

李二走到那邊簷下，沒來由轉頭笑道：「我覺得馬苦玄帶不走那樣東西。」

楊老頭神色灰暗，自嘲道：「他要是帶不走，那就真是誰也帶不走了。」

小鎮四姓十族突然得到消息，三天之內，所有外鄉人必須全部撤出小鎮，驪珠洞天暫時只許出，不許進。雖然怨氣沖天，但是到最後竟然沒有一人質疑此事。東行隊伍當中，李家老祖不惜親自出面，暗中護送那位正陽山小祖宗陶紫離去。

第二天，小鎮西邊極遠處，傳來一陣陣轟隆隆聲響，如地牛翻身，驚天動地。原來是那隻正陽山搬山猿，真真正正拔起了一座巨大山峰。

現出千丈真身的老猿，正要將其扛在背上，肩頭猛然一傾斜，似有重物壓在上面。

老猿抬起頭，眯眼望去，肩頭山巔之上，有「一粒」渺小身影——是齊靜春。

老猿大笑道：「齊靜春！莫要如此小氣，誤了大事！」

齊靜春沉聲道：「將這座披雲山放回去。」

老猿肩頭向上挑起，怒喝一聲，倡狂道：「不放又如何？」

下一刻，搬山猿突然雙手離開那座山峰底部，一個側滾，巨大身形壓得附近樹木倒塌無數；再下一刻，千丈巨猿被人一腳踩得陷入地面。那人才是真正的頂天立地，搬山猿與之相比，彷彿成了別人腳底的螻蟻。

又一腳，將試圖掙扎起身的老猿踩得再度深陷地下；再一腳，千丈老猿癱軟在大坑之中，渾身是血，奄奄一息。

那人躬著身，像是腦袋頂住了天穹，俯視著那隻搬山猿，譏笑道：「要是六十年前的我，出去之後第一件事情，就是一腳踏平正陽山！」

陳平安搖身一變，成了鐵匠鋪的臨時學徒，按照阮師傅的說法，需要有人頂替劉羨陽的活計，挖井、蓋房、鑿渠，都需要人手，他沒有白白養活那位劉大爺的道理。於是陳平安就成了鋪子裡最忙碌的人，只要是力氣活，他還真不輸給任何青壯漢子。勞作間隙，陳平安就去那棟屋子看望劉羨陽，從鬼門關轉悠了一圈的劉羨陽，不知道是死裡逃生後猶然心有餘悸，還是被搬山猿那一拳傷到了元氣精神，變得有些沉默寡言，病懨懨的，經常躺在床上望著屋頂愣愣出神。除了陳平安能跟他聊上幾句之外，劉羨陽幾乎沒有跟誰說過話，陳平安對此也束手無策。好在劉羨陽雖受傷極重，但是胸膛傷口的痊癒速度，竟然比陳平安的左手還要快上許多。

寧姚仍住在泥瓶巷的宅子裡，那個被她稱呼為阮師的男人，出人意料地答應為她鑄劍，更意外的是阮師還說此次鑄劍，運氣好的話，半年就能出爐，運氣不好的話，等上十年也未必成功。寧姚對此倒是心寬得很，笑著說自己運氣一向不壞，等上半年便是。

寧姚雖然每天住在陳平安的祖宅，但是藥罐子什麼的，都搬來了鋪子這邊，省得陳平安來回跑。陳平安則住在劉羨陽家，主要還是怕宅子遭賊。陳平安之前大半夜又去溪裡摸石頭，結果到最後卻是顆粒無收，就是青牛背那邊的深坑也摸不上蛇膽石。用寧姚的說法就是蛇膽石這玩意兒，跟人差不多，得有精氣神，沒有，就是尋常富貴門庭的清供雅玩，也就只能當作一方硯臺，可有了精氣神，就跟人穿上了龍袍差不多，兩者差距，一個天、一個地，這讓陳平安每次走在溪邊都要忍不住唉聲嘆氣。

寧姚給陳平安帶了一串老舊鑰匙回來，說是有人丟在院子裡的，然後她試了試，果然是隔壁宋集薪家的鑰匙，從院門到屋門到房門，全都能開。陳平安猜不出宋集薪想做什麼，照理說就他那種大手大腳的作風，應該不會想到讓自己去幫忙打掃屋子，畢竟以宋集薪的脾氣，估計屋子塌了，也不願意讓外人進入他的地盤。

陳平安比任何人都要瞭解宋集薪，宋集薪是一個很大方的人，不光是給他自己，哪怕是給婢女稚圭花錢，兜裡有十枚銅錢也敢全部砸出去。同時宋集薪也是一個很小氣的人，只要是他希望獨占的東西，一絲一毫他也不願意施捨。簡而言之，就是宋集薪想要給誰什麼，一擲千金也是毛毛雨，但是別人主動跟他求什麼，他板上釘釘不會樂意。心情好，願意對誰都錦上添花，但是不管心情好與不好，宋集薪都不會雪中送炭。

或者是稚圭故意丟到他家的鑰匙？陳平安覺得可能性不大。

在這期間，當陳平安聽到寧姚說她拿鑰匙開門的時候，有些目瞪口呆，欲言又止。於是寧姚瞇起眼眸，她那雙狹長雙眉，格外氣勢逼人——她就這麼死死盯著陳平安。

當時阮秀在不遠處愣愣看著這一幕，偷偷吃著讓陳平安幫忙從小鎮買來的碎嘴吃食，最後寧姚率先轉身離去。那天寧姚沒讓陳平安煎藥，捧著陶罐去了鐵匠鋪子後邊的空地，自己忙活了半天，給煙熏成一張大花臉不說，還煮出了一大罐子黑炭。

紮馬尾辮的阮秀遠遠經過，一邊走一邊嗑著瓜子，津津有味。

寧姚蹲在地上，惡狠狠盯著那罐子藥材，覺得這比練劍、練刀難多了。她滿臉憤憤不平，世間竟有我寧姚也做不好的事情？看來世上就不該有煎藥這麼一回事！

陳平安默默走到她身邊，幫她重新煎藥，動作嫻熟。

寧姚嘴唇微動，但是沒有阻攔，只是趁陳平安不注意的時候抹了把臉。

陳平安蹲在藥罐旁，仔細盯著火候，雙手疊放在膝蓋上，下巴又擱在手臂上。

寧姚冷哼一聲：「想笑就笑！」

陳平安沒有笑話她，依然盯著輕輕搖曳的青色火苗，小聲說道：「不是認為寧姑娘妳會做什麼壞事，只不過鑰匙終究是別人的，不管為什麼會落在咱們院子，都不好拿去開門。哪怕宋集薪和稚圭這輩子也不回小鎮，隔壁終究還是他家的院子，我們都是外人。」

寧姚撇撇嘴：「濫好人，死腦筋，窮講究，叨叨叨！」

陳平安和寧姚幾乎同時轉頭，看到一個年輕男子，身材修長，氣質清雅，一看就是外鄉讀書人。

陳平安發現此人看自己的眼神很古怪，既不像正陽山搬山猿、老龍城苻南華那麼自恃高人一等，也不像陸道長和寧姑娘這樣。那個年輕男人的視線十分複雜矛盾，似乎有憐憫、欣賞又夾雜著一絲嫌棄，最終年輕人選擇沉默離去。

寧姚皺眉道：「一看就是沖著你來的，怎麼回事？」

陳平安也納悶，搖頭道：「不明白。」

被那個莫名其妙的外鄉人打岔後，少年、少女之間那點甚至談不上是什麼隔閡芥蒂的賭氣，很快就煙消雲散了。只是那個年輕男人很快就去而復還，身邊還有一個雙腿極長的年輕女子，不知為何還有阮秀。

阮秀開口解釋道：「他們說不來小鎮方言，就讓我來幫忙。陳平安，這個姐姐就是救了劉羨陽的人，跟你一樣姓陳，但不是我們東寶瓶洲人氏。陳姐姐身邊這人，是龍尾郡陳氏的嫡長孫，姓陳名松風。聽陳姐姐說，陳松風好像跟你這一支陳氏，算是好幾百年前的遠房親戚吧，至於陳姐姐，跟你們哪怕往上推一、兩千年，也沒啥關係。這次陳姐姐是來祭祖的，但是小鎮這邊，從督造官衙署到福祿街、桃葉巷那些個大家族，已經沒誰知道她們家的祖墳到底在哪裡了，劉羨陽就說到了你，說你如今是小鎮最熟悉四周山水的人，找你准沒錯。陳姐姐說如果你能幫上忙，她可以支付報酬，一袋子金精銅錢，我覺得你可以答應……」說到這裡的時候，阮秀偷偷摸摸併攏雙指，在腰側晃了晃，除此之外，口型也是「兩袋」。

阮秀明擺著是要提醒陳平安，儘管獅子大開口，否則過了這村兒就沒這店兒。

陳平安仔細思考後，笑道：「我想到一個地方，有可能是她想要找的地方。至於報酬就算了，就是走幾步路的事情。」

阮秀有些著急。

寧姚已經向前踏出一步，用東寶瓶洲正統雅言說道：「讓陳平安帶妳去找墳頭祭祖沒問題，但是妳得拿出兩袋金精銅錢，沒得商量！他這會兒受傷很重，不宜長途跋涉，妳也清楚，如今齊先生讓人速速離開小鎮，陳平安不過是一介凡夫俗子，卻必須要加快腳步趕路，一袋錢，不夠。」

陳對和陳松風其實第一眼看到寧姚，俱是眼前一亮，見之忘俗。如荒蕪稻田之中，見到一株芝蘭，亭亭玉立。

陳對正大光明打量著寧姚，一襲綠袍，懸刀佩劍，賞心悅目。陳對的沉悶心情也有些變好，微笑道：「只要找得到我家祖墳，就兩袋錢。但是醜話說前頭，萬一找不到的話，我一袋子也不會給你們，如何？」

寧姚沉聲道：「一言為定！」

從始至終，彷彿沒有陳平安任何事情。

寧姚盯著陳平安，那雙眼眸充滿了「你不要跟我叨叨叨，要不然，我真會砍人啊」的意味。

陳平安忍住笑意，認真想了想，跟阮秀說道：「麻煩妳跟他們說一聲，我要先幫寧姑娘煎好藥，差不多還需要兩刻鐘，然後我去跟劉羨陽聊聊，最後就是還要阮姑娘幫我跟阮師傅說一聲，今天我手頭落下的事情，明天肯定補上。」

聽說沒辦法立即動身後，陳對有些神情不悅，她看著這個不識好歹的草鞋少年，臉色陰晴不定。

陳平安沒有遲疑退縮，寧姚更是雙手環胸，笑意冷漠。

陳對忍著心中不快，默念一句「大局為重」，對阮秀笑道：「秀秀，跟他說，我們在廊橋那邊等他，最多等半個時辰，如果到時候見不到人影，讓這傢伙後果自負。」

阮秀不鹹不淡地「嗯」了一聲。陳對和陳松風雙雙離去。

阮秀笑道：「我去跟我爹說一聲。」

陳平安給寧姚煎完藥後，去找劉羨陽。藥味濃重的屋子裡，躺在床上的劉羨陽聽到腳步聲後，轉頭看來，臉色依舊談不上紅潤，只是比起之前的慘白，已經要好上許多。

劉羨陽擠出一個笑臉，沙啞道：「叫陳對的女人找過你了？」

陳平安點頭道：「我等下就要帶他們進山。」

劉羨陽想了想道：「我會跟她一起離開，去一個據說比咱們東寶瓶洲還要大的地方。」

其實之前陳對就找過劉羨陽一次，但是在那之後，劉羨陽興致並不高，更沒有要跟陳平安聊她到底說了什麼的意思。

劉羨陽扯了扯嘴角：「其實我連東寶瓶洲是個啥也不曉得。」

陳平安彎腰幫劉羨陽理了理被褥，笑道：「你以為我知道啊？」

劉羨陽翻了個白眼，問道：「你知道我最擔心什麼嗎？」

陳平安搖搖頭。

劉羨陽轉頭重新望著屋頂：「在這裡，好歹你能攙扶我下床，之後咬咬牙自己也能解決，出了小鎮後，一路上拉屎、撒尿怎麼辦？難道要我跟他們說：『喂，你們誰誰誰，來給我搭把手？』」

陳平安坐在凳子上，只能撓頭。

劉羨陽突然笑了：「只是又一想，連死都死過了，還怕這個？」

陳平安說道：「日子終歸是越來越好的，放心吧。姚老頭不是說過嘛，大難不死必有後福。」

一說到姚老頭，劉羨陽就有些感傷：「姚老頭這輩子就沒說過幾句好話，喪氣話、晦氣話、罵人的話，倒是一籮筐一籮筐的。」

寧姚站在門外，也不說話。

陳平安又一次幫劉羨陽蓋好被子，起身道：「我去帶他們進山了，你好好休息。」

劉羨陽點點頭：「記得小心點。」

陳平安輕輕走出屋子，寧姚跟他並肩而行，陳平安好奇問道：「妳也要上山？」

寧姚皺眉道：「我信不過那兩個姓陳的。」

陳平安點頭道：「也對，小心總歸沒錯。」

兩人快步行走在溪邊，寧姚說道：「小鎮那邊的外人，走得七七八八了。」

春雷震動，蟄蟲驚而出走。

兩撥人在廊橋南端碰頭。除了寧姚和趕來湊熱鬧的風雷園劍修劉灞橋，其餘三人，是別洲陳對、本洲龍尾郡陳松風和小鎮泥瓶巷陳平安。

風雷園年輕劍修劉灞橋一看到少年、少女，立即神采飛揚，對寧姚說的第一句話就是：「小姑娘，妳年紀再大一些，肯定不比我家蘇仙子差。」這恐怕是劉灞橋對世間女子的最高評價了。

寧姚當然臉色不太好看，只是不等她說什麼，會說小鎮方言的劉灞橋就已經轉頭，對陳平安伸出一根大拇指，這個風雷園的天才劍修，眼神清澈道：「只是一副凡人之軀，就敢叫板正陽山搬山猿，關鍵還活下來了，簡直就是一個奇蹟！」劉灞橋實在好奇，眼前這個看著細胳膊細腿的草鞋少年，是如何蘊養出如此驚人的爆發力的？

劉灞橋收起大拇指，不去和走在前邊的陳對、陳松風並肩而行，反而走在陳平安一側，扭頭笑道：「雖說那正陽山就是個小山包，躲著一些名不副實的縮頭烏龜，可那隻搬山猿凶名赫赫，是一拳一拳打出來的名號，尤其是正陽山開山老祖死後，在正陽山開出第三峰前的頭個兩百年裡，幾乎都是靠著這隻老猿護著，正陽山才沒被周邊勢力吞併。當然了，那會兒的正陽山，到底還只是個不成氣候的小門小戶，需要面對的敵人，不算太強，要是那會兒就惹上咱們風雷園，嘿，沒懸念，只需要老祖一聲令下，賞我一塊御劍牌，我就可以一個人跑到正陽山的上空，輕輕丟下咱們那座雷池劍陣，下過這場劍雨之後，正陽山就算玩完了。」劉灞橋做了一個往地上隨手丟擲物品的手勢。

寧姚毫不留情面地直接拆穿：「正陽山沒你說的那麼不堪，風雷園也沒你說的那麼強大。」

劉灞橋沒有任何尷尬神色，以迅雷不及掩耳之勢轉換話題，對陳平安神祕兮兮道：「聽說這座廊橋的前身是一座石拱橋，石拱橋底下掛著一柄生銹的老劍條，以防龍走水？一般而言，這種瞧著不起眼的老玩意兒肯定不是俗物，說不得就是驚天地、泣鬼神的靈寶神物。」

劉灞橋在木板廊道上使勁跺了跺腳，道：「可是我剛才趴在地上，用手敲了半天，也沒能發現端倪，難道此物與我無緣？照理來說不可能啊，如我這般不世出的劍道天才，那老劍條若真是神兵利器，不說自己跑到我跟前來認主，好歹應該有所感應共鳴吧？難道老劍條其實不過爾爾，當真只是個歲月久一點的老物件而已？唉，可惜了、可惜了。」

旁邊的陳平安有些呆滯，這傢伙一點都不像是在開玩笑，很一本正經，雖然絕對跟「有理有據」八竿子打不著，可你又不能說他純粹在胡說八道。

劉灞橋也不管陳平安煩不煩，自顧自說起了小鎮那邊的趣聞逸事，說那誰誰誰得了一份讓人眼紅的機緣，竟然把鐵鎖井的整條鐵鍊子拽出了深井；還有某某逛了幾天也沒找著機緣，結果最後在一條破敗小巷，就那麼隨意抬頭一看，發現大門頂上的牆壁上鑲嵌著一面青銅小鏡，那人抱著死馬當活馬醫的心態，爬梯子上去一看，乖乖，竟是照妖鏡裡的老祖宗，雲雷連弧紋，篆刻有八個小字——『日月之光，天下大明』，那兄弟高興得站在梯子上就號啕大哭起來；還有海潮鐵騎出身的一位千金小姐，因禍得福，認識了觀湖書院的崔公子，兩人一見如故……

過了廊橋之後，陳對、陳松風自然而然放慢腳步，讓陳平安在前頭帶路。一行人沿著那條無名小溪往上游走。陳平安背著一只竹片泛黃的大背簍，陳松風則背著一只色澤依舊碧綠可愛的竹編書箱。

劉灞橋很好奇陳平安背簍裡到底裝了什麼，非要一探究竟，就讓陳平安放慢腳步。他一邊跟著一邊在背簍裡翻來翻去，發現亂七八糟的東西還真不少：三頂疊放在一起的斗笠，兩把壺、一把水壺、一把裝油；大小兩把柴刀、兩塊打火石和一捆火摺子。背簍底部還有一排被對半剖開後合攏的竹筒，有七、八截，最後是一個裝有魚鉤魚線的小布袋。

劉灞橋問道：「陳平安，那一截截竹筒是做啥的？」

陳平安給出答案：「竹筒總共有八個，其中六個，每截竹筒裡放了四個白米飯糰，還有兩個，裝了一些不容易壞的醃菜。」

劉灞橋滿臉得意，走路的步伐都有些飄，大聲道：「醃菜啊，我吃過的！」

陳平安奇怪地瞥了他一眼，心想吃過醃菜有這麼了不起嗎？除非你能不喝水、不就飯，一口氣吃完一竹筒醃菜，那才了不起。

劉灞橋突然好奇道：「這趟進山，咱們撐死了就三頓飯，需要兩大竹筒醃菜嗎？醃菜這東西，我小小一筷子，就能下半碗飯！」

陳平安正想著選擇哪條山路最快，隨口道：「我和寧姑娘吃一個竹筒的醃菜，你和你的兩個朋友一起。」

劉灞橋愣了愣，低聲笑道：「別這麼見外啊，我跟你們吃一個竹筒。」

寧姚斬釘截鐵道：「不行！你跟你朋友吃去。」

劉灞橋憤懣道：「憑啥？」

寧姚抬了抬下巴，示意答案在陳平安那邊，意思是我都不屑跟你劉灞橋多說話。

劉灞橋轉移視線，眼神有些幽怨，幽怨裡又透著股期待。

陳平安笑著搖了搖頭。

劉灞橋無奈嘆息：「重色輕友，我能理解。」

寧姚譏諷道：「這麼快就成朋友了，那你的朋友沒有幾萬，也有幾千吧？」

劉灞橋瞪眼道：「怎麼可能！」

寧姚一挑眉頭，替他加了三個字：「怎麼可能這麼少？」

劉灞橋嘖嘖道：「寧姑娘妳這性子，就不如我家蘇仙子了。」

寧姚皺眉道：「是正陽山的蘇稼？」

劉灞橋越發得意：「對！蘇稼，禾之秀實為稼，那位聖人所謂『好稼者眾矣』的稼！怎麼樣，我家蘇仙子，是不是名字也動人心魄？」

寧姚問了一個陳平安絕對聽不懂的問題：「你如果真的這麼喜歡蘇稼，那你有沒有想過，一旦她也喜歡你，怎麼辦？」

劉灞橋頓時吃癟，囁囁嚅嚅，最後心虛地自言自語：「她怎麼可能喜歡我呢。」

陳平安覺得劉灞橋這個人，不壞。

陳對和陳松風跟前面三人拉開十數步距離。看到劉灞橋跟陳平安聊得那麼投緣，陳松風有些羨慕，劉灞橋彷彿天生就擅長與人打交道，三教九流百家，帝王將相、販夫走卒，根本就沒有他不能聊天的對象。

陳松風小聲問道：「那婦人聽到風聲後，就立即拜訪衙署，主動提出要歸還那具甲冑，作為清風城許氏的賠罪，妳為何不收？」

相比進入小鎮之前，陳對如今明顯要和氣許多，擱在以前陳松風問這種問題，她只當耳旁風，現在她耐著性子解釋道：「如果清風城早就知道真相，劉姓少年祖上是我潁陰陳氏留在小鎮的守墓人，那麼他們膽敢如此行事，理所當然要付出代價，而且遠遠不是歸還甲冑這麼簡單。但是既然他們事先並不知曉內幕，大道機緣本就寶貴珍稀，人人可爭，我潁陰陳氏還不至於如此霸道。」

陳松風笑道：「說不定清風城也有算計正陽山一把的念頭，如果不是那老猿衝在前頭，被婦人扯來當了回虎皮大旗，估計清風城還真就拿不走寶甲。」

陳對恢復本來面貌，冷笑道：「蠅營狗苟，只會隨波逐流，從來不在乎真正的大勢是什麼。」

陳松風放低聲音，看似漫不經心，說道：「興許是有心無力吧，與其做些徒勞無功的大事，不如撈些蠅頭小利。」

陳對轉頭瞥了眼這個龍尾郡陳氏子弟，對於陳松風的「無心之語」，她不置可否。

馬上要進山了，陳平安停下腳步，陳對幾乎同時就開口說道：「劉灞橋，告訴他，只管帶路，越快越好。」

因為陳平安與搬山猿的小鎮屋頂一役，劉灞橋遠遠觀戰了大半場，回去之後就跟陳松風大肆宣揚了一番，當時陳對也在場，所以她知道不可以將陳平安視為普通的市井少年，因此到最後，陳松風淪為拖後腿的那個人。

這個豪閥俊彥，雖然也喜歡登高作賦、探幽尋奇，但是比起其他四人，實在相形見絀。陳對是武道高手，劉灞橋是天底下所有錬氣士當中極為重視淬錬體魄的劍修，那對少年、少女，更是能夠戲耍一隻肉身強橫至極的搬山猿的人。

山路難行，尤其是春雨過後，泥濘地滑，加上時不時就需要跨越溪澗石崖，陳松風口乾舌燥，汗如雨下。再往後，哪怕劉灞橋幫陳松風背起書箱，陳松風依然氣喘如牛，臉色發白。陳平安其間問過陳對一次，要不要放慢腳步，陳對的答覆是搖頭。

一行人需要在溪澗當中涉水而上的時候，陳松風踩在一塊長有青苔的石頭上，一個腳步打滑，整個人摔入溪水當中，成了落湯雞，狼狽至極。

陳對停下腳步轉身望去，雖然沒有說話，但是臉色陰沉。劉灞橋趕忙回身去攙扶陳松風起身。

陳松風歉然道：「我沒事，不用管我，肯定能跟上。」

陳平安乾脆摘下背簍，放在石崖凹陷處，說道：「休息一刻鐘好了。」

寧姚當然無所謂，蹲在陳平安附近，百無聊賴的她雙手手心分別抵住刀柄、劍柄，輕輕下壓，刀鞘、劍鞘尾端隨之輕輕敲擊青色石崖，一聲一聲，如同與溪水聲唱和一般。

陳對沉聲道：「繼續趕路！」

陳平安搖頭道：「進山不要一口氣用掉所有力氣，緩一下再繼續，等到他逐漸適應後，是可以跟上我們的。他不是體力不濟，只是氣息亂了。」

於翻山越嶺涉水一事，陳平安確實是行家裡的行家。不承想，陳對根本不聽陳平安的解釋，直接對陳松風說道：「你回小鎮便是。」

陳松風滿臉苦澀，看著不容置疑的陳對，轉過頭對劉灞橋說道：「那接下來就勞煩你背書箱了。」

劉灞橋大怒，拿下書箱摔向陳對：「老子還不伺候了！」

陳對臉色平淡，接過書箱後自己背起來，對陳平安說道：「走。」

陳平安想了想，從背簍裡拿出兩截竹筒，輕輕拋給劉灞橋：「回去路上餓了，可以填肚子。」

陳松風輕聲勸說劉灞橋，後者拿著竹筒，冷笑道：「才不受這窩囊氣，跟你一起打道回府，到了衙署那邊，要一桌子好酒好菜，大魚大肉！不比這舒服？」

陳對轉身繼續前行。

陳平安背起背簍後，有些不放心，看著劉灞橋問道：「知道回去的路嗎？」

劉灞橋笑了笑：「記得的。」

陳平安點點頭，和寧姚一起離去。

前方三人身影漸行漸遠，陳松風乾脆一屁股坐在石頭上，苦笑道：「你這是何苦來哉？跟潁陰陳氏結下一些香火情，對你、對風雷園怎麼都不是壞事，為何要意氣用事？」

劉灞橋打開一截竹筒，露出雪白的飯糰，興高采烈道：「還是陳平安厚道，不愧是我的好兄弟。」

陳松風知道劉灞橋的脾氣，不再勸說什麼。

陳松風自嘲道：「百無一用是書生啊。」

劉灞橋嘀嘀咕咕道：「早知道應該讓陳平安留下一竹筒醃菜的。」

他抓起一只飯糰大啃起來，含糊不清問道：「你說得也不對，小鎮齊先生，當然還有齊先生的先生，就很厲害。」

陳松風眼神恍惚：「你說齊先生到底想做什麼？」

劉灞橋隨口答道：「天曉得。」

陳松風伸手抖了抖濕透的外衫，唏噓道：「好一個『天曉得』。」

溪畔鋪子，劉羡陽又睡去了。阮邛坐在床頭，眼神凝重。

劉羡陽每一次呼吸，都綿長悠遠，這也就罷了，關鍵是每次吐出的氣息，似山間霧氣，又似湖上水煙，白濛濛的。它們並不隨風流散，而是一點點凝聚在口鼻之間。最終劉羨陽臉龐之上，如盤踞著一條三寸長短的白蛟。

以夢境為劍爐，一氣呵成神仙劍。

阮邛揉了揉下巴，讚嘆道：「原來走的是破而後立的極端路子，竅穴破盡，關隘無阻，雖然這副身軀徹底壞朽，可這劍，到底是成了。既能鑄劍，也可練劍，難怪這部劍經如此搶手。睡也修行，夢也修行，大道可期。」

阮邛站起身，自嘲道：「早知道就不該答應把你借給潁陰陳氏二十年了。」

三輛馬車，沿著彷彿沒有盡頭的山路一直向上，總算登頂了。

宋集薪和稚圭走下馬車，面面相覷，山頂是一塊地面平整的大平臺，中央地帶豎立起兩個石柱，但是石柱之間如水流轉，看不清「水面」之後的景象，少年、少女面前就像矗立著一道天門。

稚圭死死盯住那道大門，宋集薪則轉身走到山頂邊緣，舉目遠眺，大好河山，只覺得心曠神怡。

大驪藩王宋長鏡裹了一件狐裘，臉色蒼白，但是精神極好，來到宋集薪身邊，笑道：「這座位於東寶瓶洲的驪珠洞天，是三十六小洞天之一，不以占地廣袤見長，版圖不過方圓千里而已。」宋長鏡沒有轉頭，只是抬手指了指身後那道大門：「過了那道門，再沿著雲梯一直向下，約莫三十里路後，就算踩在了我大驪的疆土之上。那時候你可能回頭也看不清楚什麼，但是可以明白一件事情，那就是這座驪珠洞天，其實是高懸於天空的……」宋長鏡略作停頓，「一顆珠子。」

宋集薪站在山頂，視野開闊，這麼多年待在泥瓶巷，看來望去皆是泥牆，他喜歡當下這種感覺，登高望遠，千里山河，全在自己腳下。

宋長鏡攏了攏名貴卻老舊的狐裘，這位藩王今天談興出奇高，伸手指向西邊一座高山：「那座山名叫披雲山，以後有可能被大驪敕封為五嶽之外的十大正山之一，按照祖輩留下的老規矩，會出現一位載入譜牒前列的山神，得以塑造金身神像，堂堂正正，享受人間香火，為大驪鎮壓一地氣運，不至於流散別處，以免為鄰國作嫁衣裳。小鎮百姓只有站在披雲山的山巔才有可能看到我們腳下這座龍頭山，因為龍頭山受大陣護持，尋常肉眼凡胎，看不到此地的光景，這也算是一樁機緣。根據衙署祕檔記錄，歷史上，就有幾人因登上龍頭山，成功走出此方天地。」

宋集薪問道：「那這些人是不是都出人頭地了？在咱們大驪或是東寶瓶洲成了人上人？」

宋長鏡笑道：「有兩個在大驪混得不錯，相隔不過三十年，一文一武，被後世譽為大驪雙壁，文的那個，死後謚文正，武的那個，則給子孫贏得了世襲上柱國的不小祖蔭。雖說本王對兩人的子孫觀感極差，但是兩家跟大驪的香火情，本王捏著鼻子也得認，畢竟當年要不是他們聯手力挽狂瀾，大驪宋氏熬不過那次難關。」

宋集薪感受著山頂的清風吹拂，有一種羽化飛升之感，問道：「那其他人？」

宋長鏡輕輕呼出一口氣，越發神清氣爽，壓下體內蠢蠢欲動的氣海升騰，如同用一隻手強行按下一輪冉冉升起的紅日。宋長鏡此刻無比確定，自己只要踏出那道大門，就會立即躋身第十境，被譽為武道止境的第十境！

上五境之下所有鍊氣士，對陣一位登頂武道止境的大宗師，幾乎毫無勝算，只有被碾壓轟殺一種結果。

宋長鏡平緩了一下心境，給了宋集薪一個不太溫馨的真相：「死絕了。本王就曾親手宰掉一個，當時本王還只是七境武夫，那人還是一個相對棘手的劍修，而且人生正值巔峰。那次本王與他相互追殺，輾轉了七、八百里路，最後在大驪南部邊境一個叫白狐關的小地方，本王終於追上了他，打爛了他所有傍身法器和本命飛劍之後，本王擰斷了他的脖子。沒辦法，不肯為大驪所用，就只有這個下場。宋家一向厚待鍊氣士不假，可前提是這些鍊氣士，必須要為宋家賣命，哪怕只是做做樣子。」

那一次捉對廝殺的後半程，宋長鏡進入了第八境。

宋集薪對這個藩王叔叔的傳奇經歷並不感興趣，只是好奇問道：「是其他王朝出了更高的價格，才使得他們不惜叛離大驪？」

宋長鏡笑道：「在那名劍修之前，大多是如此。大驪地處偏遠，民風彪悍，本就是崇武之國，武道天才輩出，一點也不值錢，倒是文縐縐、軟趴趴的鍊氣士，鳳毛麟角，所以每出世幾個，歷任大驪皇帝都恨不得當菩薩供奉起來。當今天子，嗯，也就是我那位皇兄，當然也不例外。有次那個劍修入宮覲見皇兄，負劍而行，鼻孔朝天的樣子，很欠揍啊。他當時剛好碰運氣得到一件稱手的護身寶物，朝野上下，如日中天，所以見到本王之後，連招呼也不打，就是這樣。」

宋集薪問道：「然後呢？」

宋長鏡用看待白癡一樣的眼神，斜瞥了一眼自己的侄子：「然後不就死了？」

宋集薪滿臉匪夷所思：「叔叔你就因為人家沒跟你打招呼，就痛下殺手，斬殺一名足可稱為國之砥柱的大修士？」

宋長鏡淡然道：「有些人，你就不能慣著他。」

宋集薪眼神狐疑，似乎想不明白這麼一個桀驁不馴、不顧大局的大驪皇族，是怎麼活到今天的。

宋長鏡笑道：「你可能不知道一件事，那就是整個東寶瓶洲，只有一個王朝的錬氣士，無論什麼出身、什麼靠山，都必須為皇帝去往邊境沙場效勞賣命，實打實廝殺三年，若是戰功不足，就繼續留在邊境喝西北風，直到攢夠了才能回家享福。」

宋集薪更加疑惑：「叔叔你不是才說大驪最推崇錬氣士嗎？怎麼就有這麼個規矩了？退一步說，大驪就不怕這些人夭折在沙場？」

宋長鏡哈哈笑道：「這條不成文的規矩，是在本王掌握兵權之後訂立的。」

宋集薪恍然道：「是那個劍修不願去沙場，折了你的面子？使得其他錬氣士上行下效，無形中壞了大驪的軍心民心？所以只能兩害相權取其輕？」

宋長鏡搖頭道：「那個劍修年輕時候投軍邊境，短短一年就攢夠了戰功，在大驪口碑相當不錯。」

宋集薪惱羞成怒道：「那到底是為何？難道是與你爭風吃醋，還是犯了宋氏的忌諱，或是暗中通敵叛國？」

宋長鏡的答案很簡單：「雖說修士和武夫是兩條路上的人，前者也確實更加……嗯，用那頭繡虎的話說，就是更加金枝玉葉。武夫第十境就算走到了盡頭，但是鍊氣士卻還有上五境可以攀爬，兩者之差，確實不小。如果拎出兩者中最拔尖的一小撮人，上五境鍊氣士就像站在這裡的山頂，本王這樣的武道中人卻只能是站在那座披雲山的山頂。當然了，武道止境宗師跟十一、十二境界的修士也不是沒得打，不過說到底，在世俗人眼中，武夫就是只會打打殺殺的大老粗，要矮人家修士一頭的。所以那次宮中相見，他非但沒跟本王打招呼，還故意斜眼瞅我，嘴角翹起，很挑釁啊，本王就想教他做人。」

宋集薪呆若木雞。

教人做人，那你好歹給人家留一條活路啊，就非要擰斷人家的脖子？

宋長鏡卻不想再聊那個已死之人的話題：「是不是很想瞭解一下，那個跟我生死相搏的中年人？」

宋集薪下意識咽了口唾沫，沒有說話。

雖然三輛馬車先行，後邊兩人的硬碰硬，打得天昏地暗，宋集薪是知道的。

其中一次宋長鏡整個人從天而降，在馬車十幾丈外的地方砸出一個大坑，之後又有一次，宋長鏡還以顏色，當時宋集薪已經爬到車頂上，親眼看到那個氣勢如陸地蛟龍一般的壯實漢子，被宋長鏡一拳砸得撞入一座小山頭之中，濺射而起的塵土，極其壯觀。

非人——這是宋集薪當時唯一的觀感。

其實宋長鏡跟那個橫空出世的漢子打得一點都不神仙縹緲，彷彿拳拳到肉，從頭到尾都像是在以傷換傷，以命換命！比的就是誰更蠻不講理。

宋長鏡突然揉了揉宋集薪的腦袋，嗓音語氣破天荒有些溫暖：「皇兄的野心很大，在大隋皇帝還只盯著大驪的時候，他就已經看到了東寶瓶洲最南邊的老龍城。你是不是很奇怪，為何本王既是大驪嫡出的皇子，又是掌握一國軍權的藩王，在軍中和民間威信之高，無人能比，卻還是能跟你爹做到兄友弟恭？」

宋集薪笑了笑，狡黠道：「叔叔你願意說就說唄。」

宋長鏡收回手，沉聲道：「因為本王唯一想要的，是看到止境之上的武道風光，只有走到了那裡，我宋長鏡才不枉此生。」

這一刻宋集薪心胸間好似有洪流激盪，顫聲問道：「如果我一心一意，能夠有叔叔你今天的高度嗎？」

宋長鏡搖頭笑道：「你啊，若是習武，撐死了也就到第八境，沒前途，還是乖乖當個鍊氣士好了，成就肯定更高。」

宋集薪有些不服氣：「為何我就只能到武道第八境？」

宋長鏡玩味笑道：「只能？」

宋集薪有些臉紅。

宋長鏡也不計較宋集薪的不知天高地厚，瞇眼望向遠方，緩緩道：「鍊氣士嘛，是個靠老天爺賞飯吃的行當，命好不好，很重要，今天在這裡撞見個機緣，明天再在那裡撿到個法寶，後天不小心遇到個深藏不露的神仙，大後天看個風景，指不定就悟了，好像做什麼都能增長修為。至於我們武道中人，大不一樣，沒什麼捷徑可走，只能靠一步一步走出來，無趣得很。」

宋集薪心情複雜，有些失落。

宋長鏡不再理會這個侄子，轉身走向馬車，眼角餘光看到稚圭的背影後，猶豫了一下，走到她身邊，跟她一起抬頭望向那道大門。

宋長鏡自言自語道：「真龍之氣，凝結成珠。世間蛟龍之屬，皆以珠為貴，如同修士的本命元神。」

婢女稚圭沒有轉頭，但是流露出一絲緊張。

宋長鏡笑道：「為了廊橋匾額所寫的『風生水起』這四個字，我大驪付出的代價之大，外人無法想像。風生水起，水起，為何要水起？還不是希望蛟龍走江的時候，能夠暢通無阻。本王呢，其實對這些不上心，一切只是妳家少爺他那個狠心老爹的意願，妳出了這座小洞天之後，估計除了京城那頭繡虎，不會再有誰能對妳指手畫腳。」

宋長鏡轉頭，望著稚圭的側臉：「雖說妳和本王那個侄子的命數掛鉤，息息相關，榮辱與共，但是妳也別太過恃寵而驕，不要讓本王有出手的念頭。嗯，看在大驪江山和侄子宋集薪的面子上，本王可以破例，給妳兩次找死的機會，剛好應了『事不過三』那句老話。」

稚圭驀然發怒，先轉身，再後退兩步，狠狠盯著這個讓她心生恐怖的大驪藩王：「我本來就不是人，你們卻要以世人的規矩來約束我，到底是誰不講道理？你們人的金科玉律、規矩方圓，關我何事？」

宋長鏡快意笑道：「別誤會，本王絕不會在小事上苛求妳，恰恰相反，本王才是妳最大的護身符。」

宋長鏡凝視著稚圭，她有一雙泛起黃金色彩的詭譎眼眸。他最後說道：「打了那一架後，本王與妳，其實已是一條船上的盟友了。記住這句話，尤其是將來，在妳有資格做出重大抉擇的時候，好好想想這句話。」宋長鏡轉身離去。

馬車旁，一個滿身沙場粗糲氣息的中年車夫看著大驪藩王身上那件扎眼的雪白狐裘，實在忍不住，開口笑道：「王爺，啥時候換一件新狐裘啊，這都多少年了，王爺穿著不煩，咱們可是看著都煩了。」

宋長鏡登上馬車，彎腰掀起簾子，沒好氣地撂下一句：「打下大隋再說。」

車夫爽朗大笑，面對這個大驪一人之下、萬人之上的權貴藩王，竟是一點也不拘謹。

宋長鏡戎馬生涯二十年，雖說為將做帥，不可能次次大戰都身先士卒，更多是在大帳內運籌帷幄，但大驪邊境硝煙四起，每逢死戰，宋長鏡必然親身陷陣。堂堂藩王，平時的生活起居，從無醇酒美婦，幾乎可以用「身無外物」來形容。

宋長鏡坐入車廂後，盤腿而坐，眉頭緊皺：「那人要本王離開驪珠洞天之後，不用著急趕赴京城，『不妨在山腳等一等，抬頭看一看』，等什麼？看什麼？」

宋集薪和婢女稚圭也進了車廂，馬車已經準備穿過那道大門。

宋集薪發現稚圭蜷縮在角落，瑟瑟發抖，他擔憂道：「怎麼了？」

稚圭顫聲道：「我感覺得到，門那邊，有無數可怕的東西。」

宋集薪笑著安慰道：「有我叔叔在，妳怕什麼？別怕，天塌下來他也能頂著。」

不料稚圭越發恐慌，使勁縮在角落，帶著哭腔道：「就算是他，也扛不起來的！」

小鎮最大的酒樓，來了一位稀客。

一個雙鬢霜白的教書先生要了一壺酒和幾碟子下酒小菜，自飲自酌，快哉快哉。原來今天這個學塾先生沒有教書授課，學塾蒙童一個個歡天喜地回家了。他喝完最後一杯酒，吃完最後一口菜，便輕輕放下了筷子。

啪一聲過後，千里江山小洞天，寂靜無聲，一切靜止，此方天地瞬間崩碎。

這一刻，整個東寶瓶洲的山上神仙、山下凡人皆不由自主地抬頭望去。但是下一刻，彷彿有猶在仙人之上的仙人，以改天換日的大神通，遮蔽了整座驪珠洞天的景象。

東寶瓶洲北部的高空，萬里雲海翻滾，緩緩下垂。有一人通體雪白，大袖飄搖，身高彷彿不知幾千幾萬丈，正襟危坐，身前懸浮著一顆如他手心大小的破碎珠子。此人法相之巨，像是將一個東寶瓶洲當作了私塾學堂。

無邊無際的雲海之上，有一道道威嚴聲音如天雷紛紛炸響。

「齊靜春，你放肆！」

「大逆不道！」

「回頭是岸！」

那個讀書人低頭凝視著那顆珠子，緩緩收起視線，最後抬頭朗聲道：「小鎮三千年積累而成的天道反撲，我齊靜春一肩挑之！」

在齊靜春放下那雙筷子之前的兩天，小鎮出現了一些不好的兆頭。

鐵鎖井水位下降得很厲害，槐枝從樹幹斷裂墜落，枝葉皆枯黃，明顯不符合春榮秋枯的規律，還有小鎮外橫七豎八躺著許多泥塑木雕神像的地方，經常大半夜傳來爆竹一般的炸裂聲，好事者跑去一看，靠近小鎮一帶，去年冬天肯定還存世的那撥泥菩薩木神仙們，竟然已經消失大半。

從福祿街和桃葉巷動身的牛車、馬車就沒有斷過，那大塊青石板鋪就的街面上，連大半夜都能聽到擾人清夢的牛馬蹄聲。那些衣衫華美、滿身富貴氣的外鄉人，也開始匆匆忙忙往外走，大多神色不悅，三三兩兩，經常有人朝小鎮學塾方向指指點點，頗為憤懣。

小鎮東門的光棍鄭大風沒了身影，窯務督造官衙署也沒有要找人頂替的意思，於是小鎮就像沒了兩顆門牙的人，說話容易漏風。

劉灞橋和陳松風沿著原路返回，兩人能夠看到廊橋輪廓的時候，已是黃昏時分。劉灞橋沿著一條小徑走到溪畔，蹲下身掬了一捧水洗臉，約莫是嫌棄不夠酣暢淋漓，乾脆撅起屁股趴在地上，將整個腦袋沉入溪水當中，最後猛然抬頭，大呼痛快。

轉頭看著大汗淋漓的陳松風，劉灞橋打趣道：「一介文弱書生，手無縛雞之力啊。」

陳松風只是掬著喝了口溪水，嗓子沙啞道：「我當初之所以辛辛苦苦成為鍊氣士，只是希望強身健體，能夠多活幾年，多看幾本書而已，如何比得上你們劍修。何況在這處驪珠小洞天，劍修之外的鍊氣士最吃虧，一不留神，運轉氣機，就要損耗道行，境界越高，折損越多。不承想我修為低下，反而成了好事。」

劉灞橋拍了拍陳松風肩膀：「不如改換門庭，加入我們風雷園練劍，以後我罩著你。你想啊，成為一名劍修，御劍凌風，萬丈高空，風馳電掣，尤其是雷雨時分，踏劍穿梭其中……」

陳松風突然笑道：「聽說風雷園被雷劈次數最多的劍修，名叫……」

劉灞橋伸出一隻手掌：「打住！」

劍修亦是鍊氣士之一，只不過比起尋常鍊氣士體魄要更為靠近另一條路上的純粹武夫，簡單說來，就是筋骨肉和精氣神，劍修追求兩者兼備，其他鍊氣士，體魄一事，只要不拖後腿就行，並不刻意淬鍊。當然，鍊氣士在養氣、鍊氣的同時，對於身體的完善，其實就像春風化雨一般，始終在打熬磨礪。可是比起劍修，錘鍊體魄之事，鍊氣士無論是力度還是次數，遠遠不如，更不可能像武夫那麼一心一意、孜孜不倦。對於世間鍊氣士而言，存在一個共識，身軀皮囊，終究是不斷腐朽之物，夠用就行。能夠僥倖修練成金剛不敗之身、無垢琉璃之軀，那是最好，不能也無妨，切莫鑽牛角尖，誤了大道根本。

劉灞橋隨口問道：「你家那位遠房親戚，到底是第幾境的武人？」

陳松風無奈道：「我如何知道這等機要祕事？」

劉灞橋想起那天在衙署正堂爆發的衝突，感慨道：「宋長鏡實在是太強了，最可怕的是這個大驪藩王還如此年輕，一般的第八、第九境武人，誰不是半百、甲子年齡往上走的，甚至百歲也不算高齡，可是如果我沒有記錯的話，宋長鏡才將近四十歲吧。難怪當初要被那人笑稱『需要壓一壓氣焰』。」

陳松風輕聲道：「應運而生，得天獨厚。」

上五境修士，神龍見首不見尾，很難尋覓。但是武人當中的第八、第九境，往往天下皆知，與世俗王朝也離得不遠。何況武道攀升，靠的就是一場場生死大戰。於生死一線，見過生死，方能破開生死，獲得一種類似佛家「自在」、道家「清淨」的超然心境。

除了兩名大宗師之間的切磋，第八、第九兩境武人最喜歡欺負中五境裡的頂尖鍊氣士，尤其是宋長鏡這樣的第九境最強者，幾乎可以說是上五境之下無敵手，也就只有鍊氣士當中的劍修能夠與之一戰，但也只能爭取讓自己輸得不那麼難看，贏得一個雖敗猶榮的說法。不過這其中存在一個隱晦原因，才使得第九境武道強者肆無忌憚，那就是中五境裡的最後一層，第十境大修士，根本已經無心世俗紛爭，甚至連家族存亡、王朝興衰也顧不得，為的只是那「大道」二字了。

劉灞橋還沉浸在自己的思緒當中：「宋長鏡要我出了小鎮後，憑自己本事取走符劍。要不要給風雷園打聲招呼呢，讓他們早早擺好慶功宴？」

陳松風哭笑不得，望著深不過膝蓋的潺潺流水，想到宋長鏡以及這個藩王身邊的風流少年，陳松風隱隱約約感受到一種大勢凝聚的跡象，決定這趟返回龍尾郡陳氏祖宅後，必須說服家族押注在大驪王朝，哪怕沒辦法孤注一擲，也要讓陳氏子弟趁早融入大驪廟堂。

陳松風呢喃道：「大驪氣象，已是時來天地皆同力。因此我陳氏要扶龍，不可與人只爭著附龍而已。」

劉灞橋問道：「你嘀嘀咕咕個什麼？」

陳松風站起身，甩了甩手，笑道：「你好像跟那個泥瓶巷少年很投緣啊。」

劉灞橋跟著起身，大大咧咧道：「萍水相逢，聚散不定，天曉得以後還能不能再見到。」

兩人一起踩著溪畔春草走上岸，陳松風問道：「聽說南澗國轄境內的那塊福地，要在今年冬天對外開放，准許數十人進入，你當下不是仍然無法破開瓶頸嗎，要不要下去碰碰運氣？」

劉灞橋冷笑道：「堅決不去，去螞蟻堆裡作威作福，老子臊得慌。」

陳松風搖頭道：「我家柳先生曾經說過，心境如鏡，越擦越亮，故而心境修行，能夠在道祖蓮臺上坐忘，當然大有裨益，可是偶爾在小泥塘裡摸爬滾打，未必就沒有好處。去福地當個拋卻前身、忘記前生的謫仙人，享福也好，受難也罷，多多少少……」

不等陳松風說完，劉灞橋已經嚷嚷道：「我這人勝負心太重，一旦去了靈氣稀薄的福地，若是無法靠自己的本事破開禁忌，重返家鄉，那我肯定會留下心結，那就會得不償失，弊大於利。再說了，要是不小心在福地裡給『當地人』欺負了，又是一樁心病，等我還魂回神之後，哪怕需要耗費巨大代價，我肯定也要以『真人真身』降世，才能痛快。只是如此一來，不是有違我初衷本心？」

劉灞橋雙手抱住後腦勺，滿臉不屑道：「說句難聽的話，如今咱們東寶瓶洲那三塊福地，誰不心知肚明，早就變味了，已經成為那些個世俗王朝的豪閥子弟花錢下去找樂子的地兒，難怪被說成是仙家治下的青樓勾欄之地，烏煙瘴氣。」

陳松風笑道：「也不可一概而論，不說我們這些外鄉人，只說那些當地人，不乏驚才絕豔之輩。」

劉灞橋白眼道：「一座福地，那麼多人口，每年能有幾人脫穎而出？一個都未必有吧。那些成功來到我們這裡的，百年當中，最終被咱們記住名字的，又能有幾個？屈指可數吧。所以我就不明白，這些個福地為何如此受人推崇，還有人揚言，只要擁有一塊福地的一部分統轄權，好處不比擁有一位上五境修士來得少，瘋了吧。」

陳松風笑道：「福地收益，細水長流啊，偶爾還能蹦出一、兩個驚喜，最關鍵是所有的好處，屬於坐享其成，誰不樂意從中分一杯羹？」

洞天走出去的人，命多半好；福地升上來的人，命尤其硬。

劉灞橋問道：「你好像不太喜歡那個姓陳的少年？」

陳松風想了想，選擇袒露心扉：「如果出於個人，我對他沒有任何意見。但如果就事論事，他的存在，其實讓我們整個家族都很尷尬。驪珠小洞天的陳氏子弟，本就是本洲的一個笑話，小鎮之內，一個人數不算少的姓氏，僅剩一人，其餘全部成了別家奴僕，淪為笑談，實屬正常。在龍尾郡陳氏眼中，我們和小鎮上的陳姓之人，雖說遠祖相同，可那都是多少年前的老皇曆了，談不上丁點兒情分，但是所有龍尾郡陳氏的對手，豈會如此看待。在這種情況下，如果泥瓶巷少年乾脆也成了大戶人家的下人，也就罷了，當時當世一場大笑過後，很難多年持續成為一樁談資，可這個少年的咬牙堅持，孤零零的存在，就顯得格外引人注目。外邊許多人甚至在打賭，小鎮這一支這一房這一個陳氏子弟，何時不再是那個『唯一』。」

劉灞橋皺眉道：「這又不是那少年的錯。」

陳松風笑道：「當然，少年何錯之有，可是世上有些事情，終究是很難說清楚道理的。」

劉灞橋搖頭道：「不是道理很難說清楚，事實上，本來就是你們沒道理。只是因為那個少年太弱小，所以才讓你們能夠顯得理直氣壯，加上你們龍尾郡陳氏的聲勢，比少年大許多，可是比起身邊那些看笑話的人，又很一般，所以處境越發尷尬，到最後，不願意承認自己無能，只好反過來暗示自己，認為那個少年才是罪魁禍首。我相信如果不是這座驪珠洞天不容易進入，那個讓龍尾郡陳氏難堪的陋巷少年，早就被龍尾郡陳氏子弟悄悄找個由頭做掉了，或是被某個附庸家族的傢伙殺了邀功了。」

陳松風臉色漲紅，一時間竟是有幾分惱羞成怒。

劉灞橋抱著後腦勺，揚起腦袋望向天空，仍是優哉游哉的慵懶神色：「我知道你陳松風不是這樣的人，可惜像你這樣的人，到底少，不像你的人，終究多。就說正陽山那隻搬山猿，自己拿不到劍經，害怕我風雷園拿到，就要一拳打死那劉姓少年，你覺得這樣講理嗎？我覺得這樣很不講理。可是有用嗎？沒用啊。我連正面挑釁老猿也不敢。」

劉灞橋嘆了口氣，鬆開一隻手，拍了拍自己的肚子，自嘲道：「我呢，就是口拙嘴笨，拳頭也不夠硬，劍還不夠快，要不然我這肚子裡，真是積攢了一大堆道理，想要跟這個世道好好說上一說。」

陳松風吐出一口氣：「所以你覺得那個少年不錯？」

劉灞橋轉頭望向紅日墜落的西邊高山：「覺得不錯？怎麼可能。」

陳松風有些疑惑。

劉灞橋笑道：「我一看到那個少年，就自慚形穢。」

陳松風覺得匪夷所思，搖頭笑道：「何至於此？」

劉灞橋把到了嘴邊的一些話咽了回去，省得傷感情。陳松風這個傢伙，雖然沒那麼合胃口對脾氣，可是比起一般的讀書人，已經好上許多，自己就知足吧。話癆劉灞橋就這麼一路沉默下去。

夜幕深沉，陳平安自製了三支火把，三人舉火而行。

最後來到一座高山山腳，陳平安擦了擦額頭的汗水，對寧姚說道：「寧姑娘，跟她說一下，這是一座朝廷封禁之山，她有沒有忌諱？」

寧姚轉告陳對後，後者搖頭。

陳對舉目望去，她無比確定，潁陰陳氏的祖墳，肯定就在此地。游子還鄉，心有感應。

陳對緩緩閉上眼睛，片刻之後，她蹲下身，用手指在地面上寫了一長串字，寫完之後，嘴唇微動。最後她用手掌緩緩抹平所有痕跡，起身後，腳步繞過符文銷毀的地方，率先登山，甚至不用陳平安指路。

三人來到半山腰某處，陳平安指向不遠處，一座小土包上生長有一棵樹，主幹古怪，極其筆直，竟是比青竹還直。

陳平安如釋重負，點頭道：「就是這裡了。」

陳對沉聲道：「你們去山下等我。」

寧姚扯了扯陳平安袖子，示意一起下山。

陳對放下書箱，一件件、一樣樣，小心翼翼拿出那些精心準備的祭品用以祀神供祖。

中途陳對有剎那間的恍惚失神，癡癡望向那棵小樹，熱淚盈眶，喜極而泣，喃喃道：「果然如此，果然如此。」最後陳對無比虔誠地對著那座小土包，行三叩九拜的大禮。

她伏地不起，顫聲道：「我潁陰陳氏，叩謝始祖庇護！」

山腳，陳平安和寧姚各坐在背簍一邊，背對而坐，寧姚問道：「之前有段路程，你為何故意要繞遠路？」

陳平安愣了愣，震驚道：「寧姑娘，連妳都看出來啦？」

寧姚手握刀鞘，往後一推，刀鞘頂端在陳平安後腰一撞：「把『連』字去掉！」

陳平安齜牙咧嘴，輕輕揉腰，放低聲音道：「我不是跟妳說過嗎，有老大一片山崖，全是那種被你們稱為斬龍臺的黑色石頭，我怕給她看了去，然後她也是識貨的，到時候萬一她起了歹心咋辦？害人之心不可有，防人之心不可無，這個道理我還是懂的。」

寧姚笑道：「守財奴，你還不是擔心她如果想法子搬走它，會害得你兩手空空。」

陳平安傻呵呵笑道：「寧姑娘，妳這麼耿直，朋友一定不多吧？」

「哎喲。」驀然又是一陣吃疼的陳平安，趕緊騰出隻手，去揉腰的另外一側。

陳平安突然用手肘輕輕碰了一下寧姚後背，問道：「吃不吃野果子？我來的路上摘了三個，被我藏在袖袋裡了，她應該沒瞧見。」

寧姚沒好氣道：「這個時節的山果，能好吃？」

陳平安轉身，遞過去兩顆桃子大小的通紅野果，笑道：「寧姑娘，那妳就是不曉得了，這種果子還真就只有在春天才能吃著。冬末結實，初春成熟，這會兒澈底熟透，一口下去，嘖嘖嘖，那滋味，不小心舌頭都能咬掉。更奇怪的是，咱們這裡那麼多座山，果子就只有這附近有。我當年也是跟著姚老頭來找一種泥土時，他告訴我的。其他地方，也有些野果子味道不錯，可我吃來吃去，啃東啃西，覺得都不如這種。」

寧姚接過兩顆果子，打定主意難吃的話，一定要把剩下那顆還回去：「還吃來吃去、啃東啃西，你是山裡的野豬啊？」

陳平安咬著野果，笑道：「小的時候家裡窮，可不是逮著什麼就吃什麼，妳還別說，有一次還真因為瞎吃東西，把肚子給吃壞了，痛得我在巷子裡滿地打滾。那是我第一次聽到自己的心跳聲，打雷擂鼓似的。」

只可惜寧姚忙著吃果子，沒聽清楚陳平安最後說了啥。第一口咬下去，她就覺得這果子甘美異常，果肉下肚後，整個人都暖洋洋的，身體如同一座鋪設有地龍的屋子，野果就是一袋袋炭火。

寧姚閉上眼睛，感受五臟六腑，雖說通體舒泰，但是其餘並無異樣，意味著這種野果大體上可以位列神仙腳下的山上之物，但也僅限於此，肯定可以在世俗王朝賣出高價，卻也不至於讓修士眼紅。對於山下的凡夫俗子而言，則無疑是延年益壽的無上珍品。早知道如此，寧姚就乾脆不接這果子了。

寧姚有些惋惜，抹了抹嘴，轉身把剩下的野果遞過去：「不好吃，還給你。」

陳平安悻悻然收回去，有些失落，他還以為寧姑娘會覺得不錯呢。

寧姚雙手輕輕踢著背簍，隨口問道：「是留著給那個叫陳對的女子？」

陳平安搖頭道：「給她幹什麼，非親非故的，當然是留給劉羨陽了。」

寧姚突然好奇道：「如果阮秀在這裡，你是不是不給陳對，給阮秀？」

陳平安點頭道：「當然。」

寧姚又問：「那如果你手上只有兩顆野果，你是給我，還是給阮秀？」

陳平安毫不猶豫道：「一顆給你，一顆給阮秀啊。我看妳們吃就行。」

陳平安又遭受偷襲，揉著後腰，無辜道：「寧姑娘，妳幹嘛？」

寧姚再問：「如果只有一顆呢？」

陳平安呵呵笑道：「給妳。」

寧姚：「為啥？」

陳平安既狡黠又實誠道：「阮姑娘又不在這兒，可寧姑娘妳在啊。」

陳平安後腰瞬間遭受兩下重擊，疼得他趕緊起身，蹦蹦跳跳，如此一來，害得寧姚一屁股跌入那只大背簍。

陳平安趕緊把她從背簍里拉出來，寧姚倒也沒生氣，只是狠狠瞪了陳平安一眼。

陳平安重新扶好背簍，兩人再次背對背而坐。

寧姚問道：「你知道那棵樹是什麼樹嗎？」

陳平安搖頭道：「不知道，我只在這個地方看到過，其他山上好像都沒有。」

寧姚沉聲道：「相傳若是有家族陵墓生出楷樹，是儒家聖人即將出世的祥瑞氣象，且這位聖人必然極其剛直，一身浩然正氣，所以在你們這座天下，必定會得到格外青睞。」

陳平安「哦」了一聲。什麼儒家聖人，祥瑞啊、正氣啊，這個草鞋少年都聽不懂。

寧姚問道：「你就不羨慕山上那個女人？也沒有想過為什麼這棵楷樹，不是長在自家祖先墳上？」

陳平安答非所問，開心道：「今年清明節，我還能給爹娘上墳，真好。」

寧姚猛然站起身，這次輪到陳平安一屁股坐進背簍，寧姚在一旁捧腹大笑。

小鎮學塾僅剩下五個蒙童，出身高低不同，年齡大小各異，其中一個身穿大紅棉襖的小女孩，雖然出身福祿街，但是她在學塾裡從不欺負人，不過也不喜歡湊熱鬧，從來只喜歡自己胡亂逛蕩。

小鎮最西邊那戶人家，李二的兒子李槐，也在這座鄉塾求學，他爹娘帶著姐姐離開了小鎮，唯獨留下了他。李槐非但沒有哭鬧，反而高興壞了，終於不用受人管束了，只是到了晚上，這個寄住在舅舅家的孩子，做了噩夢醒來後，就開始撕心裂肺地號叫，結果被驚醒後的舅舅、舅媽聯手鎮壓，一個使用雞毛撣子，一個使用掃帚。其餘三人，分別來自桃葉巷、騎龍巷、杏花巷，兩男一女。

齊先生下課後，送給他們一人一幅字，要他們妥善保管，仔細臨摹，說是三天之後他要檢查課業——那是一個「齊」字。

蒙學散去之後，垂垂老矣的掃地老人，沐浴更衣後，來到齊先生書房外，席地而坐。老人開口詢問了一個關於「春王正月」的儒家經典之問，齊靜春會心一笑，為之解惑，講述何謂春，何謂王，何謂正，何謂月。這就是儒家各大書院特有的「執經問難」，課堂之上，會安排一位「問師」，向講學之人詢問，可以有一問數問，十問甚至百問。這一場問對，發生於齊先生和老人的第一次見面，那已經是八十年前的陳年往事了。

不過當時齊靜春是詢問之人，回答之人，則是兩人共同的先生。

老人問完所有問題後，望向齊靜春：「可還記得我們去往山崖書院之前，先生的臨別贈言？」

齊靜春笑而不言。

老人自問自答：「給我的那句，是『天地生君子，君子理天地』，給你的那句，是『學不可以已。青取之於藍，而青於藍』。」

老人突然激動萬分：「先生對你何等器重，希望你青出於藍！你為何偏偏要在此地，不撞南牆不回頭？為何要為一座不過五、六千人的小小城鎮就捨去百年修為和千年大道，全部不要？若是尋常讀書人也就罷了，你是齊靜春，是我們先生最器重的得意弟子！是有望別開生面，甚至是立教稱祖的讀書人！」老人渾身顫抖道：「我知道了，是佛家誤你！什麼眾生平等！難道你忘了先生說過的明貴賤……」

齊靜春笑著搖頭，道：「先生雖是先生，學問自然極大，可道理未必全對。」

老人被震驚得無以復加，滿臉錯愕，繼而怒喝道：「禮者，所以正身也！」

齊靜春笑著回覆一句：「君子時詘則詘，時伸則伸也。」

看似無緣無故，隔著十萬八千里，但是老人聽到之後，臉色劇變，滿是驚疑。

齊靜春嘆了口氣，望向這個跟隨自己在此一甲子的同門師弟，正色道：「事已至此。那幾個孩子，就託付給你送往山崖書院了。」

老人點點頭，神色複雜地起身離去。

齊靜春自言自語道：「先生，世間可有真正的天經地義？」

兩輛馬車在天遠遠未亮時分就從福祿街出發，早早離開了小鎮。

晨曦時分，一個草鞋少年帶著兩個大布袋子，動身去往窯務督造官衙署外等人。一個布袋子，裝著一袋袋金精銅錢；另外一個，裝著他覺得最值錢的蛇膽石。但是等到天大亮，衙署門房提著掃帚出來清掃街道了，陳平安也沒有看到出發的馬車。他只好厚著臉皮去問，問衙署名叫陳對的那撥客人，什麼時候才從福祿街出發。

門房笑著說：「他們啊，早就離開小鎮了。」

陳平安目瞪口呆，劉羨陽那傢伙不是跟自己約好了天亮以後才動身嗎？那一刻，陳平安的視線有些模糊。

跟門房道謝之後，陳平安轉身開始狂奔。

跑出小鎮，陳平安一口氣跑了將近六十里路，最後筋疲力盡的他沿著一道斜坡走到坡頂，看著蜿蜒的道路，一直向前延伸出去。

陳平安蹲在坡頂，腳邊放著沒有送出去的銅錢和石頭。

佩劍懸刀的寧姚悄無聲息地坐到他身邊，氣喘吁吁，氣呼呼道：「你不是掉錢眼裡的財迷嗎，怎麼這麼大方了？全部家當都要送出去？就算劉羨陽是你朋友，也沒你這麼大手大腳的啊。」

陳平安只是抱著頭，望向遠方。

齊靜春的那尊巨大法相，潔白縹緲，肅然危坐於東寶瓶洲最北端的版圖上。

雲海滾滾湧動，緩緩下壓，不斷靠近齊靜春頭顱。齊靜春抬頭望去，笑意灑脫。

雲海之上，有威嚴嗓音響起：「齊靜春，須知天道無私！你身為儒家門生，對驪珠洞天生出惻隱之心，情有可原，若是此時回心轉意，猶有餘地。」

伴隨著這個天上仙人的話語，彷彿有陣陣雷聲迅猛滾走於雲海之中，那些一閃即逝的電閃雷鳴，不斷從雲海底端滲透而出，言出法隨。

又有一個仙人嗤笑道：「與這書呆子廢什麼話！想要做出頂天立地的壯舉，得先問過我的拳頭答應不答應！」與此同時，一隻金黃色的巨大手掌向下一撈，雲海被撥開厚重雲霧後，露出一個窟窿，一道光柱落在齊靜春法相前。

西方響起佛唱一聲，悲憫開口：「齊施主，一念靜心，頓超佛地。」

齊靜春沉聲道：「斬龍一役之後，小鎮得以享受三千年大氣運，後世子孫英才輩出，無非是寅吃卯糧的手段。只不過既然是四位聖人訂立下的規矩，最早那撥選擇扎根驪珠洞天的修士，也未有異議，我齊靜春自然沒有資格在此事上指手畫腳。如今天道要鎮壓此方天地，來便是了，無非是換成我齊靜春一人，來替小鎮百姓承受這一場劫難，天道和規矩未曾落在空處，諸位又為何阻攔？」

伸手將雲海攪出一個大窟窿的仙人肆意大笑：「哈哈，姓齊的，你是真不知道緣由，還是裝瘋賣傻？」

齊靜春不知何時已經伸出一隻手，手掌變拳，將那顆蘊藏一座小洞天的珠子虛握於手心之中。想來掌心之中，洞天之內，小鎮之上，已是白晝驟然變成黑夜的玄妙光景。

此時，那隻護住驪珠洞天的雪白手掌，彷彿遭受到一股四面八方而來的無形攻勢，滋滋作響，手背之上不斷濺射、綻放出白色電弧，不斷有看似小如飛羽、實則大如山峰的「雪花」從齊靜春手背脫落，墜落人間，只是不等落地，就已煙消雲散。

高坐於雲海窟窿附近的雲上仙人，放聲譏笑道：「小小儒士，悖逆大道，不自量力！就由本座先陪你玩玩！」

若是從東寶瓶洲的極遠處舉目望去，並且能夠破開仙人聯手造就的遮掩法陣，那就能夠依稀看到無比壯觀的一幕——破開雲海的宏大窟窿當中，先是露出一粒黑點，筆直朝下，然後是一截劍尖，最後終於顯露出全貌，是一柄齊靜春法相手指長短的「袖珍」飛劍。

第一把剛剛現世，第二把又尾隨其後，從別處落下，第三、第四把，依次從天上雲海降臨人間，總計十二把飛劍，一線排開，懸停於高空，如鐵騎列陣，被人勒緊韁繩，只等一聲令下，便可衝鋒鑿陣。

雲海之上，一尊金色巨人隨意盤腿而坐，睜著巨大的金色眼眸，雙拳撐在膝蓋上，右拳緩緩伸出一根食指，屈指一彈，一把飛劍率先激射向齊靜春拳頭虛握的那條胳膊。

飛劍下墜的速度快如閃電，軌跡上，拉扯出一條連綿不絕的雲尾。飛劍瞬間穿透齊靜春法相的手臂，在距離地面只有咫尺之遙的時候，驟然停止。

雲海之上，金色巨人右拳食指輕輕旋轉，飛劍劃出一道弧線，重返高空，同時左手叩指輕彈，原本懸在空中的一把飛劍轟然落下，再一次刺穿齊靜春的手臂。

兩根手指相互起落，十二把飛劍筆直落下，弧線返回。起起落落，如此反復。

齊靜春那條胳膊被飛劍一陣陣密集攢射後，變得傷痕累累，出現無數個黑色孔洞，相比原本通體瑩白的巍峨法相，顯得格外觸目驚心。齊靜春對此神色自若，眼見著又要再來一撥飛劍穿刺，展開新一輪衝殺，真是咄咄逼人。

齊靜春雲淡風輕地說出四個字：「春風得意。」

一把飛劍依然直直刺向齊靜春手臂，只是這一次它沒有釘入手臂，而是像松針被一陣清風吹拂得飄蕩歪斜。不單是這一把飛劍，之後十一把飛劍無一例外，都是無功而返。飛劍圍繞在齊靜春法相四周，遵循某種既定軌跡緩慢飛行，劍身顫抖，伺機而動，輕微嘶鳴作響。不但如此，一陣陣彌漫天地間的春風，還不露痕跡地托住了下墜的雲海。

那尊金色巨人袒露胸膛，一身恣意放肆的意味，居高臨下，眼見著那十二把飛劍竟然找不到任何破綻，有些驚訝：「咦？」

這些對人間修士而言威力無匹的飛劍襲擾，齊靜春並不太上心，他始終盯住那只虛握的拳頭。

世間有人老珠黃一說，驪珠洞天這顆懸浮在東寶瓶洲上空的珠子也已經有三千年歲月，六十年後，在下一任聖人阮邛手上，包裹庇護珠子的外壁將會澈底破碎，如同一件瓷器，外層釉色脫落剝離殆盡。到時候天道碾壓而至，必然勢如破竹，雖然不會當場死人，但是小鎮所有人都會失去來生。齊靜春為此專門翻閱佛經，甚至推斷出一個可怕的後果：小鎮這六千餘人，被用來承受天威浩蕩的「替死鬼」，有可能生生世世墮入西方佛國的餓鬼道，永世不得超脫。兵家修士、鑄劍師阮邛，作為驪珠洞天最後一位坐鎮四方的聖人，他到時候的職責，可不是守護小鎮百姓的安危，而是不讓任何一人逃脫這份天道責罰。

那金色巨人聲如擂鼓，轟隆隆傳遍天空，大笑道：「有人說你齊靜春不簡單，擁有兩個本命字，『春』字之外，還有一個壞了規矩的『靜』字，來來來，讓本座開開眼！」

巨人每說一個「來」字，就用拳頭砸在膝蓋上一次。三次過後，雲海如鍋內沸水，劇烈湧動。雲海底部，那陣原本肉眼不可見的清風也搖晃起來，光線混亂，明暗交替。

巨人道：「你有春風，本座則有一場飛劍法雨，要給你這傢伙潑潑冷水！」言語過後，無數金色的絲線透過雲海，又滲透清風。如果用巨人身軀作為對比，那些金色絲線，就像是指甲長短的小小繡花針，只是密密麻麻，成千上萬，彙聚之後，聲勢之大，驚心動魄。

齊靜春依然凝視著拳頭，聞聲後面不改色，輕聲道：「好雨知時節，當春乃發生。」只見正襟危坐的法相四周地面，迸濺出一顆顆雨滴，每一滴雨珠，看似渺小可忽略不計，其實皆大如水潭。然後這些不斷湧現的雨珠，違反常理地嘩啦啦向天空滑去。雨幕倒掛，只因儒家聖人齊靜春默念的那一句詩詞。

金色絢爛的飛劍法雨，從上往下，起於大地的春雨水幕，由下往上，狠狠撞在一起！頭頂氣象萬千，齊靜春卻對此不見，不聽，不言。

齊靜春那顆拳頭四周憑空生出一條條閃電蛟龍，砸在手背之上。閃電顏色分為猩紅、青紫、雪白三種，看似雜亂無章，卻涇渭分明，並不交替纏繞，分別交織成三張大網。

法相的拳頭，碎屑四濺，飛羽飄搖，不斷衰減。

齊靜春輕聲道：「風平浪靜。」

三色閃電唯獨雪白閃電毫無徵兆地靜止不動，但是其餘兩種閃電依然遵循規律而行，這就使得一條猩紅閃電砰然撞斷一條雪白閃電，一條青紫閃電又捆綁住猩紅閃電。疏而不漏的恢恢天網，竟變得混亂無序。

雲海之上，有蒼老嗓音悠然響起：「動靜有法！」

只不過轉瞬過後，原本趨於混亂的三張閃電法網，重新恢復亂中有序的浩大天威，一次次敲打撞擊齊靜春那尊法相的拳頭。

齊靜春微微嘆息。

「小打小鬧也差不多了，齊靜春，可敢接下本座這一拳！」一隻金色拳頭從雲海窟窿之中落向齊靜春的頭顱。

齊靜春空閒的右手高高舉起，掌心向上，阻擋住那壓頂一拳。齊靜春法相猛然下墜百丈，只是雲海也被一股激盪清風托起百丈，像是天地之間拉開了兩百丈距離。

「再來！」金色仙人一拳拳落下，每一次拳勢都雷霆萬鈞，恐怕東寶瓶洲任何一座王朝的五嶽雄山，都經不起他這一拳。

一身雪白的齊靜春法相，只是揚起手臂，高高舉起。先是法相手心被砸出一個大坑，然後整隻手掌砰然而碎，緊接著手臂一節一節被金色拳頭打爛。法相大損的齊靜春仍然無動於衷，所有的注意力，始終放在虛握拳頭的左手之上。

從拳頭蔓延到整條手臂，再到肩頭，覆滿了雷電遊走的道家符籙，每個字都大如屋。

蒼老嗓音繼續響起：「莫要冥頑不化。齊靜春，你若是願意，可以追隨貧道修行。」

齊靜春稍稍轉過頭，低頭凝望著那隻千瘡百孔的手臂，上面已經布滿道家一脈掌教聖人寫就的無上讖籙，好一個替天行道。

齊靜春輕輕呵出一口氣，沉聲道：「清靜……」

蒼老聲音透露出一股震怒：「齊靜春，你大膽！」

一聲怒喝，硬生生蓋過了齊靜春在「清靜」之後的兩個字。

高空有雙指併攏作劍，輕而易舉破開雲海，一斬而下！竟是直接將齊靜春握拳的那條手臂，從肩頭處斬落！

極遠處，有一聲不易察覺的嘆息，充滿惋惜。

儒家聖人不逾矩，齊靜春不該跨過道家那座雷池的。

那指劍成功斬斷齊靜春手臂後，似乎主人怒氣猶在，雙指快速縮回雲海，卻並未就此甘休，而是以更快的速度刺向那個已是無本之木、無源之水的懸空拳頭。齊靜春收回頭頂只剩半截的右手手臂，迅速擋在珠子上方，往自己這邊一摟，護在自己身前。

仙人雙指一往無前，毫無懸念地洞穿齊靜春法相的胳膊，來自窟窿的金色巨人那一拳，更是結結實實砸在齊靜春法相的頭顱之上。

齊靜春這尊法相，搖搖欲墜。

雖然殘肢斷臂，依然大袖飄搖，自有讀書人的風流，可越是如此，越顯得慘不忍睹。

又是被當頭一拳，齊靜春法相繼續下沉。一拳緊接著一拳，好像不把這讀書人砸得深陷地下就不甘休。

破敗不堪的法相，死死護住身前的那顆拳頭，那顆珠子，那座驪珠洞天，那些見了面就會喊他一聲「齊先生」的百姓。

這尊法相嘴唇微動，無聲而念：「列星隨旋，日月遞炤，四時代御，陰陽大化，風雨博施，萬物各得其和以生，各得其養以成……」

小洞天之內，鄉塾之中，沒有一個蒙童在場。

有一個獨坐的青衫儒士，不僅僅是雙鬢霜白，頭髮已雪白。

齊靜春七竅流血，血肉模糊。魂魄破碎，比一件重重摔在地上的瓷器還碎得徹底。

齊靜春竟是快意至極的神色，閉目而笑，溘然而逝。

天下有我齊靜春。天下快哉，我亦快哉。

這一年，這座天下，春去極晚，夏來極遲。

第六章 天亮

小鎮好似遇上了百年難遇的天狗食日，一下子就變得漆黑一片，人人伸手不見五指。小鎮外一尊尊神像如爆竹炸裂，聲響越來越頻繁，當小鎮因為天黑而寂靜之時，就顯得格外刺耳，這無疑又加深了小鎮普通百姓的猜測，聯想到之前那些載著大戶子弟的牛車、馬車，市井巷弄裡的老百姓一個個惶恐不安。

四姓十族的高大門牆內，無一例外，每當有奴僕丫鬟想要自作主張高高掛起燈籠時，很快就會遭受大聲呵斥，一些脾氣急躁的家族管事人，甚至當場就拍掉那些燈籠，將其一腳踩爛，臉色猙獰，以視若寇仇的眼神，死死盯住那些原本出於好心的下人。

鐵匠鋪子這邊，陳平安正和寧姚坐在井口吃午飯。天黑之後，陳平安雖然奇怪，但是不耽誤他低頭扒飯。鐵匠鋪的伙食相當不錯，長、短工每餐都能分到一塊食指長寬的肥膩紅燒肉外加一勺湯汁。

飯管夠，但是肉就只有一塊。陳平安大概是兩大碗米飯的飯量，所以每次從掌廚師傅那邊分到一塊肉後，因為有湯汁，第一碗往往是只吃飯不動肉，吃到最後，那塊紅燒肉就會從碗頂一點點滑落到碗底，然後跑去盛第二碗米飯，這才乾淨俐落解決掉那塊肉。

寧姚每次看到陳平安那樣吃飯，都有些想笑。阮秀倒是不會像寧姚這樣，阮秀望向陳平安的眼神裡，彷彿寫著四個大字：同道中人。

此時陳平安一手端著空蕩蕩的大白碗，一手持筷，竭盡目力環顧四周，只能依稀看到兩、三丈距離以內的景象。

最近這兩天，除了給阮師傅的鐵匠鋪子做牛做馬，陳平安會抽出三個時辰去練習走樁，白天一個時辰是午時到未時間，晚上兩個時辰，亥時到丑時間。到後來陳平安嘗試著走樁的同時，十指結劍爐樁，但是他發現如此一來，會讓自己呼吸不暢，步伐更加不穩，遂果斷放棄。陳平安只在勞作間隙，趁人不注意的時候，鍛鍊劍爐來滋養身軀。其實對陳平安而言，只不過是把以往的燒瓷拉坯換成了《撼山譜》裡的立樁劍爐。

午時到未時間那個時辰的走樁，一開始寧姚偶爾還會尾隨其後，裝模作樣指點過幾次之後，就不再出現。陳平安不想惹來流言蜚語，白天這一個時辰的拳樁，會沿著小溪下游方向，跑出鐵匠鋪子一里地後，才開始練習。來回一趟，差不多能走上十里路左右。對於陳平安來說，這就算一條雷打不動的新家規了。

此時坐在井口，寧姚望著覆蓋黑布似的天空，害得她失去「漂亮」印象的狹長雙眉，微微皺起。

陳平安小聲問道：「是不是跟齊先生有關？」

寧姚不打算告訴他真相，只給出一個模糊答案：「齊先生既然是這座洞天的主人，應該跟他有關係吧。」

陳平安又問道：「按照宋集薪和稚圭之前的說法，齊先生原本打算跟學塾書童趙繇一起離開小鎮，為什麼最後不走了？」

寧姚搖頭笑道：「聖人的心思，就像一條龍脈，能夠綿延千萬里，我可猜不到，也懶得猜。」說完這句，她把碗筷往陳平安手裡一丟，起身去往一棟獨屬於她的黃泥牆茅草屋。

寧姚自己也很奇怪為何阮師對自己如此客氣，難道阮師看出了自己的身分？可能性極小才對。畢竟倒懸山並不位於東寶瓶洲，況且倒懸山與外界幾乎沒有牽連，名聲很大，客人極少；再者倒懸山那邊，對自己的身分也吃不准。只不過寧姚是船到橋頭自然直，不直我也能用劍劈出一條直路的性情，堂堂東寶瓶洲第一鑄劍大家阮師的示好，她就大大方方笑納了。

陳平安拿著碗筷，剛想要去灶房那邊，發現不遠處有人要從這邊走過，是一個袖子寬大的年輕男人，比讀書人陳松風更像讀書人，有一種說不清、道不明的感覺，有點像齊先生又有點像當時在泥瓶巷遇到的督造官宋大人。

男人看到獨自坐在井口發呆的陳平安與自己對視後，微微驚訝。他來到陳平安身邊，笑容溫醇道：「我找阮師傅有點事情，你知道他在哪裡嗎？」

陳平安這次沒有像當初在泥瓶巷故意瞞著蔡金簡、苻南華那樣，而是直截了當給那人指明了方向。一來寧姑娘跟自己說過阮師傅的厲害，二來眼前這個男人，沒有給陳平安一種陰沉且有城府的感覺。

陳平安客氣問道：「需要我帶路嗎？」

年輕男人沒有著急趕路，望著陳平安微笑道：「不用，就幾步路的事情，不麻煩了。

謝謝你啊。」

陳平安笑著點頭，走向灶房，那年輕男人則走向遠處一間鑄劍室。

陳平安還了碗筷後，發現短工學徒們都聚在幾棟屋內，點上油燈，在那裡聊著為何會晝夜顛倒。有人言之鑿鑿，說是某座大山的山神過界，害得溪水、井水下降，所以惹惱了管轄溪澗的河神老爺，一場神仙打架，打得天昏地暗。也有人用老一輩人的說法來反駁，說咱們這兒，大山都給朝廷封禁了，哪裡來的山神，再說了，那麼點大的小溪，絕對出不了河神。陳平安沒去摻和，反正閒著也是閒著，就借著自己超乎尋常的眼力，獨自去往最後一口水井底下，一背簍、一背簍搬土出井。

一次沿著木梯爬出井口後，恰好看到那個年輕男子從鑄劍室返回，他也發現了陳平安的身影，並未走近，也沒有停步，只是與陳平安遙遙揮手告別。陳平安有些感慨，不論此人是好是壞，至少他跟正陽山、雲霞山兩座山，還有清風城、老龍城兩座城的外鄉人，確實不同。

陳平安在井口一趟趟搬運土壤，最後一趟出井後，發現阮秀站在井口轆轤附近，手心攤放著一塊巾帕，上面堆滿了小巧糕點。等到陳平安出現後，阮秀向他伸出手掌，滿身泥土、雙手髒兮兮的陳平安笑著搖頭，隨後阮秀坐在井口上，低頭吃著騎龍巷壓歲鋪子的精緻糕點。

阮秀迅速沉浸其中，整個人洋溢著滿滿的幸福歡喜。

陳平安繼續來來回回搬運積土，十數次後，阮秀已經不見蹤跡，不過井口留著巾帕和一塊糕點，是壓歲鋪子最著名的桃花酒釀糕。

陳平安愣了愣，只好摘下背簍，放在腳邊，坐在巾帕附近的井口，在衣衫上擦了擦手，雙指拈起糕點，放入嘴中。

陳平安使勁點頭，果然很好吃。畢竟自己吃的是整整十文錢啊，一想到這點，陳平安立即覺得更好吃了。

之後幾個時辰，天色依舊昏暗，天空時不時會傳來一陣陣沉悶的擂鼓聲響，除此之外，小鎮其實並無異樣。

阮師傅破例讓自家鐵匠鋪的短工休息兩天，讓他們各回各家，不用待在這邊等著「天亮」繼續幹活。陳平安也在此列，他乾脆返回小鎮，去了趟劉羨陽家，沒發現少東西後，就趕緊熄燈，再鎖好屋門，跑向泥瓶巷的自家宅子。

不知為何，陳平安覺得如今的小鎮，死氣沉沉，沒了生氣。

陳平安並不知道，當他跑過廊橋廊道的時候，橋底下的水面上，懸浮著一個衣袂飄搖的高大女子，衣裙雪白，頭髮雪白，裸露在外的手腳肌膚亦是如羊脂美玉一般。

她正歪著腦袋，以溪水為鏡，一手綰髮、一手梳理，誰也看不清她的面容。

小鎮如今的光景，就像大驪將帥命人打造的一塊沙盤，戰事已經落下帷幕，決定棄之不用，就用黑布隨意一遮。

陳平安在自家宅子裡點起一盞油燈，開始清點自己的家當，三袋子金精銅錢，供養錢、迎春錢、壓勝錢各一袋，一袋是大隋皇子所贈，說是感謝讓他撞見那條金色鯉魚，顧璨留下的兩袋，算是買泥鰍的錢。至於陳對原本答謝他的那兩袋錢，陳平安在出山途中，懇請陳對轉交給劉羨陽，陳對雖然疑惑，可是並未拒絕。

興許對陳平安的選擇比較驚訝，也可能是祭祖成功後心情不錯，陳對破天荒露出笑容，嗓音柔和地說了些肺腑之言，讓陳平安大可以放心，坦言她這個潁陰陳氏嫡系子弟的許諾，絕對要比兩袋子金精銅錢更值錢。陳平安其實對此將信將疑，不敢全信，只不過寧姚聽說「潁陰陳氏嫡系子弟」後，私下讓陳平安放寬心。

齊先生先後兩次贈送印章，共計四方。最早兩方印章，「靜心得意」和「陳十一」，是齊先生用自己私藏的蛇膽石刻的，之後兩方印章，是齊先生根據陳平安贈送的蛇膽石，隨形刻就，一小篆、一隸書，巧合的是兩方印章能夠合攏，湊出一幅青山綠水圖，一敦厚、一纖柔，齊先生分別刻下「山」、「水」二字，依照寧姚的說法，大概能夠稱之為一對「山浮水印」。

陳平安把陸道長的兩份藥方三張紙放在桌面上。寧姚曾經嫌棄過陸道長的字寡淡無味，人氣、才氣、煙火氣、仙佛氣啥也沒有，就像是世俗王朝的舉人秀才，為了科舉功名而迎合奉行的館閣體，規規矩矩，低三下四。

陳平安自然看不出年輕道長陸沉這一手字的韻味深淺、造詣高低，也不會因為寧姚的評價不高就輕視了這三張紙。再者陸道長臨行之前親口說過，小鎮購書識字大不易，陳平安想要學字，可以從他的藥方學起。

此時陳平安小心翼翼拿起最後一張紙，之前看過末尾朱紅印文的「陸沉敕令」四字，並未深思，只是如今自己也有了多達四方的印章，便覺得那幾個小字，格外可愛可親。陳平安想到以後自己兜裡有了閒錢，哪天買了書，歸入家中私藏，就在扉頁或是尾頁輕輕以「陳十一」印鈐蓋朱字。陳平安一想到這個，就忍不住咧嘴樂呵。只是很快陳平安就有些為難，有了印章，就需要印泥。

騎龍巷那間專門售賣糕點的壓歲鋪子隔壁就有一間什麼雜物都賣的鋪子，掛「草頭」二字招牌，宋集薪和婢女稚圭就經常光顧這間鋪子，所謂的文房四寶、書案清供都是那邊買來的。陳平安猶豫片刻，覺得等到將來識字了，哪天遇見了一見鍾情的書籍，再去買一盒印泥。除此之外，還有那一麻袋精心挑選出來的蛇膽石，七、八顆，顏色各異，但哪怕出水這麼長時間，依然顏色不褪。桌上麻袋的袋口打開，大如青壯手心、中如稚童拳頭、小如鴿蛋的各色石子，相依相偎，模樣討喜。

陳平安本來希望把它們送給劉羨陽，宋集薪雖然是個言語刻薄的讀書種子，但是有句話說得很有道理，大概意思是同樣一件小東西，擺在泥瓶巷外的攤販手上，賣幾文錢，還得費很大工夫，可要是擺在草頭鋪子的櫃子裡，就要三、四兩銀子起步，顧客愛買不買，沒錢滾蛋。

說者無意，聽者有心，陳平安覺得宋集薪這話挺有道理，所以蛇膽石放在他這邊，留在小鎮上，估計撐死了也賣不出什麼高價，可要是給了劉羨陽，拿去那什麼潁陰陳氏所在的大地方，哪怕給人坑騙殺價，也絕對比陳平安得到的錢更多。至於是自己手握一棟茅屋，還是讓朋友贏得一座金山銀山，兩者孰好孰壞，對陳平安來說，根本不用考慮。否則為什麼要和劉羨陽做朋友？所以哪怕那個風雷園的劉灞橋，陳平安覺得這個人不壞，可不管劉灞橋嘴上如何跟自己稱兄道弟，陳平安從頭到尾都不會當真，也從不附和。

陳平安最後拿起那支玉簪子，齊先生說是早年他的先生所贈，是尋常之物，並非什麼奇珍異寶。碧玉簪子上篆刻有八個小字，寧姚解釋過「言念君子，溫其如玉」這句話。

「君子」，陳平安雖然沒讀過書，但依然覺得這個詞語，肯定是分量很重的稱呼。

門口那邊傳來寧姚的嗓音：「你怎麼不把這支簪子別上？人家既然願意送給你，自然是希望你物盡其用。」

怔怔出神的陳平安抬頭望去，笑問道：「妳怎麼來了？」

寧姚坐在陳平安桌對面，瞥了眼陳平安手中的簪子：「我仔細查看過了，的確是普通的簪子而已，沒有暗藏玄機，一開始我還以為是座小洞天呢。」

陳平安一頭霧水：「啥？」

寧姚看著那一桌子陳平安的「壓箱底傳家寶」，解釋道：「別有洞天，這個說法聽說過吧？老百姓只當是讀書人的修辭說法，沒當真。其實這裡頭很有講究，天底下洞天分兩種，一種就是我們身處的這座驪珠洞天，屬於十大洞天、三十六小洞天之一，就是『洞天福地』的那個洞天，有些疆域廣袤，不知幾千、幾萬里。傳說中，道祖擁有一座蓮花洞天，雖是三十六座小洞天之一，但其中一張荷葉的葉面，就比你們大驪王朝的京城還要大。」

陳平安一驚一乍，懷疑道：「不可能吧？」

寧姚笑著伸出大拇指，蹺起伸向自己，胸有成竹道：「我也不信，所以將來我去親眼看過之後，回來告訴你真假！」

陳平安輕聲道：「這麼稀奇古怪的地方，不是誰都能進去的吧？」

寧姚呵呵笑道：「你以為我是誰？」

陳平安趕緊岔開話題：「寧姑娘妳繼續說洞天的事情。」

寧姚隨手拿起一塊小巧玲瓏的蛇膽石，桃花色，握在手心摩挲，說道：「任意一座大洞天，能夠貫通天地，靈氣充沛，那才是名副其實的仙家府邸。錬氣士身在其中修行，事半功倍，洞天之主，非是身負大氣運之人不得占據，早已被三教百家裡的佼佼者瓜分殆盡，不容他人染指。三十六小洞天，有點像是藏藏掖掖的祕境，如女子猶抱琵琶半遮面，其中以桃源洞天風景最宜人，以罡風洞天最為幽奇險峻，以驪珠洞天……」

陳平安好奇問道：「我們這兒怎麼了？」

寧姚嘴角翹起，伸出兩根手指，輕輕撚動，道：「最小，就這麼點大，彈丸之地，不值一提。」

陳平安乾脆盤腿而坐，懶洋洋地趴在桌上，然後揚起一只拳頭，依次豎起一根根手指，柔聲笑道：「可是我在這裡遇到了齊先生、楊老頭、劉羨陽、顧璨，當然還有妳，寧姑娘。」

寧姚也笑了：「還有一種小洞天，就是收納物品的地方，佛家有須彌芥子一說，道家則是袖有乾坤，其餘百家也各有各的說法，其宗旨都是『方寸之地容天地』。簡而言之，就是說一點點大的物件能夠放下很多玩意兒，只是相較真正的洞天福地，這種冠以『洞天』頭銜的寶貝，放不得活物，我娘親以前最值錢的嫁妝之一，就是一只玉鐲子，裡邊洞天的大小，差不多是這棟屋子這麼大的地方。」

不知外邊天高地厚的陳平安，便有些失望：「這麼小啊，妳看人家道祖的一片蓮葉，就有一座城池那麼大呢。」

寧姚惱羞成怒，身體前傾，伸手就想要給陳平安腦袋一巴掌，陳平安趕緊身體後仰，左右躲閃。

寧姚出手數次也沒能得逞，靈機一動，那只握有桃花色蛇膽石的手作勢要丟出石頭。

陳平安慌張道：「別扔、別扔，要是邊邊角角磕壞了，肯定要少賺很多銅錢的！」

寧姚撇撇嘴，放下蛇膽石，只是突然又迅猛抬手，嚇得陳平安趕緊閉上眼睛，不忍心去看。

「啪」的一聲，將石頭重重拍在桌面上，寧姚捧腹大笑。

陳平安睜眼後，無奈道：「寧姑娘，妳能不能不要這麼幼稚啊。」

寧姚一挑狹長眉毛，手肘一掃，那顆石頭被掃落桌面。

陳平安雙手撓頭，苦著臉。跟寧姑娘講道理，講不通啊。

寧姚嬉笑一聲，從桌面下伸出另外一隻手，那顆本該摔落在地的石頭，赫然躺在她白皙的手心。陳平安還是雙手抱頭，可憐兮兮。

寧姚不再捉弄陳平安，正色問道：「你以後做什麼？」

陳平安想了想，老實回答道：「幫阮師傅做完那些力氣活，我想以後自己進山燒炭，還可以順便採藥，賣給楊家鋪子。」

寧姚猶豫了一下，問道：「那麼除了正陽山的那隻搬山猿，還有清風城許家的婦人，截江真君劉志茂，以及蔡金簡和苻南華背後的雲霞山和老龍城，你怎麼應付？萬一人家要找你麻煩，你往哪裡逃？」寧姚不等陳平安說話，沉聲道：「所以當初陸道長讓你不管如何都要厚著臉皮待在鐵匠鋪子，是一條正路。」

陳平安憂心忡忡道：「那如果給阮師傅惹來一大串麻煩，怎麼辦？」

寧姚冷笑道：「一位主持小洞天運轉的聖人，還會怕這些麻煩？」

陳平安點點頭：「那我回頭問問阮師傅，先把所有實情告訴他，看他還願不願意收我做長期學徒。」

寧姚一手支撐著腮幫，一手翻翻檢檢那些蛇膽石，道：「在小鎮這裡，沒有什麼是一袋子金精銅錢解決不了的，如果有，那就兩袋。」

陳平安哭喪著臉道：「我心疼啊。」

寧姚斜眼道：「你打算一股腦給劉羨陽的時候，怎麼不心疼？」

陳平安搖頭道：「兩回事，不能比。」

寧姚白眼道：「以後哪個女人不幸做了你的媳婦，我估計她每天恨不得一巴掌打死你。」

陳平安一本正經道：「真要有了媳婦，就是另一回事。我可不傻，不會讓自己媳婦受委屈。」

寧姚一臉不信，滿滿的譏諷神色。

黑炭似的陳平安雙手抱胸，盤腿而坐，難得有些囂張神色，哼哼道：「要是我媳婦受了委屈，別說是正陽山老猿，就是妳說的那啥道祖，我也要砍死他，砍不砍得死先不說，反正先砍了再說！」

寧姚很是驚訝，目瞪口呆。

她一直覺得陳平安不是個硬脾氣的人，當然殺蔡金簡、鬥搬山猿除外，平時相處，陳平安好像永遠也不會生氣，性情也不偏執，不溫不火的好脾氣。這種話如果是苻南華、宋集薪這些天之驕子說出口，寧姚會覺得理所應當、毫不意外，可從陳平安的嘴裡說出來，寧姚有點不敢相信，於是她忍不住問道：「為什麼？」

陳平安咧嘴笑道：「我爹這輩子只跟人打過一次架，就是為了我娘。因為騎龍巷有人罵我娘，我爹氣不過，就去狠狠打了一架。回來的時候，被我娘埋怨了很久，但是我爹私下跟我說，打不打得過，是一回事，打不打又是一回事，男人不護著自己媳婦，娶進門做什麼？」

寧姚有些奇怪：「嗯？」

陳平安撓撓頭，赧顏道：「我爹燒瓷厲害，打架很不行的，回家的時候鼻青臉腫，給人打慘了。」

寧姚伸手扶住額頭，不想說話。她沉默片刻，起身道：「走了，回鋪子。」

陳平安問道：「我送妳到泥瓶巷口子上？」

寧姚沒好氣道：「不用。」

陳平安沒有強求，只是把寧姚送到院門口；而寧姚沒有轉頭，也知道陳平安一直站在門口。不迂腐的好人，他們的心會格外溫暖燦爛，如向陽花木，這本身就是很美好的事情。

無依無靠的陳平安，被那些個外鄉人一口一個「泥腿子賤命」、「市井陋巷刨土吃的螻蟻」地說著，可是他終究有自己的生活要過，他也很想要自己活得好。當然不是貪圖享受，事實上陳平安從小就是一個很能吃苦的孩子，他只是單純想著爹娘若是地下有知，他們肯定就會放心。雖然陳家只有陳平安一個人了，但是一個人，照樣也能過上好日子，這就意味著爹娘傳下來的這個家，還不錯，哪怕這個家只剩下一個人；哪怕有錢買了春聯，需要他自己一人張貼，不會有人告訴他是歪了、斜了還是正了；哪怕在門頭上貼一個「福」字，需要自己架梯子，也無人扶。人活一世，生死自負，不想著跟老天爺求任何東西。所以這種人看似好脾氣，其實骨頭格外硬，命也會尤其硬。

走出泥瓶巷的寧姚，突然有些失落，也有些愧疚，為了自己的不告而別。

陳平安回到屋子後，對著油燈發呆，迷迷糊糊，似睡非睡，似夢非夢。

他好像莫名其妙就走到了廊橋南端，只依稀記得一路上漆黑，連他也看不到幾尺外的景象。但是當他一腳踏上臺階之後，天地之間，驟然大放光明。

陳平安渾渾噩噩走在廊橋過道，突然廊道中央那裡，綻放出無比炫目的雪白光芒，彷彿比之前的天地光明更加刺眼，蘊含的道意更加崇高。陳平安明明眼睛刺痛得流淚，但是不知為何，反而能夠更加清晰地看到那裡的奇異風景。

有一個高大人物，面容模糊，站在廊橋當中。和陳平安在小巷初見齊先生時有些相似，大袖飄搖，一身雪白，如神似仙。但是在脫韁野馬一般混亂的潛意識當中，陳平安無比確定眼前之人，比齊先生更加虛無縹緲，就像他或是她距離人間更遠。

陳平安緩緩前行，耳邊彷彿有狐魅女子細語呢喃，蠱惑人心：「跪下吧，便可鴻運當頭。」之後又有人威嚴大喝，震懾人心：「凡夫俗子，還不速速下跪！」又有中正平和的聲音淡然道：「如世俗人，需要下跪天地君親師，跪一跪又何妨，換來一個大道登頂。」還有滄桑沙啞的嗓音響起：「這一跪，就等於走過了長生橋，登上了青雲梯，跨過了天地塹，休要遲疑，快快下跪。天予不取，反受其咎！」

一聲熟悉嗓音竭力響起：「陳平安，快快停步！既不要前行也不要轉身，更不可下跪。只需在原地堅持一炷香便可，你一介凡人之軀，能夠承載多少斤兩的神氣意願？不要逆天行事……」有點像是楊老頭的訓斥和告誡，只是老人的嗓音越到後邊越低。與此同時，又有人溫醇笑道：「陳平安，不妨站直，往前走幾步試試看？」這像是齊先生。

陳平安本能地挺直腰杆，停下腳步，眼神茫然地向四周張望。

他只知道自己有很多問題，想要問齊先生。

許多嘈雜聲音此起彼伏：「這是馬苦玄應得的機緣！你這小子速速滾出去！」

「便是馬苦玄拿不到，也該順勢落入那天仙胚子寧姚之手，你算個什麼東西！」

「你這一支陳氏就是一攤扶不起的爛泥，早該香火斷絕，也敢垂涎神物，厚顏無恥的小雜種！」

「陳平安，你不是很在乎寧姚和劉羨陽他們嗎，轉身返回小鎮吧，把機緣留給你的朋友不是更好？齊靜春已經用他的一死來換取你們這些凡人的安穩，以後安心做個富家翁，娶妻生子，還有來生，豈不是很好？」

「膽敢再往前一步，就將你挫骨揚灰！」

陳平安一步踏出，廊橋轟然一震。

天地寂靜，雜音頓消。有嘆息、有恐懼、有慌亂、有敬畏、有唏噓，一團亂麻。

陳平安一步走出之後，就自然而然向前走出第二步，這個時候他才發現齊先生與自己並肩而行。整座廊橋以及廊橋之外，突然又變得伸手不見五指。

陳平安之前停步的時候，就已經不再被光線刺得流淚，這會兒沒來由一下子哽咽起來，靈犀所至，問道：「齊先生，你是要走了嗎？」

「嗯，要走了。外邊有太多人，希望我死，也由不得我自己做選擇。」

「齊先生，那我們要去見誰？」

「不是『我們』，是你。你要見的是一個……老人？」

砰然一聲巨響，齊先生好像被人一擊打飛，但齊先生反而爽朗大笑，最後不忘沉聲道：「陳平安，大道就在腳下，走！」

陳平安深吸一口氣，抬起腳準備踏出第三步。

有一個極遠、極高之地的嗓音響起，瞬間穿透一層層天地，微笑道：「事不過三，點到即止。」

廊橋中間那邊隨之有人冷哼一聲。

陳平安猛然驚醒，發現自己趴在桌上，油燈還在燃燒，他下意識轉頭望向窗外。

天亮了。

陳平安神情恍惚地走出屋子，來到小院，抬頭望去，烈日當空，視線尤為清晰，天空如同褪下一層層釉色的瓷坯，光潔可人。

陳平安無意中察覺到自己呼吸有些凝滯，便坐在門檻上，屏氣凝神，雙手十指結劍爐拳樁。一炷香後，陳平安才感覺到氣息平穩順暢起來，剛要站起身，眼角餘光一瞥，一屁股又坐回了門檻。

他瞪大眼睛望去，不知何時院子角落裡安安靜靜躺著一塊黑色石頭，是世間最好的磨劍石——斬龍臺！

陳平安趕緊起身，快步走去，蹲下身端詳，跟之前那座倒塌的天官神像臺座相比，這塊石頭好像被人刀切豆腐似的，一刀直直下去，就乾脆俐落地一分為二。

陳平安揉著下巴，一點一點挪位置，換了一個方位蹲著，東南西北挪了一圈，屁股回到原位後，越發確定，正是「菩薩點頭」那尊神像腳下的臺座。

這讓陳平安悚然，寧姑娘雖然喜歡說一些口氣很大的話，但是她所有冷眼袖手的言語絕對不會有半點作假。她說牢固異常的斬龍臺，只能大劍仙花大代價才能劈開，陳平安就確信無疑。那麼這塊斬龍臺是自己長了腳，然後一路跑到他陳平安家宅子？

如今陳平安已經知道世上確有神仙鬼怪，還有不計其數的山魈精魅，但是石頭成精，可能性不大吧？再說了，它跑誰家裡都能享點福，跑到自己這棟宅子，除了遭罪，還能做什麼，有這麼笨的石頭精嗎？

陳平安試探性問道：「喂，你能說話不？或者能聽懂我說話嗎？」

當然不能。

疑神疑鬼的陳平安搖晃腦袋，看不夠。大概是之前那個夢境太過真切，他其實還沒有緩過來，導致現在看什麼都透著古怪。許多當年沒有深思的小事，如今穿在一起，好像一下子就說得通了。

齊先生說世上的確有很多事情不能以常理衡量，寧姚更是說過外邊天地光怪陸離。哪怕是姚老頭，其實也早就零零碎碎說了許多，簡簡單單的入山一事，就有諸多講究。姚老頭曾經說過很多，比如那些個不起眼的老樹墩子有可能是山神的座椅，坐不得。還說天底下的山，無論大小，其實一脈相承，只不過有著祖孫之分。

陳平安在這一刻，突然很好奇，很想知道小鎮所在的驪珠洞天，到底如何才能看到全貌？是不是只有爬到那座比披雲山更高的山峰，才能一覽無餘？

陳平安收起思緒，低頭看著那塊黑色石頭，想著要把它搬去鐵匠鋪子，寧姑娘肯定用得著這塊磨劍石。至於到時候寧姑娘如何處置石頭，是選擇自己磨劍，還是交給阮師傅作為幫忙鑄劍的謝禮，陳平安反正無所謂，他只是很好奇磨劍石到底如何磨劍，會不會跟自己磨柴刀差不多？

陳平安做事情從來不拖泥帶水，下定決心之後就立即動手，伸出雙手將磨劍石往上一抬——能夠抬離地面寸餘距離，有些沉重，但還不至於搬不動，這就好辦。於是陳平安去屋裡找來一只籮筐，很快他就背著籮筐走在泥瓶巷，磨劍石之上覆蓋著一件衣衫。

走出泥瓶巷後，陳平安發現大街上行人眾多，估計是那場突如其來的黑夜讓人瘮得慌，如今好不容易看到了大太陽，就都想著出來透口氣。所以絕大多數小鎮百姓都離開家門，走出巷弄來到大街，議論紛紛，時不時有人匆忙跑過，嚷嚷著鐵鎖井已經澈底乾枯了，連那條懸掛於井中千百年的鐵鍊也不知被哪個混蛋偷偷搬走藏在家裡了。更有唯恐天下不亂的稚童孩子，三三兩兩，蹦蹦跳跳，滿臉雀躍，亂七八糟說著那棵老槐樹的變故。

原來那棵老槐樹「一夜之間」被連根拔起，倒在大街上，滿地的碎裂槐枝和枯黃槐葉。一開始很多附近百姓覺得別浪費了，就順手撿了枝葉回家燒火，一些個憊懶青壯，被自家婆娘催促，不情不願拎著柴刀去劈砍更粗大一些的槐枝。不是沒有人阻攔，祖祖輩輩生活在老槐樹周邊的小鎮老人，大多痛心疾首，對那些占這種缺德便宜的漢子、婆娘直接破口大罵，也有老人苦口婆心說著老槐樹跟小鎮的淵源，說這棵樹是有靈氣的，這麼多年來，連枯枝墜落也只挑夜深人靜的時候，不願砸在人頭上，更不要說每逢收成不好的時候，老槐樹的槐花如米，填飽了多少人的肚子。不管用，那些青壯男人要麼不理不睬，只管埋頭砍樹，脾氣差一點的，就跟老人起了衝突，推推搡搡，總之有點亂。

聽到老槐樹那邊的動靜後，陳平安背著籮筐，猶豫不決，於是放慢腳步，三步一回頭，望向老槐樹方向。直覺告訴他應該去老槐樹那邊瞅瞅，但是心底又有一個聲音，讓他趕緊去鐵匠鋪子。

突然他看到一個風一般的靈巧身影從自己身邊擦肩而過，是個身穿大紅棉襖的小女孩，讓人哭笑不得的是小女孩肩膀上，扛著一根粗如青壯手臂的槐枝，槐枝等人長，小女孩腳步飛快，跟車軲轆似的，活潑俏皮得很。

陳平安一眼就認出了她，是那個獨來獨往的小女孩，來去如風，喜歡在小鎮四處逛蕩。她跟顧璨屬於不打不相識，前不久在青牛背又見過一面。她跟在那些神仙人物身邊，好像跟那位年輕道姑關係尤其好，陳平安還送了她一小塊蛇膽石。

陳平安趕緊出聲喊她，紅棉襖小女孩轉過頭，看到是陳平安後，咧嘴一笑，一雙會說話的秋水眼眸，好像在說：「你有事快說啊，我聽著呢，我還要忙著螞蟻搬家！」

陳平安忍住笑，招手道：「我跟妳商量個事，最多耽誤妳一會兒。」

大紅棉襖小女孩扛著樹枝雷厲風行地跑過來，微微側身，她抬起頭，有些疑惑。

陳平安問道：「這根樹枝，妳是從老槐樹那邊搬來的吧？」

小女孩使勁點頭，遺憾道：「不快一點的話，要被人搶光了。我力氣小，只搬得動這麼點大的，我爭取多跑幾趟。」

陳平安心思急轉，試探性問道：「妳家如果是在福祿街那邊，那就遠了，妳如果信得過我，可以先把槐枝放在我家院子，這樣妳就可以來回多跑幾趟。」

小女孩默默權衡利弊，認真思量的同時，一直在觀察陳平安的眼神和臉色，大概是覺得陳平安沒壞心，她點頭道：「那你要我做什麼？事先說好，我可扛不動太大的樹枝，很沉的，我現在肩膀就有點像是火燒著了。」

陳平安掏出一串鑰匙，摘下其中一把，遞給小女孩：「這是我家院門的鑰匙，妳拿著。我不要妳多做什麼，只是讓妳搶槐樹枝的時候，看看地上有沒有沒有變黃的綠色樹葉，有的話就記得幫我收起來。」

小女孩沒有接過鑰匙，瞪大眼睛：「就這？」

陳平安笑道：「對，就這。妳知道我家地方吧？」

小女孩「嗯」了一聲：「泥瓶巷左手邊數起，第十二個宅子。」

小女孩最後還是沒有接過鑰匙：「你家那邊院牆不高，我可以把槐枝輕輕放進去，不用打開院門。」

陳平安才收起鑰匙，紅棉襖小女孩已經轉身飛奔離去。

陳平安覺得她就像是進了山的自己，她是走街串巷，自己則是翻山越嶺。

陳平安走出小鎮，一直往南，等到靠近廊橋的時候，駭然發現廊橋不見了，已經恢復成記憶當中的那座老舊石拱橋。

不知為何，廊橋雖然嶄新大氣，還掛著亮眼的金字匾額，可陳平安還是喜歡眼前的老橋。陳平安站在石拱橋這一頭，沒來由想起那個無法解釋的夢，深吸一口氣，緩緩走上斜坡。越是臨近橋中央，陳平安就越是緊張，本就大汗淋漓，現在更是汗如雨下，只是等他走到了石拱橋那一頭，也沒有任何事情發生。

陳平安自嘲一笑，加快步子往鐵匠鋪子走去。

青牛背那邊，楊老頭坐在青色石崖邊緣，大口大口抽著旱煙。楊老頭腳下的水潭，漣漪陣陣，波光粼粼，水面之下，好像有大把大把的水草在搖晃，大太陽底下，仍是透著一股無法言喻的陰森詭譎。

水面上，逐漸浮現出一張模糊的老嫗面孔，但是她卻擁有一頭鴉青色的頭髮，在水中綻放。此時馬婆婆如喪考妣，顫聲道：「大仙，昨夜我是真的不敢靠近那邊啊，我試了好幾次，一過去就像是鑽進了油鍋，比千刀萬剮還難受。大仙，你就饒過小的吧，實在是沒有辦法啊。」

楊老頭冷漠道：「我不是來興師問罪的，妳以後也一樣，只需要做力所能及的事情，不含糊，就可以了。不過現在有一個千載難逢的機會，擺在妳面前，就看妳自己敢不敢爭取了。」

馬婆婆幽綠色的臉龐隨水晃蕩，說不出的鬼氣森森，聽到這位大仙有意為自己指點一條明路，趕緊擺出洗耳恭聽的姿態。

楊老頭緩緩說道：「如今小洞天已經緩緩落回人間，跟大地接壤，正處於落地生根的關鍵時期，過不了多久，就要與大驪王朝版圖同氣連枝。妳現在之所以只能被稱為河婆，而不是河神，是因為就像是在世俗王朝，妳仍然只是個不入清流品秩的胥吏，並未真正獲得官身，一步之差，天壤之別。」楊老頭用老煙杆往石拱橋那邊一指：「之所以如此，根源不在於妳轄境小，而在於妳的地盤被攔腰斬斷了，瞧見那座橋沒，就是它把妳的未來香火斬斷了。妳現在只要能夠從橋底下游過去，就能有一份大前程。妳所處的這條小溪，將來會成為許多重要河流的源頭，別說是一頭青絲長不過數百里的下等河神，就是被大驪敕封為江神，髮絲長達幾千里，也不難。」

馬婆婆眼珠子微微轉動。

楊老頭也不催促，笑道：「爛泥裡躺著其實也蠻舒服的，對不對，為什麼要別人扶起來，對不對？」

馬婆婆之前心生怯意不敢一口應下，此時聽到大仙的冷嘲熱諷，心知不妙，立即討饒，深潭溪水頓時翻湧。

楊老頭無動於衷，淡然道：「是繼續做搖尾乞憐的泥鰍，還是化為坐鎮一方水運的河蛟，在此一舉。還有，別忘了當初我是怎麼跟妳說的。這條路，沒有回頭路可走，只能一條道走到黑。天底下沒有一勞永逸的好事，說句難聽的，小鎮百姓誰都可以有善報，但是無論如何也輪不到妳。」

這位神通廣大的大仙，越是如此雲淡風輕，河婆馬婆婆越是心裡打鼓，最後狠狠一咬牙，迅猛潛入水中。片刻之後，馬婆婆身影消失不見，但是在青牛背和石拱橋之間的溪水中，好像有一抹幽綠暗影，歪歪扭扭奔向下游。

這道暗影臨近石拱橋後，速度放緩，最後簡直就是烏龜劃水一般。距離石拱橋那座深潭還有十餘丈，河婆馬婆婆的身影驟然加速，顯然是富貴險中求，要拚死一搏了。

一游而過，暢通無阻。

馬婆婆一口氣衝出數十丈後，水下身影打了一個旋兒，為了慶賀自己劫後餘生，情不自禁地一圈圈轉動起來，一團青絲纏繞著那具已無血肉的乾瘦軀殼。

這位河婆站直懸停在溪水當中，抬頭望向那座石拱橋，終於清清楚楚看到了那根老劍條——依舊鏽跡斑斑，跟她還是孩提時、年少時、少婦時所見，並無半點異樣。但是下一刻，只是多看了老劍條一眼的河婆馬婆婆，一雙眼珠子當場爆裂。

哀號，溪水翻滾，浪花陣陣。

許久之後，這一段小溪總算恢復風平浪靜，老嫗重新生出了一雙眼睛，但是她變得氣息孱弱，耳畔響起楊老頭的嗓音：「人家不稀罕理睬妳，那是妳祖上冒青煙，妳別得寸進尺。以後經過石拱橋的時候，切記不要抬頭了。」

馬婆婆囁囁嚅嚅道：「不敢了，再也不敢了。」

楊老頭的嗓音幽幽傳來：「妳只管往下游去，試試看能游到哪裡。經過那座鐵匠鋪的時候，也別太倡狂。不過不用太擔心，妳的存在，能夠讓這條溪水變得尤為『陰沉』，一旦催生出水精，有利於鑄劍淬鍊，所以那位阮師，不會為難妳。妳要是做事勤勉，說不得人家還會施捨給妳一點機緣。驪珠洞天雖然碎裂了，靈氣迅速流溢四散，可大抵上還能延續個三、四十年，阮師的聖人之位，穩固得很，對他來說，反而是好事。」

馬婆婆鬆了口氣，諂媚道：「謹遵大仙法旨。」

青牛背這邊，有人言語中滿是欽佩：「前輩好大的神通，竟然能夠自行敕封一方河婆，關鍵是還能夠不驚擾到天道。」

楊老頭依然保持原先的坐姿，頭也不轉，冷笑道：「河婆，和河神，一字之差，雲泥之別。你這種讀書人，會不懂？」

來者正是觀湖書院最大的讀書種子崔明皇，他應該會是最後一個離開此地的外鄉人。這個豐神俊朗的英俊書生，笑道：「已經很駭人聽聞了。在一條斷頭路上，硬生生岔出小路來，這等手筆，由不得晚輩不佩服。」

楊老頭淡然問道：「小子，你知道我的身分？」

崔明皇搖頭笑道：「山主事先並未告知，但是我勉強猜出一點端倪。」

楊老頭不耐煩道：「去去去，你小子還不夠格與我談，換成你們山主還差不多。」

崔明皇非但沒有離去，反而在青牛背席地而坐，落座之前，不忘伸手將腰間玉佩小心翼翼挽住，以免撞擊在石崖上。

他抬頭望著再無遮攔的蔚藍天空，輕聲道：「空有一身通天修為，為了護住這座驪珠洞天，不讓天道滲透進來些許，竟是半點也不願使出，到最後只能靠兩個本命字，真正死撐到最後。楊老先生，你說我們這位齊先生，到底圖什麼？」

楊老頭只是抽著煙，神色陰沉。

崔明皇喃喃道：「若是圖一個『為生民立命』，那也太虧了。他是齊靜春啊，山崖書院的山主，儒教第四聖的得意弟子，他的一條命，換來六千多凡夫俗子的來生來世，划算嗎？我看不划算，換成是我，絕對做不來。」

楊老頭吐出一口煙霧：「你這話，也就只能跟我嘮叨，要不然傳出去，你這輩子都別想當書院山主。看在你先說了幾句心裡話的分上，咱們隨便聊聊？」

崔明皇微笑道：「那敢情好，晚輩求之不得。」

楊老頭望著水面：「不過在這之前，我想問你一個問題。」

崔明皇點頭道：「前輩問便是了。」

楊老頭緩緩道：「一步步把齊靜春逼到那個唯有求死的境地，是不是你的手筆？」

崔明皇先是一愣，隨即苦笑，最後自嘲道：「前輩是不是太高看我了？」

楊老頭沒有轉頭，一團團煙霧在他身前嫋嫋升起：「我別的本事沒有，看人心一事，還算湊合，所以你不該來這裡的。」

崔明皇笑著解釋道：「哪怕是晚一些來算，從我儒家第四聖在文廟位置第一次下降，以此作為開端，那也是八十年前的事情了，我如今不過而立之年，怎麼說得通？」

楊老頭轉過頭，笑咪咪道：「你的意思，是說自己不過湊巧來這裡取走鎮國玉圭，又湊巧碰上這樁慘案而已，屬於黃泥巴落在褲襠裡，不是屎也是屎？」

崔明皇神色自若，笑道：「世事無常，無巧不成書。」

楊老頭呵呵笑著，皮笑肉不笑。

崔明皇不願繼續空耗下去，開門見山道：「晚輩對那座披雲山情有獨鍾，希望將它作為一座新書院的位址，晚輩來此是客，入鄉隨俗，於情於理，都應該跟楊老前輩打聲招呼。不知道前輩有什麼要求？」

楊老頭皺著臉，默不作聲。

崔明皇似乎不敢擅自催促楊老頭，緩緩起身，輕聲道：「前輩放心，只要前輩一天不點頭，晚輩的書院就一天不敢破土動工。如果哪天前輩覺得此事可行，可以讓窯務督造官衙署那邊，捎句話給觀湖書院崔明皇即可。」

楊老頭「嗯」了一聲，沒有拒人於千里之外。

崔明皇作揖告辭。

無論是河婆馬婆婆這種小棋子，能否真正成就神位，還是觀湖書院要在大驪王朝尋求一塊圍棋上的飛地，選中了那座披雲山，其實楊老頭並不太上心，因為無足輕重。他唯一在意的事情，是那夜齊靜春到了廊橋，與阮邛說了什麼，最後他獨自坐在廊橋一夜，天亮之後才起身返回小鎮，在那期間，齊靜春又到底說了什麼，做了什麼？

楊老頭拎著老煙杆站起身，低聲罵道：「就沒一個是讓人省心的。」

學塾內，四個蒙童面面相覷。

孩子們沒有見到齊先生，反而是那位好像一年到頭都在掃地的老大爺，換上了一身跟齊先生裝束相似的儒衫，腰間懸掛了一枚玉佩，霜白頭髮收拾得整整齊齊，頭戴高冠。

老人坐在原本齊先生的位置上，告訴四個孩子，齊先生已經辭去教書先生和書院山主的職務，之後就由他來帶領孩子們遊學。出門遠遊一事，是齊先生跟孩子們早就說好的，他們家中長輩也都點頭答應下來了。

老人不復以往的慈眉善目，氣勢威嚴，問道：「李寶瓶呢？為何沒有來上學？」

鬼頭鬼腦的李槐平時就跟那個李寶瓶不對付，立即告密道：「李寶瓶在來的路上，聽說老槐樹倒了，就非要跑去湊熱鬧，我拉不住她。她脾氣差得很，我怎麼勸都不聽，她還要動手打人呢。」其餘三個蒙童各自腹誹，李槐真是隨他娘，睜眼說瞎話的能耐，比誰都厲害。

老人轉頭對一個紮羊角辮的小女孩說道：「妳去喊李寶瓶回來，我們今天就要離開小鎮。」

小女孩「哦」了一聲，有些不情願地站起身，小跑著離開學塾。

李槐年紀不大，嘴巴很刁，不忘火上澆油，老氣橫秋道：「老馬啊，李寶瓶這種頑劣學生，一定要好好管束才行，要不然成不了材的。既然齊先生不在了，老馬你就要挑起擔子來……」

老人厲色瞪去，李槐嚇得噤若寒蟬，乖乖閉嘴，只是在心裡不斷罵這個馬老頭不是個東西，老虎不在山就猴子稱大王。以前李槐很厭煩齊先生的規矩，如今倒是懷念起齊先生的好了。

學塾課堂隔壁，屬於齊靜春的那間屋子，觀湖書院的崔明皇坐在書案後，環顧四周，鳩占鵲巢的他笑容恬淡，有些失望地輕聲道：「書也沒有幾本啊。」

陳平安到了鐵匠鋪後，聽到那個消息，有點懵。

寧姚天沒亮就離開小鎮了，阮秀說是倒懸山那邊，飛劍傳書，寧姑娘聽說後急匆匆就離開了鋪子。陳平安這個時候才知道，原來寧姑娘之前去泥瓶巷，是跟自己告別的。

陳平安背著籮筐，站在寧姚暫住的那棟屋子簷下，抿起嘴唇。

阮秀柔聲道：「寧姑娘讓我告訴你，那把劍鞘她先借用一段時間，以後會還你的。」

陳平安搖頭道：「沒關係。」

阮秀欲言又止，陳平安才醒悟這句話跟阮姑娘說沒什麼意義，撓頭道：「那我先回趟泥瓶巷。」

阮秀點點頭，陳平安向前行去。

阮秀突然記起一事，喊道：「陳平安，我爹說你這段時間就在鋪子裡安心做事，以後可能需要你幫忙打鐵。」

陳平安轉頭笑道：「謝了。」

阮秀嫣然一笑。

陳平安獨自走在溪畔，走上石拱橋後，突然停下腳步，摘下背簍，坐在石拱橋邊緣，雙腳懸掛空中，裝著沉重斬龍臺的籮筐就放在身邊。

穿著一雙草鞋的腳，輕輕晃蕩。

對於寧姑娘的離去，他沒有太多感傷，因為一開始就知道她會走的。只是有些話，來不及說了啊。

不知過了多久，陳平安被橋底下一陣巨大的水花聲響猛然驚醒，他趕緊轉頭，籮筐已經不見了！

陳平安沒有絲毫猶豫，雙手一撐，任由自己摔入溪水。入水後，迅速轉換水中姿勢，頭朝下，使勁向水底鑽去。

陳平安瞪大眼睛，依稀看到一點光亮，那一瞬間，他就失去了知覺。

下一刻，陳平安發現自己站在鏡子一般的水面上，輕輕跺腳，能夠踩出一圈圈漣漪，但是鏡面並未塌陷。

陳平安突然抬起手臂遮住眼睛——正前方有刺眼光芒，照徹天地。

等到光芒淡去，陳平安放下手臂，看到遠處有一人懸空而坐，一腳屈起，一腳下垂，如同坐在懸崖邊上，姿態慵散。

那人整個人沐浴在潔白光輝之中，絲絲縷縷的光線，不斷搖曳，陳平安無論如何也看不清那人的面容。那人跟之前泥瓶巷家中那場夢中站在廊橋中央的人物，很相像，但是陳平安不敢確定是不是同一人。

那人抬頭打了個哈欠，緩緩道：「那個叫齊靜春的讀書人，說對這個世界很失望。那麼你呢？」

陳平安在那個人開口後，呼吸困難，遂咬緊牙關。很快，陳平安又一次聽到了自己的心跳聲，如有人擂鼓震天響，他滿臉漲紅，伸手使勁摀住心口。

神人擂動報春鼓，告知天下春將至。鼓不響，春不來。

那人隨手一揮，大袖晃動如一條銀河。石拱橋上，小雞啄米的陳平安恍恍惚惚醒來，轉頭望去，籮筐仍老老實實放在自己身邊。

陳平安抱頭道：「又來？」

陳平安使勁給了自己一耳光，疼。他慌慌張張站起身，背起籮筐就跑。

陳平安一路跑回泥瓶巷，打開院門，發現靠近院門的地方，一根根槐枝橫七豎八地躺著，心想那丫頭是真能跑真能扛啊。

陳平安放下背簍，然後坐在院門口，擦著汗水。

一抹紅色從泥瓶巷一端快步跑來。小女孩滿頭大汗，看到陳平安後，咧嘴一笑。她以槐枝拄地，氣喘吁吁，從腰間繡袋裡撈出一把鮮豔欲滴的翠綠槐葉。陳平安接過後，低頭一看，相比那次齊先生帶他求來的槐葉，這些槐葉雖然也是綠色，但是葉脈已經枯黃，長久端詳，也看不出有綠色瑩光遊走其中。

陳平安看著左右張望的小姑娘，笑著伸出手。

小女孩一臉茫然，陳平安沒有收回手。小女孩堅持片刻後，神色懊惱地從繡袋裡掏出最後一片樹葉，重重拍在陳平安手心上。陳平安繼續伸著手，她使勁鼓起腮幫，轉身不知從哪裡又摸出一片槐葉，哭喪著臉交給陳平安。

陳平安忍住笑意，將那八片槐葉合攏在一起，不過抽出其中三張，遞給紅棉襖小女孩，柔聲道：「送給妳的。」

小女孩沒有接過槐葉，黑葡萄似的水潤大眼眸，滿是疑惑。

陳平安揉了揉小丫頭的腦袋，溫聲解釋道：「妳自己事先藏起來，跟我事後送給妳，是不一樣的。以後別忘了，答應別人的事情，就一定要做到。」陳平安看著那張天真無邪的稚嫩臉龐，笑道：「如果努力了，還是做不到，記得打聲招呼。」

小女孩雖然覺得他說的挺有道理，可是這樣自己多沒有面子啊，於是使出渾身解數皺著小臉，氣鼓鼓道：「你怎麼跟學塾齊先生這麼像啊。我要不喜歡你了！」

陳平安哭笑不得，說道：「我幫妳把槐枝搬到妳家去，我力氣大，跑一趟就夠了。」累慘了的紅棉襖小姑娘，頓時眼睛一亮，笑得雙眼瞇成月牙兒：「那我可以多喜歡你一會兒！」

陳平安雖然看著身形瘦弱，可是當他雙肩扛起那些槐枝，一點也不勉強地輕鬆走在泥瓶巷時，把後頭那個紅棉襖小姑娘看得目瞪口呆。之前如果不是她堅持，陳平安連她纖細肩膀上的那根槐枝也要一併拿去。

泥瓶巷口子上站著一個紮羊角辮的小丫頭，估計是冬天凍傷了臉頰，兩坨腮紅很惹眼，看到大搖大擺扛著槐枝的紅棉襖小姑娘後，她悶悶道：「李寶瓶，不是說好了丟下槐枝，就跟我一起去學塾的嗎？妳是不知道，今兒馬爺爺怪得很，穿得跟齊先生一樣，說要由他來帶著我們遊學，去那山崖書院，到時候馬爺爺朝我們發火的話，就怪妳。」

李寶瓶根本就沒有聽進去，從腰間繡袋裡拈起一張陳平安送給她的翠綠槐葉，對著身邊的同齡人，撚動旋轉，得意揚揚，一臉「妳沒有吧，我有很多喲」的表情。

羊角辮小丫頭只覺得莫名其妙，不知道一片破葉子，有什麼值得炫耀的，但是她就是受不了李寶瓶的那副模樣，很欠揍。問題是學塾裡差不多大的孩子，哪怕是李槐這樣的刺頭也打不過李寶瓶。李槐曾經被她打得趴在地上裝死，李寶瓶猶不甘休，扒掉李槐的褲子，再把那條褲子往樹上一丟，高高掛在那裡，光屁股李槐一路號啕大哭著回了家。

李槐他娘可不是省油的燈，二話不說就拽著李槐一起殺向福祿街，結果還沒到李家，看著街道兩邊氣派威嚴的石獅子、彩繪門神和高大院牆，婦人就氣不打一處來，又將李槐暴打了一頓，連李家大門也沒敲，就扯著自己兒子的耳朵，灰溜溜回到了小鎮最西邊的破落宅子，不過那晚，婦人宰了隻雞燉了，李槐光屁股站在凳子上，晃來晃去，吃得比誰都歡快，哪裡還記得被李寶瓶按在地上拍腦袋的糗事。

羊角辮小姑娘伸出雙手比劃了一下長短，滿臉嫌棄道：「槐樹葉子而已，有什麼好神氣的，我爹昨夜給了我一只金算盤，金子做的算盤，有這麼大！」

只可惜李寶瓶完全沉浸在自己的世界裡，根本不在乎什麼金算盤。她繼續在夥伴眼前輕輕搖晃槐葉，尖尖的小下巴抬了抬，指向前邊的陳平安，說道：「他送我的，我袋子裡還有哦。」

羊角辮小姑娘唉聲嘆氣，從她第一天認識李寶瓶起，李寶瓶就是這麼個討人嫌的德行。李寶瓶只說她想說的，只聽她想聽的，只做她想做的事情。如果不是在騎龍巷那邊實在沒幾個同齡人，羊角辮小姑娘才不願意跟她一起玩耍。

很多時候，連齊先生也對李寶瓶無可奈何，因為李寶瓶總會問一些奇奇怪怪的問題，偏偏齊先生每次都會認真回答，只可惜經常說不出讓李寶瓶信服的答案。有些時候齊先生想通了一個問題，第二天興致勃勃打算跟李寶瓶好好授業解惑一番，結果李寶瓶自己都忘了昨天問了啥，一想到要釣泥鰍啊、捉蟋蟀啊、放紙鳶啊，撒腿就跑，就那麼直接把齊先生晾在了一邊。

陳平安雙肩扛著那些槐枝，不好轉頭，只能稍稍大聲問道：「學塾現在有多少人？」

李寶瓶正在吃力地換肩膀扛槐枝，之前已經來回換過很多次，火辣辣地疼。

羊角辮伸出一隻手掌，回答道：「如今只剩下五個人啦，我、李寶瓶、李槐、林守一、董水井。」她閒著也是閒著，竹筒倒豆子，把學塾的境況一口氣說了出來：「齊先生之前答應要帶我們出去遊學，最後要去山崖書院讀書，當時我們學塾還有十四、五個人，家裡人都同意的。後來呢，那些大多住在福祿街和桃葉巷的有錢孩子，先是託病不來學塾，後來聽李寶瓶說，他們直接離開小鎮了，說是去投奔遠房親戚。當初聽說要去山崖書院的時候，這撥人最高興，我都不知道他們高興什麼，要跟著齊先生走那麼遠的路，不累啊。」

小女孩說話稚聲稚氣，但是條理清晰，有些早慧且性情溫和，像個小大人。陳平安沒來由就想起了顧璨，只不過她跟刺蝟似的鼻涕蟲，還是不太一樣的。

陳平安笑問道：「那妳叫什麼？」

紮兩根羊角辮的小姑娘淡然道：「我啊，叫石春嘉，所以你可以喊我石姑娘。」

陳平安無言以對。

李寶瓶拆臺道：「妳喊她小石頭就行了。」

石春嘉像是一隻奓毛的小貓，對李寶瓶怒色道：「不許喊小石頭！李寶瓶妳也不可以！」

成天喜歡胡思亂想的李寶瓶，此時的想法、念頭早已從小夥伴的綽號，轉移到別處去了，所以根本沒搭理石春嘉的反駁。石春嘉卻是喜歡較真的性子，不厭其煩地跟李寶瓶曉之以理、動之以情，只為了擺脫「小石頭」這個不討喜的綽號，因為石春嘉知道，將來到了齊先生的那座山崖書院，只要李寶瓶開口喊她一次小石頭，那麼這個綽號估計就要澈底甩不掉了。

聽著身後兩個小姑娘你來我往的雞同鴨講，陳平安在臨近福祿街的時候，問道：「福祿街這邊有很多戶李姓人的宅子，妳家在哪邊？」

陳平安想著只要不是四大姓之一的李家宅子，都行。畢竟當時為了誘使正陽山老猿出山，他利用福祿街那棵子孫槐爬上了李家大宅的牆頭，說起來他還用彈弓打碎了李家的兩只鳥食罐。

石春嘉沒好氣道：「她啊，就是牆外有槐樹的那戶人家，以前每次家裡不讓她出門，怕她瘋玩，她就自己偷偷架梯子上牆，再沿著槐樹落在福祿街上。有次她爹娘實在氣壞了，就把梯子搬走了，非要她從大門進入，沒想到她直接就跳了下去，之後那個月她就沒來學塾，後邊兩個月，一直是拄著拐杖來的。」

李寶瓶並沒有覺得丟人現眼，而是一本正經道：「我事後反省了，那次是我落地姿勢不對，不該直不愣登雙腳戳下去的，所以等我腿好了之後，我再去試就……」

石春嘉氣呼呼道：「不就是又休學半個月嗎？」

李寶瓶撇撇嘴：「第三次不就沒事了。」

石春嘉憤憤道：「那是因為一年後，妳長身體了，個子躥得很快，所以才經得起折騰，跟妳落地姿勢正確與否，沒有半枚銅錢關係！」

陳平安對於兩個小姑娘的吵吵鬧鬧，沒有摻和。一來是正在頭疼，到時候自己會不會被李家認出來，一怒之下就關門放狗。再就是陳平安在內心深處，很羨慕她們，羨慕她們的幸福安穩，在家有長輩管束，在學塾可以讀書。雖然頭疼，陳平安仍是決定幫助李寶瓶把槐枝送到她家門口。大概這就是現世報吧，剛剛跟她說過，答應的事情就要做到，結果就只能硬著頭皮去李家大宅自投羅網。

不知道是不是老天爺總算從打盹裡睜眼醒來，覺得也該輪到陳平安時來運轉了，門房並未認出他，李寶瓶也沒有讓他幫著把槐枝扛進府裡，如釋重負的陳平安剛要轉身離去，李寶瓶就把自己肩頭扛著的那根槐枝交給了他，說這算是她的報答。陳平安沒有拒絕李寶瓶的善意，隨意扛在肩上，揮手告辭。

那個門房早就習慣了自家小姐的古怪脾氣，哪怕搬了一堆燒火都嫌棄的槐枝回家，也不覺得如何意外，只是有些心疼小姐的那件大紅色棉襖，它可比那些槐枝值錢多了。自家這個小姐，不到五歲的時候，就能夠自己去小溪抓來一隻大螃蟹，到家後，一邊流眼淚，一邊高高舉起小手，小手上頭有一隻死也不願鬆開鉗子的螃蟹，把爹娘和老祖宗給心疼得不行。到如今，那隻蟹殼青黑色、蟹鉗卻是赤紅的螃蟹還養在她的大魚缸裡，小姐實在是不喜歡讀書，有事沒事就跟牠聊天說話。

看著陳平安離去的身影，石春嘉瞥了眼身邊的李寶瓶，嘿嘿笑道：「就是他啊，害得妳摔掉了一顆大門牙？」

李寶瓶突然走到石春嘉身後，雙手握住她的兩根羊角辮，準備往上提：「相信我，這次肯定行。」

石春嘉嚇得連忙蹲下身，閉著眼睛，雙手胡亂在頭頂揮動，以免自己又被李寶瓶扯住辮子往上「拔草」。

李寶瓶蹲在比自己矮小一圈的石春嘉身邊，自信滿滿道：「小石頭，不疼的，妳沒有試過第二次，怎麼知道不行呢？對不對？」

石春嘉嚇得哇哇大哭，那個門房於心不忍，忙為騎龍巷那間壓歲鋪子的小掌櫃解圍，說道：「方才學塾馬先生讓李槐來捎話，讓府上這邊準備好一輛馬車，小姐妳帶上行李，先去學塾，然後離開小鎮，與石小姐一起遊學至山崖書院。當然，在去學塾之前，小姐可以順路去趟騎龍巷，把石小姐的東西裝上馬車。」

李寶瓶只好先放過石春嘉，滿臉失望，一起走進大門的時候，還不忘替石春嘉感到可惜。劫後餘生的石春嘉，默默下定決心今天就要拆掉辮子。

「咦？」李寶瓶突然驚訝出聲，抬頭望天。

石春嘉順著她的視線望去，納悶道：「不會下雨吧。」

一大朵黑雲從北往南，從小鎮上空飄過。

剛走出福祿街的陳平安，也抬頭望去。那一刻，陳平安被震驚得說不出話來。

哪裡是什麼黑雲，分明是密密麻麻的天上飛劍，無數仙人御劍凌空。

陳平安緩緩轉動脖子，視線追尋著那朵劍雲南下。

驟然之間，有一粒黑點從南往北，與那些飛劍仙人背道而馳。

那一粒黑點越來越大，最後，眼力極好的陳平安瞪大眼睛，像是白天見了鬼。

小鎮南邊上空，有一人踩著飛劍傾斜向下，在距離小鎮地面百餘丈的時候稍作停留，御劍之人低頭俯瞰小鎮，視線巡視四方，然後就對著福祿街這邊一衝而下。轉瞬之間，一日千萬里的御劍飛行裹挾著一股呼嘯破空的風雷聲，最終落在陳平安身前。

劍懸停在地面上空半丈，劍身之上，是一襲墨綠色長袍的英氣少女寧姚，她雙腳亦是懸停在飛劍劍身之上。

風塵僕僕的寧姚咧嘴一笑，雙手環胸，英姿勃發道：「我覺得應該跟你說一聲再見，所以我來了。」

只是不等扛著槐枝的陳平安說什麼，腰間懸刀的寧姚心意一動，劍尖立即掉轉方向，傾斜向上，一閃而逝。

陳平安下意識伸出手，只是寧姚與飛劍早已沒了蹤跡。尷尬的陳平安悻悻然縮回手，撓撓頭，往泥瓶巷走去，時不時抬頭望天。

陳平安一開始有些失落，但是很快就高興起來，原來寧姑娘是神仙啊。以至於經過騎龍巷一間鋪子的時候，他破天荒花錢買了一串糖葫蘆，邊走邊吃。吃著吃著，不知為何，他心裡又有些空落落的。

陳平安很用心地想了想，難道是心疼銅錢的緣故？

陳平安吃著將近十年沒嘗過滋味的糖葫蘆，扛著槐枝返回泥瓶巷，經過一棟比自家祖宅還要破敗的宅子時，陳平安心懷愧疚，想著是不是先跟阮師傅借些銀子，把這棟屋子給修一修。雖說從小就生活在這條泥瓶巷，可陳平安從來沒有見過這棟宅子有人居住，之前跟搬山猿在屋頂追逐搏殺，故意將其騙到這裡，害得屋頂被老猿踩出個大窟窿。陳平安覺得必須把這個爛攤子攬在身上，否則這棟宅子以後免不了要風吹日曬，受那下雨颳風的罪，可能宅子原本還能熬個二、三十年光陰，現在恐怕連五年都撐不過去，房屋棟梁會腐朽得很快。這一點，跟陳平安被蔡金簡強行「指點」的身軀極為相似，都是四面漏風的境地，所以陳平安越發心有戚戚然，想著怎麼也要把這棟無主的宅子修好，不說多光鮮氣派，牢固結實總是跑不掉的。

陳平安不是沒有想過拿出一枚金精銅錢，跟人兌換成真金白銀或是銅錢，比如楊家鋪子的楊老頭或是鐵匠鋪子的阮師傅，但是陳平安有一種直覺，金精銅錢這種東西，是真正的可遇不可求，每用掉一枚就少一枚，至於銀子銅錢，到哪裡都可以掙，無非是出力大小而已。所以陳平安決定先問阮師傅借借看，如果借不成，再用金精銅錢來解決難題，心疼肯定會心疼，但是既然有些迫在眉睫的問題，已經一清二楚地擺在眼前，總不能假裝視而不見，陳平安很怕虧欠別人。

陳平安回到院子，把那根李寶瓶贈送的槐枝靠著院牆斜放著，那塊價值連城的磨劍石依然還在籮筐裡，不過當然不會就那麼光明正大地丟在院子裡，而是已經讓陳平安搬去了屋內。如果不是時間緊迫，陳平安恨不得在院子裡挖個一丈深的深坑，將那不起眼卻值錢的磨劍石埋起來——斬龍臺，只是聽聽這名字，就感覺比那三袋子金精銅錢還要珍貴。

陳平安聽到隔壁院子的雞叫聲，宋集薪和稚圭離開小鎮的時候，顧不上的那一籠子老母雞和雞崽兒，估計這會兒有點餓傷了。陳平安去屋內拿起那串鑰匙，再從自家帶上一把稻米，走向隔壁院門，打開雞籠，蹲下身讓稻米一點點漏出指縫。

餵過了雞，陳平安打開灶房的房門想看看有沒有稻米之類的餘糧，以免白白放壞發霉。結果進了灶房，陳平安大開眼界，一大缸大米，只是打開蓋子一看，陳平安就飽了；櫥櫃裡鍋碗瓢盆，應有盡有，牆壁那邊還掛著一排火腿和魚乾，一切都收拾得乾乾淨淨，清清爽爽，大小物件，雜而不亂。

陳平安突然被灶臺附近的一堆柴火吸引了視線，走近蹲下，果不其然，是那次看到的稚圭用菜刀劈砍的木人。稚圭根本不會砍柴，所以當時砍了半天也收效甚微，換成是陳平安，三兩下就能把約莫等人高的木人給劈爛。

此時此刻，陳平安低頭蹲著，發現木人很奇怪，身上刻有很多紅點，遍布全身，稀疏不定，有些地方密密麻麻攢簇在一起，有些地方隔著老遠才有一粒朱砂似的紅點。陳平安拿起一截木人胳膊仔細望去，每一粒紅點旁邊，竟然還刻有極其微小的墨色小字，紅點本就米粒大小，那些小字的筆劃就更加細不可見了，虧得是陳平安，換成尋常人，恐怕只看作是紅點和墨點而已。

陳平安嘗試著將那些殘肢斷骸重新拚湊起來，沒過多久，木人就重現原形，幸運的是木人並未缺少什麼大件，遺憾的是許多拚接起來的地方，紅點和墨字已經被稚圭的菜刀砍掉或是刮磨殆盡，估計相對完整的朱點墨字，還剩下十之七八。

陳平安起身打開窗戶，讓灶房光線更加通透明亮，這才繼續蹲下身，仔仔細細看過去，不敢漏過任何一點細節，這就耗費了差不多一個時辰。雖然陳平安不認識絕大多數的墨字，但是依然盡力記住它們的筆劃結構。

對於讀書識字，陳平安內心深處一直懷有期望。做窯工的時候，許多次陳平安登上山頂後，遠眺小鎮，除了尋找泥瓶巷在哪個方位，往往第二個想要知道的地方就是那座學塾。年少時，有個黝黑消瘦的孩子，經常會去學塾，蹲靠在牆根，頭頂就是書聲琅琅，雖然聽不懂在說什麼，但是孩子會莫名覺得安心，心很靜，一天受到的委屈，聽著聽著就沒了。不過讀書一事，對當時的泥瓶巷孤兒陳平安來說，是比糖葫蘆還要奢侈許多的東西，遠遠看看就好。

此時陳平安閉上眼睛，憑藉記憶，在腦海當中構建了一個完整的木人。若是有記憶模糊的地方，陳平安並不急於睜開眼睛去查看實物，而是先行跳過，結果從頭到尾，木人大概有四、五十處不確定的朱點墨字。將那些遺漏一一辨識記憶過去，陳平安深吸一口氣，本想再來一遍，只是剛閉上眼，就腦袋發脹，有些暈乎，陳平安果斷不再勉強自己。

有些努力，不是下死力氣就行的，否則只會越忙越亂。陳平安學習燒瓷之後，對此感觸頗深，不是天資聰穎，純粹是整天被姚老頭破口大罵，不斷挨罵後的心得之一。

陳平安重新將木人打亂，堆放在灶臺角落，走出灶房，關好院門後，想了想，還是要去一趟小鎮東門，再找一次看門人。以後做了鐵匠鋪子的正式學徒，多半要住在那邊，就不太可能送信了，所以陳平安想跟那個光棍漢打聲招呼，不過之前找過一次，沒找著。

陳平安小跑來到小鎮東門，那棟黃泥屋依舊是房門緊閉上鎖的光景。他嘆了口氣，就坐在看門人鄭大風經常坐的那只樹墩子上。小鎮不比進山，可沒有什麼山神座椅的講究。

陳平安坐在那裡發著呆，難得忙裡偷閒。

不知道過了多久，小鎮內的道路上，傳來一陣陣車軲轆聲，陳平安轉頭望去，當頭一輛牛車，後邊跟著兩輛有車廂的馬車，牛車上坐著一群孩子，當中有兩張熟悉的臉龐，大紅棉襖的李寶瓶、兩坨腮紅的石春嘉，除此之外，想來就是石春嘉所說的李槐、林守一、董水井三個學塾蒙童。

牛車上五個孩子，嘰嘰喳喳，熱熱鬧鬧。車夫是一張陌生的中年人臉孔，之前在學塾掃地的老人坐在車夫身後。

陳平安一眼望去，除了出身福祿街四大姓之一李氏的李寶瓶，其餘四個孩子，僅是穿著就有著天壤之別。石春嘉的祖輩世世代代生活在騎龍巷，守著那間名叫壓歲的老鋪子，衣食無憂，但算不得大富大貴，所以小姑娘穿得只能算舒適暖和。但是石春嘉身邊有個神色冷峻的同齡人，披著一件嶄新名貴的黑色狐裘，臉色微白，眉眼冷漠。李槐的父親李二，是小鎮出了名的窩囊漢，李槐還有個姐姐叫李柳，不過爹娘和姐姐三人都出去討生活了，只留下李槐一個人寄養在舅舅家，如今也一樣要離開家鄉，跟隨姓馬的老人去往那座山崖書院。最後一名少年，春衫單薄，便穿了兩件縫縫補補的外衫，滿身窮苦氣，一看就是窮巷子裡長大的苦孩子。

李寶瓶、石春嘉、李槐、林守一、董水井，五個小鎮蒙童，乘坐著無法遮風擋雨的牛車，駛向那個東寶瓶洲無數讀書人心中的聖地——山崖書院，儒家七十二書院之一。此時此刻，五個孩子肯定不會知道，在王朝林立的一洲版圖上，無數世代簪纓的豪閥高門，哪怕削尖了腦袋，用盡了人情香火，也想要把自家子弟送入其中，跟隨那些廣袖博帶的夫子先生們學習儒家聖賢的修身、治國、平天下。他們自然更不會知道，能夠喊齊靜春一聲先生，有多麼難得。相反這些孩子當下只會覺得齊先生規矩多，經常板著臉，一點也不讓人心生親近，齊先生偶爾笑了，孩子們甚至根本不知道自己做對了什麼，讓先生如此開懷。

李寶瓶眼尖，看到了坐在樹墩子上的陳平安，以迅雷不及掩耳之勢跳下牛車，踉蹌了一下，飛快跑到陳平安身前，猛然站定，卻又好像不知道該說什麼，最後只挺起胸膛，說了一句「我要去很遠很遠的地方」，小臉上滿是驕傲。

頭戴高冠的老人沉聲道：「李寶瓶！」

雖然不太高興，老人仍是讓車夫停下牛車。李寶瓶撇撇嘴，但還是轉身跑向牛車，她突然聽到身後那傢伙喊了自己的名字，回頭後，看到陳平安朝自己揚起拳頭，輕輕晃了一晃，應該是要她努力。李寶瓶也朝他揮了揮拳頭，示意自己會努力的。

陳平安會心一笑，覺得這個紅棉襖小姑娘的努力，多半是用在玩耍上，山崖書院處處都會留下她的足跡吧。

陳平安抬頭望去，在學塾見過幾次的掃地老人，向自己點了點頭，陳平安下意識就笑著還禮。與此同時，後邊一輛馬車上有人輕輕放下了窗簾。雖然只是驚鴻一瞥，但是陳平安看清了那人的面容，正是去鐵匠鋪子找阮師傅的讀書人。

陳平安目送牛車、馬車緩緩駛出小鎮。

若是陳平安能夠像寧姚那般御劍凌空，俯瞰這座剛剛落地生根的千里山河，一定會被種種異象震撼。有不計其數的各類飛禽走獸在這座驪珠洞天與大驪版圖接壤的邊界線外，盤踞不動，更外邊，還有無數牠們的同類在瘋狂奔向此處，像是在汲取著什麼。在那根無形的邊界線外，牠們既不敢向前跨過一步，也不願往後撤離一步。

還有一個老嫗站在界線以內的溪水盡頭，上半身露出水面，一頭鴉青色髮絲如瀑布一般瀉下，在身軀四周蔓延開來，像一朵黑色的蓮花。原本臉龐斑駁如枯樹皮的馬婆婆，此時此刻已是不到四十歲的婦人模樣。

又有那座披雲山，好似被地表拱起，以肉眼可見的速度緩緩升高。

洞天破碎，降為福地。在昔日驪珠洞天內土生土長的小鎮百姓，無論富貴貧賤，無論稟性善惡，皆有來生。

陳平安回到鐵匠鋪子，勞作之後，趁著吃飯休息的時候，端著碗找到和阮姑娘一起蹲在簷下的阮師傅，陳平安說要借錢，可能要十五、六兩銀子。

阮邛甚至沒有詢問陳平安借錢的理由，停下筷子，斜瞥了一眼陳平安，蹦出兩個字：「滾蛋。」

陳平安趕緊乖乖跑路。

阮秀皺眉道：「爹，你就不能好好說話？」

阮邛冷哼道：「沒揍他就已經算很好說話了。」

阮秀打抱不平道：「人家這麼辛辛苦苦給你當學徒，工錢一文錢也沒收，天黑那段時間，所有人要麼待在屋裡呼呼大睡，要麼就是閒聊，只有陳平安還在從井裡搬土，一趟一趟，忙這忙那，一點也沒閒著。這些時候誰做事最勤快，爹，你心裡沒數？你自己摸著良心說，人家問你借十五、六兩銀子，怎麼就過分了？」

阮邛黑著臉不說話，心想你爹我就是心裡太有數了，才想砍死這個挖牆腳的小王八蛋。要是這少年有正陽山搬山猿的修為本事，我早就學那齊靜春，將其打個半死才痛快。只是一想到這裡，阮邛就有些灰心喪氣，雖說自己哪怕拋開此方天地的聖人身分，勝過搬山猿，依然是板上釘釘的事情，可想跟齊靜春那樣一腳定勝負，顯然不可能。阮邛只好安慰自己，自己雖然是名義上的兵家劍修，但自己的真正追求，非是那戰陣厮殺的強弱高低，而是成為這座天下名列前茅的鑄劍師，鑄造出一把有希望蘊養出自我靈性的活劍，使得天地間多出一位有生有死、能修行、可輪迴，甚至可以追求大道的真正生靈。

阮邛放下碗筷，抬起頭望向天空，莫名其妙罵起娘來：「真以為齊靜春死了之後，你們就能夠無法無天了？我的規矩已經明明白白跟你們說了，現在既然你們不遵守，就拿出能夠不守規矩的本事來，如果沒有，那就去死吧。」

眼見四周無人，原本蹲著的阮邛拔地而起，如一道雪白長虹炸起於大地，激射向高空雲海。雲海之上，有幾個宮裝女子、婦人和錦衣玉帶的男子連袂御空而行，言笑晏晏，俱是風流瀟灑的神仙中人，時不時俯瞰昔日驪珠洞天的大地全貌，可謂是名副其實的談笑之間有風生。

砰然一聲巨響，雍容華貴的金釵婦人那顆腦袋崩裂開來，然後她身邊的一個貌美少女，腦袋也開了花。依次下去，男男女女，無人例外。

阮邛身形懸停在金光絢爛的雲海之上，眼神凌厲，環顧四周，冷笑道：「怎麼，就只用這麼點小雜魚來試探我阮邛的底線？是不是太瞧不起人了。我阮邛雖然就是個打鐵的，遠遠比不得齊靜春，可要說在此地斬殺一、兩個不長眼的十境修士，又有何難？那麼從現在起，這兒規矩多出一條，諸位聽清楚嘍，哪怕你躲在邊界線之外覬覦驪珠福地，只要我阮邛哪天心情不好，一樣把你抓進福地上空，然後將你的腦袋打爛，信不信由你們。」

阮邛才說完，往邊界線外一閃而逝，下一刻只見他單手按住一個老人的頭顱，抓回邊界線之內後，五指一按，仙風道骨的老人苦苦求饒道：「阮師！阮師！有話好好說！老夫是附近紫煙河的……」不等老人說完，阮邛便捏爆了那名仙師的腦袋，將屍體隨手丟出自家福地版圖之外，不過對那抹從屍體內逃竄而出的碧綠虹光，阮邛僅是冷冷瞥了一眼，並未痛打落水狗。

那條長短不過三尺有餘的碧綠虹光，瘋狂飛掠將近千里，一頭撲入一條淡淡紫煙升騰繚繞的大河，河水之盛大壯觀，遠勝大驪疆域一般的大江之水。

五指猶有血跡的阮邛高聲道：「甲子之內，一律如此。」

遠處雲海當中，有女子修士借著雲霧隱匿身形，憤懣道：「手段如此血腥殘忍，哪裡是巍巍然坐鎮一地氣運的聖人所為。」

阮邛氣笑了：「喲呵，學聰明了，躲那麼遠才敢嘀嘀咕咕，覺得我拿妳沒轍是吧？他娘的，老子又不是齊靜春那讀書讀傻了的傢伙，妳跟我一個兵家劍修講道德禮儀，妳腦子裡有坑吧？」

阮邛一臂傾斜向下，雙指併攏，心中默念道：「天罡扶搖風，地煞雷池火，急急如律令！」

刹那之間，天上、地下有兩處氣息迅猛翻湧，如兩座剛剛現世的泉眼。

另一處有溫厚嗓音急促提醒道：「不好，是阮邛的本命風雷雙劍！蘭婷，速速撤退！阮邛的本命之物異於常人，並不蘊養在竅穴當中，而是存在於他四周的三千里天地之間，跟隨他的那兩尊兵家陰神，四處遊走……」

雲海之上，有一抹流光溢彩的綠色螢火，拚死往外逃命而去，螢火之外，又有一枝枝晶瑩剔透的桃花縈繞盤旋，為主人護駕。這抹幽綠流光差不多一口氣掠出八百里後，被從天而降的一根青色絲線，從頭顱當中貫穿而過。

為她仗義執言的那個男人，見機不妙，便早早以獨門遁術消失了。

天上為之寂靜，再無人膽敢聒噪出聲。

阮邛冷笑一聲，不再跟這群心懷不軌的鬼蜮之輩計較，身形落回鐵匠鋪附近溪畔。

滿身煞氣和血腥氣的鐵匠，伸手在溪水中沖刷掉血跡。

阮邛嘆了一口氣，感傷道：「齊靜春，你要是有我一半的不講道理，何至於走得如此憋屈？」

岸上，陳平安進行了一個時辰的走樁後，正在返回途中舒展放鬆筋骨。

陳平安突然看到阮師傅從溪邊走上岸，他猶豫了一下，放緩腳步，不去碰釘子。不知為何，陳平安總覺得阮師傅對自己印象算不上好，看自己的眼神，跟姚老頭有點像，透著股嫌棄。阮邛也沒搭理陳平安，自顧自大踏步走回鐵匠鋪子。

陳平安驀然回頭，望向溪水，溪水平靜如常，並無異樣。但是陳平安方才冷不丁心一緊，如芒在背，就像是溪水當中有冤死的水鬼盯住了自己，很荒誕的感覺。只是視線當中，溪水潺潺，歡快柔和。

陳平安不死心，撿起幾粒輕重正好的石子，轉身沿著溪水往下游走去，仔細打量著溪水裡的動靜，試圖找出一點蛛絲馬跡。陳平安越看越覺得不對勁，光天化日之下，溪水竟然給人一種陰氣森森的觀感。陳平安哪怕那麼多次潛入青牛背下的深坑，也不曾有過如此清晰的厭煩感覺。

陳平安如今能確定一點，世上有著匪夷所思的精怪妖物、孤魂野鬼，以前齊先生在小鎮，所以萬邪不侵，如今齊先生不在了，說不定當下就是鬼魅四處作祟的境地，自己一定要小心謹慎。哪怕阮師傅是下一任所謂的「聖人」，陳平安也不敢掉以輕心，說到底，陳平安還是更加信任齊先生，對於不苟言笑的阮師傅，敬畏之心肯定有，親近之心則半點無。

陳平安之所以膽敢跟著感覺走，主動查尋溪水中的古怪，在於阮師傅前腳才走，他不覺得如果水中真有鬼物，膽敢在聖人的眼皮子底下，出水撲殺自己。再說了，陳平安如今袖中藏著齊先生贈送的那對山浮水印，其中一方正是「水」字印，所以他膽氣尤為粗壯。

陳平安先後丟完兩把石子後，正要彎腰拾撿，不遠處有人問道：「你在做什麼？」

少女青衣馬尾辮，原來是阮秀。

陳平安一直在全神貫注對付水中異物，沒有察覺到阮姑娘的靠近，他沒有藏掖，也不怕她笑話，伸手指了指溪水水面，老實回答道：「我覺得水裡有髒東西，就想著能不能用石子把它砸出來。」

阮秀望向溪水，凝神望去，臉色一沉。

陳平安問道：「是不是真的有問題？」

阮秀搖搖頭：「看不出來。」

陳平安笑道：「應該是我疑神疑鬼了。」

阮秀低聲道：「你先回去，我要在這邊吃點東西再回鋪子，我爹問起的話，你就說沒看見。」

陳平安點頭道：「沒問題。」

陳平安記起一事，從地上找出一塊稜角分明的石頭，問道：「阮姑娘，我能不能問妳有些字是什麼意思，怎麼個讀法？」

阮秀頓時如臨大敵。讀書？書本這種東西，根本就是世上最恐怖的敵人。隨便翻開一頁書，每個文字都像是排兵布陣的大修士，對阮秀耀武揚威，阮秀實在是每次看到就頭疼。原本她跟隨父親阮邛進入小鎮後，是應該去學塾讀書的，完全不用幫忙打鐵鑄劍，但是她打死不去，今天肚子疼，明天腦袋熱，後天有可能下雨，大後天腳崴了……阮邛實在是懶得再聽她那些蹩腳藉口，才放她一馬。只是今天阮秀不願在陳平安面前露怯，強自鎮定，笑容牽強道：「你先寫寫看。」

當陳平安用石頭在地面刻出兩個字後，阮秀搖身一變，神采飛揚，自信笑道：「這兩個字啊，太簡單了，我很小就曉得它們了，一個『神』字，一個『庭』字，合在一起，就是一個人體穴位的稱呼──『神庭』，是所謂的竅穴之一。

我們人之所以是萬靈之長，許多修成大道的精魅妖物，最後不得不幻化為人，就在於人之身軀最適合修行，三百六十五個大小竅穴，皆是金山銀山似的寶藏。古人有云，竅穴，即是『神氣之所遊行出入也』。我們人的三魂六魄，就像是吃百家飯的小孩子，這家裡吃一碗飯，那家裡喝一碗水，然後不斷溫養孕育，成長壯大。」

阮秀娓娓道來，然後伸出一根手指，按住自己的腦袋，微笑道：「至於這神庭，你順著頭上的髮際線，往上五分距離，就在這裡。這個竅穴，對於我和我爹這樣的兵家劍修，算不得如何重要。嗯，用我們的行話來說，便不屬於『兵家必爭之地』，可有可無，倒是對那些靠香火生存的玩意兒來說，此處竅穴至關重要。不過我爹說過，那些神神鬼鬼，沒有大出息，神通再大，鬼道再寬，也不過是寄人籬下的可憐蟲，不值一提。」

陳平安全部聽不懂，只能死記硬背，之後又分別問了「巨闕」、「太淵」，阮秀也一一作答。阮秀雖然不愛讀書，那也只是不喜歡那些儒家聖賢的經典書籍，對於兵家修行和鑄劍練劍，她喜歡得很，這些竅穴名稱，她自小就爛熟於心。

不等陳平安開口求人，阮秀就大大咧咧笑道：「以後有空的時候，我把三百六十五個竅穴的名稱、方位和用處，一一告訴你。」

陳平安笑道：「麻煩阮姑娘妳了。」

阮秀問道：「那麼多次讓你幫我買糕點，你覺得麻煩嗎？」

陳平安搖搖頭，舉手之勞，當然不麻煩。

阮秀開心笑道：「這不就得了。」她突然有些遺憾惋惜：「竅穴這些東西，哪怕知道了，其實也意義不大。世間修行，之所以有那麼多旁門左道和歪門邪道，就在於各自的養氣、錬氣路數不同，差以毫釐，失之千里。我家當然也有自己一脈相承的散氣和養氣兩大心法，可是無法外傳的，這不是我爹答應不答應的問題。陳平安，對不起啊。」

陳平安又不是那種得寸進尺的人，趕緊笑著解釋道：「沒事、沒事，我就是想多認識一些字，沒有想那麼多。再說了，我自己有一部拳譜可以練習，只是這個拳譜上的拳樁，我就已經差點練不過來了，哪能分心。」

阮秀釋然而笑，輕輕拍了拍胸脯：「那就好。」顫顫巍巍，風景這邊獨好。

陳平安趕緊收斂無心的視線，起身正色道：「阮姑娘，回頭等妳空閒了，我再來請教，我反正可以晚點回泥瓶巷。」

阮秀跟著起身，點頭笑道：「好的。」

陳平安小跑向鐵匠鋪子。

阮秀走下岸，來到溪畔，她先掏出一塊巾帕，丟了塊糕點到嘴裡，慢慢咀嚼回味。等到陳平安大約到達鐵匠鋪子後，她才伸手捲起一截袖管，露出那只猩紅色的鐲子，望向清澈的溪水，沉聲道：「火龍走水。」

那只手鐲瞬間液化，有一活物甦醒，不斷掙扎扭曲，最終變成一條通體火焰纏繞的小蛟龍，牠首尾銜接，剛好環住阮秀的手腕。

隨著阮秀一聲令下，這條原本長不足一尺的赤紅蛟龍，一躍躍向溪水。

一丈、三丈、十丈，火龍亦可走於水！

阮秀命令道：「可以了。」

身軀長達十丈的火龍不再繼續增長，但是附近溪水已全部蒸發殆盡，不僅如此，上游溪水如同嚇破膽的潰敗士兵，死也不敢繼續衝鋒陷陣，於是簇擁積壓在一起，使得溪水水面不斷上升，而下游溪水則繼續一沖而去。

阮秀瞇眼望去，靜待水落石出。

她走在乾涸的溪水河床，跟隨著那條十丈火龍向前行去。

如今洞天破碎，四位聖人精心布置的禁制也隨之消失，所以已經不禁術法神通，這也是阮邛為何要訂立規矩並且一出手就雷霆萬鈞的根源。此處哪怕曾是三十六小洞天當中占地最小的一個，也最不以天材地寶見長，但終究是小洞天出身的一塊福地，種種好處，仍是大大裨益修行。如今沒了大陣牽制，一旦無人約束，外界修士蜂擁而入，魚龍混雜，心思不純，到最後小鎮六千多人，除去那些僥倖活下來的老烏龜、大王八，其餘凡人，估計一天之內就會死絕。

兵家行事，其實也重規矩，但是更講究變通，遠比儒家要靈活多變，能夠因事因地而異，便宜行事。

約莫一炷香後，不斷在河床當中左右撲騰的火龍好像終於逮住了那個狡猾的目標，一爪凶猛按下，緩緩低下頭顱。阮秀走到火龍頭顱附近，低頭望去，火龍爪下，是一個蜷縮起來的婦人，被火龍爪子一把抓住腰肢，婦人有一頭及腰的青絲，死死護住全身。

阮秀好奇問道：「小小河婆，也敢在我家門口撒野？我爹當年連斬六位江水正神，妳沒聽說過嗎？」

從乾枯老嫗變成年輕婦人的馬蘭花哀求道：「大仙、大仙，奴婢只是經過此地，絕無害人之心啊。何況奴婢斗膽洩露陰神氣息，是希冀著幫助阮聖人增加溪水的水重，想著能夠盡一點綿薄之力而已。大仙莫要生氣，若是覺得小的相貌醜陋，礙眼惹人煩，小的以後便只敢在夜間遊走……」

阮秀直截了當問道：「妳認識陳平安？」

被火龍按住腰肢的馬蘭花容貌迅速衰老，卻只敢可憐嗚咽，小雞啄米點頭道：「認識認識，小的本是杏花巷人氏，那陳平安是泥瓶巷的孤兒，偶有交集，但是並無恩怨啊。奴婢只是最近很少在溪邊看到小鎮之人，今日看到那少年練拳，覺得好奇，便多瞧了幾眼，哪裡想到便惹來了此等潑天大禍，大仙念在奴婢不懂規矩的分上，手下留情啊……」

阮秀揮揮手，火龍重新化為一只花紋古樸的紅色鐲子，戴在手腕上。

阮秀依舊站在遠處，身後就是洶湧而至的迅猛溪水。但是讓馬蘭花心驚膽戰的一幕出現了，溪水如遇高高在上的天敵，未戰先降，自動繞行，往下游湧去。更可怕的是，馬蘭花能夠感知到這個青衣少女根本沒有動用任何道法神通。

阮秀笑咪咪道：「別發呆，說說看杏花巷和泥瓶巷的事情，所有的，妳知道什麼就說什麼。」

重獲自由之身的馬蘭花，姿容皮囊開始緩緩恢復青春，但是下一刻，她驟然驚懼得忍不住尖叫起來，原來那一頭鴉青色的瀑布青絲，在縮減長度，她撕心裂肺道：「為何我的道行在流逝！」

阮秀吃著糕點，含糊不清道：「啊？這樣啊，不好意思，忘了告訴妳，我是天生火神之體，與水是天敵。」

馬蘭花強自冷靜下來，默默垂淚哀求道：「求大仙大發慈悲，饒過奴婢的這次無心冒犯。」

阮秀認真想了想：「以後我會喊妳過來講故事，放心，我到時候會隱藏本命氣息。」

馬蘭花哭喪著臉，不敢拒絕，只得答應下來。

阮秀走向岸邊，回頭道：「下不為例啊。」

馬蘭花連連說道：「不敢、不敢。」

阮秀上岸後搖晃著馬尾辮，走向鐵匠鋪子。馬蘭花身軀沒入溪水，一張臉龐充滿猙獰怨恨，不過數次吃虧之後，她開始懂得死死壓抑住這股戾氣。

一串起於別處的別人心聲，卻在她心頭重重響起。

『蠢貨，收起妳的無知。妳知不知道，那少女將來證道契機為何事？就是殺盡一洲江河水神，妳小小河婆，還敢對此人心懷殺心？也不怕讓人笑掉大牙。人家就算伸長脖子讓妳殺，最後也只會是妳死！妳知不知道，她對水中任何陰物的感知，是何等敏銳？所以妳此刻心中所想……沒有猜錯，她將來第一個要殺的河神，就是妳！所以接下來好好想一想如何補救，這樁原本滅頂之災的禍事亦是妳得到大機緣的種子。這是最後一次提醒妳了，妳再有絲毫逾越規矩的舉動，不用其他人出手，我自己就會讓妳求生不得，求死不能。』

馬蘭花在聲音消失後，癡癡呆呆懸停在水中，身軀搖曳生姿，卻了無生氣。

大道縹緲不定，讓人心灰意冷。

阮邛在鑄劍室看到自己女兒蹦蹦跳跳進來，沒好氣道：「欺負一個不成氣候的河婆，很高興嗎？」

阮秀笑容燦爛道：「那就等她成為江河之神，我再欺負她。」

阮邛皺眉道：「秀秀，千萬別不把河神江神當回事，到底是納入一洲山川湖海譜牒的正統水神，雖然比不得各國的五嶽正神，但在水中殺他們，並不輕鬆。」

阮秀「哦」了一聲，隨口道：「那就讓他們無水可棲嘛。」

阮邛心頭一震，隨即迅速壓下嘴角即將浮現的笑意。

——劍來　第一部（二）蚍蜉撼大樹　完

高寶書版集團
gobooks.com.tw

DN 288
劍來【第一部】（二）蚍蜉撼大樹

作　　者　烽火戲諸侯
責任編輯　高如玫
封面設計　張新御
內頁排版　賴姵均、彭立瑋
企　　劃　鍾惠鈞

發 行 人　朱凱蕾
出　　版　英屬維京群島商高寶國際有限公司台灣分公司
　　　　　GlobalGroupHoldings,Ltd.
地　　址　台北市內湖區洲子街88號3樓
網　　址　gobooks.com.tw
電　　話　(02)27992788
電　　郵　readers@gobooks.com.tw（讀者服務部）
傳　　真　出版部(02)27990909　行銷部(02)27993088
郵政劃撥　19394552
戶　　名　英屬維京群島商高寶國際有限公司台灣分公司
發　　行　英屬維京群島商高寶國際有限公司台灣分公司
初版日期　2023年06月

本書中文繁體字版由浙江文藝出版社有限公司授權出版。

國家圖書館出版品預行編目(CIP)資料

劍來第一部（二）蚍蜉撼大樹/烽火戲諸侯著. -- 初版. -- 臺北市：英屬維京群島商高寶國際有限公司臺灣分公司, 2023.05
面；　公分.--

ISBN 978-986-506-720-5（平裝）

857.9　　112005779